二律背反

本城雅人
Masato Honjo

祥伝社

二律背反

装幀
bookwall

カバーイラスト
生田目 和剛

1

左腕を振って三振を取りにいったスライダーが、内角から真ん中へと入っていく。

左打者がフルスイングした。観客だけでなく、一塁側ダッグアウトの監督や選手からも悲鳴があがった。

だがダッグアウトの右端、監督や他のコーチとは離れた場所に立つ投手コーチの二見里志《ふたみさとし》には、打者が打ち損じたのが分かった。

それほど飛距離が出たわけでもないのに、打者が打球の行方《ゆくえ》を一瞥《いちべつ》しただけで走り出そうとしなかったからだ。ライナー性の打球は右翼ポールより手前で切れていく。これでツーボール、ツーストライクと並行カウントとなった。

《23球目、外角スライダー、逆球》

里志は左手で握る手帳を開き、挟んでおいたペンで書き留めた。

配球や打者の待ち球の傾向、このアンパイアはどこまでストライクを取るかなどをメモするのは、今はどの投手コーチもやっているが、書いたらポケットにしまえばいいだけで、つねに手に持っていることはない。

手帳を握ったままでいるのは単に手持ち無沙汰だからだ。里志は監督や他のコーチのように偉そうに椅子にふんぞり返るどころか、腕組みもしないように心がけている。

コーチの仕事は命令や指導ではない。選手がゲームで持てる力をできる限り出しきるための心身のマネジメントである。この横濱《よこはま》セイバーズのコーチになる前、六年前に仙台《せんだい》の球団で初めてコーチに就任した時から、そう自分に言い聞かせてきた。コーチが腕組みをしただけで、選手は見張られているようで嫌な気分になる。

七対四でセイバーズがリードしているとはいえ、二死満塁なので一発出れば逆転される。それでもいつもの里志なら、これくらいのピンチは気にしない。

だが今日に限っては、期待と不安とが行き来していた。

マウンドに立つのはプロ二年目、二十三歳の新田隆之介《にったりゅうのすけ》である。今シーズン大きくブレイクし、ここまでリーグトップの三十八セーブを挙げているセイバーズの若き守護神だ。

他のコーチは打たれないでくれ、一発だけは勘弁してくれと願っているに違いないが、里志は違う。

——隆之介、打たれたとしても壊れないでくれよ。

肩で大きく息をしていた隆之介はセットポジションから足を上げた。

真っ直ぐで行け——里志の心の声が届いたのか、サウスポーからストレートが、キャッチャー織田《おだ》の構えるミットに入った。

真ん中よりやや外め。打者には低いと見えたのだろう。手を出さなかった。アンパイアの右腕が上がる。

ストライク、アウト！

真っ先に叫び声を上げたのが監督の辻原《つじはら》だった。

「よっしゃー、勝った」

「監督、ついにマジック点灯ですね」

腰巾着《こしぎんちゃく》の石川《いしかわ》ヘッドコーチが監督と握手する。

四月から首位を走る横濱セイバーズは昨日まで五連勝中だった。しかし二位の広島レッズも負けないため、なかなかマジックは点かなかった。それがこの日のデーゲームでレッズが敗れ、セイバーズが六連勝を飾ったことで、九月二十三日、残り十一試合を残して《マジック8》が点灯したのだ。

最下位が続いていたセイバーズは、里志がコーチに就任してから四位、三位と着実に順位を上げてきた。これで親会社が替わる前のチームから数えて二十年振りのリーグ優勝が明確に見えてきたことになる。

とはいえ監督や他のコーチのように無邪気に喜ぶ気にはなれなかった。この日の勝利のために、あやうく選手の未来を奪っていた。

小柄な隆之介が、マウンドで左手を突き上げ、「うぉりゃー」と雄叫《おたけ》びをあげている。

他の野手が集まり、喜びを分かち合う。選手たちがダッグアウトに戻ってきた。ベンチに残った選手とコーチが縦一列に並んで出迎える、どのチームでもやっている勝利の儀式だ。

コーチたちは監督より前に出て選手と握手する。辻原より後ろにいるのは里志一人だった。選手の最後を歩いてきた隆之介を、辻原が「よくやったぞ、隆之介」と賞賛し、グータッチした。

マウンドでは精神的に追い詰められていた隆之介も、無失点でのセーブに快活な表情が戻った。ファンに左手を振って応《こた》える。拍手は鳴りやまない。

「隆之介、すまなかったな、無理させて」

ベンチに戻ってから里志は隆之介をねぎらった。謝ったのはリリーフ陣との約束を破ったからだ。

「いいえ、ペナントレースも後半ですから、連投もまったく問題ないです。一球前は完全にやられたと思いましたけど」

強気の隆之介も打者のあのスイングにはヒヤリとしたようだ。

「そうかな。俺は打った瞬間ファウルになると思ったけどな。タイミングは合っていなかったよ」

本音とは違うことを言った。打者のタイミングは合っていたが、打ち損じてバットの芯を外した。本人が反省しているのに、この場で失投には気をつけろなどと当たり前のことを言う必要もない。

「最後もオダケンさんの要求はビタビタのアウトローでしたけど、コーチのアドバイスを思い出して思い切り投げました」

「俺のアドバイス、なんだっけ？」

里志が惚《とぼ》けていることが分かったのだろう。隆之介はニヤリと笑って、「お疲れ様でした」とロッカールームに引き揚《あ》げた。

変化球なら低く投げろ、真っ直ぐなら大胆に投げろ——。

里志がゲーム中にアドバイスするのはそのことくらいだ。変化球はスピードが遅い分、低めに集めないと一発を食らう。一方の真っ直ぐは多少コントロールが甘くなっても堂々と投げた方が打者は面食らう。

一六九センチとプロとしては小柄な隆之介が迷いなく投げるＭＡＸ一五五キロのストレートは、打者にとってスピードガンの表示以上に速く感じられるはずだ。

里志は一九〇センチと投手としては恵まれた体格をしていたが、隆之介の年の頃は二軍でもがき苦しんでいた。

球速はあったが、どのコースに投げても打たれた。ただでさえ気が立っているのに、コーチから叱責《しっせき》されてはカッカして自分を見失った。そういう時は、投げるボールまでがどこにいくか分からないほど暴れ出した。もともと制球力があるタイプではなかったが、球のコントロールより、メンタルのコントロールができていなかった。

それでもその後、トレードされたチームでクローザーに抜擢《ばってき》され、リーグ優勝、日本一を経験した。

三十を過ぎてからは憧《あこが》れのメジャーリーグでもプレーできた。胸を張れる成績を残せたわけではないが、すべてやり尽くしたと納得してユニホームを脱ぐことができた。選手たちには、後悔することのない現役生活を送ってほしい。

里志はダッグアウトを出ると、アナリストルームに寄った。

「稲本《いなもと》ちゃん、隆之介の今日のデータ、あとでコーチ室に持ってきて」

アナリストの稲本秀樹《ひでき》は「はい、コーチのロッカーに入れておきますね」と答えた。

里志が現役の頃は次のカード、さらにその次のカードで対戦するチームを分析するスコアラーが各チームに三、四人いた。今はスコアラーは二人だけ、その代わりにパソコンで分析するアナリストを三名雇っている。稲本はそのチーフ役の二十七歳で、二年前まで大学院でアスリートの動作解析を研究していた。

他の球場同様、セイバーズの本拠地、ハーバービュースタジアムにも投手の球回転数や変化球の動いた距離、回転軸、さらには回転効率がわかる計測器が導入されている。球の質だけでなく、ピッチャーがボールを離す位置も正確に計れる。ボールを早く離すようになると、里志はへばってきていると判断し、次のピッチャーを準備させる。

セイバーズのアナリストは優秀で、メジャーリーグ並みの科学分析を行っている。過去の対戦成績の良し悪しでの分析はどのチームもやっているが、彼らが秀でているのはボールの回転やバットの出てくる角度などから解析して、この先にその相性がどう変化するか予測できることだ。

たとえば、今は五打数三安打（六割）と相性は悪くとも、このまま対戦を続けていけば十打数四安打（四割）に、いずれは二十打数五安打（二割五分）になっていくだろう……といった具合だ。もちろん逆にネガティブなデータが出ることもある。

ただそうした「頭脳」をチームで活用しているのは里志だけ。打撃コーチ、守備コーチ、作戦コーチ、捕手のリードを担当するバッテリーコーチも、いまだにデータより自分の目を信じている。

それはひとえに監督の辻原が「データに惑《まど》わされるな」とひと昔前の指導をしているせいだが、そうでなくとも、大量の情報を渡されたところで簡単には分析できない。目がしばしばするまで数字を追いかけて、どうにか傾向が見えてくる。里志もまともに読めるようになるまで何年もかかった。

里志はコーチ室には入らずに、奥の監督室のドアをノックして、返事を待たずにドアを開けた。

予想していた通り、ヘッドコーチの石川、打撃コーチの堀米《ほりごめ》という監督のお友達が勝利の余韻《よいん》に酔いながら談笑していた。

「おお、二見コーチ、どうした」

里志が監督室に来た理由を察して、一瞬顔を強張《こわば》らせたくせに、辻原は惚けた顔でそう言った。その態度が余計に里志の気に障《さわ》った。

「監督、さすがに今日のはないんじゃないですか。こんな使い方をされたら隆之介は潰《つぶ》れてしまいますよ」

本心は怒鳴り散らしたいくらいだが、一つ年上の四十六歳で、監督である辻原を立てて、穏《おだ》やかに言ったつもりだ。

「今日は投げさせないと約束したことだろ？　だけどこんな勝ちゲームを逆転されたら、今後の流れにも影響した。今日は仕方ないじゃないか」

シーズン中に何度も言い合いになっているせいか、辻原も言葉を選んで返してくる。それも里志には後付けの言い訳にしか聞こえない。

昨日の試合で辻原が「今日だけ隆之介を投げさせてくれ。明日は休ませるから」と言ってきたため、里志は今季初めて、隆之介の五試合続けての登板を了解した。それがこの日も辻原は「念のために隆之介に肩を作らせておいてくれ」と指示し、四点差の九回を投げていた若手投手が一点を取られると、里志の顔を見ることもなくベンチを出ていき「ピッチャー、新田」と審判に交代を告げたのだった。隆之介はまだ、ブルペンで肩を作り始めたばかりだったというのに。

「開幕前に監督とは決め事を作ったじゃないですか。オールスターまでは三連投はさせない。オールスター後も四連投までだと。それが四連投どころか、今日で六連投ですよ」

「優勝争いしてんだから、その時とは状況が違うだろ」

「その言い方では監督は、シーズン前はうちのチームは優勝争いできないと思っていたように聞こえますけど」

里志の指摘に、苦虫を噛《か》み潰したような表情に変わる。里志はさらに被《かぶ》せていく。

「それに今日負けたところで、残り十一試合を八勝三敗で優勝できるんですよ。監督はもしかして全勝する気ですか」

最終カードが二位広島レッズとの三連戦であるため、直接対決で勝てば、ほかで負けても優勝はできる。

「レッズに三連敗したらどうするんだ。ここまで来て優勝を逃《のが》したら選手はショックを受ける。二見コーチにはチーム愛はないのか」

セイバーズの生え抜きの外野手で、ホームラン王にも二度輝いたスター選手である辻原は、複数の球団を渡り歩いた外様《とざま》の里志を下に見ている。

「僕はチームのことを思ってそう言ってるんです。大丈夫です。レッズ戦は最低でも二勝一敗で終わるようローテーションを組みますから」

「二勝一敗じゃ優勝できないかもしれないだろ」

口を出したのは里志と同い年の石川だった。彼もまた、セイバーズの生え抜きだ。

「石川ヘッドはまさかレッズが残り試合、うち以外には一つも負けないと思ってるんですか」

レッズも十一試合を残している。里志は両チームとも六勝五敗くらいだろうと予想している。レッズはとくに登板過多のリリーフ陣がへばっていて、首脳陣はやり繰りに苦労している。セイバーズがピッチャーに無理をさせずに優勝できれば、余力を持ってクライマックスシリーズに臨《のぞ》める。

「二見コーチはすぐ、選手が壊れるから使わないでくれと言うけど、我々の仕事は、選手が壊れたとしても違う選手で穴埋めして戦っていくことではないのか。壊れることを恐れて起用しないで負けたら、それこそ俺たちが責任を取らなくてはいけなくなる」

辻原はさも当然とばかりに言うが、納得できなかった。指導者のエゴによって選手を壊さない、それがコーチになってから一貫した里志のコーチング哲学だ。

「選手は、監督やコーチの保身のための道具ではありませんよ。もっと仲間である選手を信頼してください。指導者と選手はフェアであるべきですから」

平等ではない。むしろ選手が主役で、監督、コーチは脇役だ。

「ともかく今日のような詐欺《さぎ》みたいなことはやめてください」

「詐欺だと」

辻原も我慢ならなかったようで声を荒らげた。それ以上言い返してこないのは彼にも騙《だま》したという後ろめたさがあるからだろう。

部屋を出ようとしたところで、打撃コーチの堀米の声がした。

「仲間、仲間ってよく言うぜ。その仲間を売ったくせに」

以前にも似たことを言われた。その時は言った相手が辻原だったので我慢した。今回は抑えが利《き》かなかった。

「それって、あんた、誰のことを言ってんだ」

憮然《ぶぜん》として言い返したが、辻原と同い年の堀米は、年下の里志にあんた呼ばわりされたことでいっそう興奮した。

「決まってるだろ。暴力団に登板日を漏洩《ろうえい》した先輩ピッチャーを、おまえがチクったことだよ。いくら問題ある行動でも、俺ならチームメイトを売ったりはしない。ましておまえはその先輩に可愛《かわい》がられてたんだろ」

「なにも事情を知らねえくせに勝手なことを言ってんじゃねえ」

「やっぱり、噂《うわさ》どおり、おまえが売ったんだな」

堀米は口を半開きにして、嘲笑《ちようしよう》した。

里志が選手として所属していたセ・リーグは当時、予告先発の制度がなく、先発投手が誰になるかは野球賭博《とばく》の胴元をやる裏社会の連中がもっとも欲する情報だった。

情報を流した先輩選手は球団から事情聴取を受け、のちにコミッショナーより永久追放処分を受けた。その先輩に里志がことのほか世話になっていたのも事実だ。だがここにいる男どもはそこまでに至った経緯《けいい》をなに一つ知らない。

頭に来た里志が堀米に詰め寄った。堀米も熱くなって前に出てきた。身長は里志の方が十センチ近く高く、本気になったら一発で張り倒せる。

「やめろ」

辻原が叫んだ。彼は里志だけを悪者にすることはなかった。だからといって過去をほじくりだして挑発《ちようはつ》した子飼いの堀米を叱《しか》ることもなかった。

「せっかくマジックが出て盛り上がっているんだ。水を差さないでくれ」

盛り上がっている？　マジックが点灯しただけで、優勝が決まったわけではないのに。この程度で喜んでいる監督のもとにいることが恥ずかしくなり、里志は急に白けた。

「そうですね。大変失礼しました」

辻原の顔を見ることもなく監督室を出た。

興奮して捲《まく》し立てたせいか、スタジアムから一人暮らしをしている横浜市都筑《つづき》区のマンションまで、どの経路で帰ったのかも覚えていなかった。

自宅は大阪府吹田《すいた》市にある。現役時代に買った一戸建で、そこに妻の沙紀《さき》と大学四回生と二回生の二人の娘が暮らしている。大学の同級生で、二十四歳で結婚した沙紀には、選手として過ごした四球団すべての本拠地についてきてもらったが、憧れだったメジャーリーグへ移籍が決まった時には、神妙な顔で言われた。

――もう私たち、ついていかなくていいわよね。

その時には妻に愛想《あいそ》を尽かされたと思った。それが顔に出ていたのだろう。沙紀は笑顔で言い添えた。

――違う、違う、あなたを応援したい気持ちはあるのよ。だけど子供たちにも生活があるし、友達と離れ離れになるのは可哀《かわい》そうじゃない。

父親のために妻や子供が自分の人生を犠牲《ぎせい》にする必要はない。里志は猛省して、単身で渡米した。

それ以降、アメリカで六年間選手としてプレーし、引退してすぐに東北《とうほく》イグレッツから声がかかったので仙台で三年間投手コーチをやった。契約満了を言い渡されたのが日本シリーズを優勝した後で、すでに他球団の次年度のコーチは決まっていたため、里志は大学の後輩が監督をしていた北陸の社会人野球チームでボランティア同然でコーチをした。それが翌年には横濱セイバーズから呼ばれた。今年が三年目だ。アメリカから合わせると、単身赴任《ふにん》は十三年にも及ぶ。

自宅に帰るのは毎年、秋季キャンプが終わった十二月から春季キャンプが始まる二月一日までの二カ月間だけ。あとはチームが大阪遠征する年間十数日しか、家族と過ごす時間はない。

おかげで洗濯や掃除だけでなく、外食しなくてもいいくらい料理の腕前を上げた。もっとも沙紀からは「あなたは料理人というよりただの栄養士よね」と呆《あき》れられるが。

沙紀は、次女の柑奈《かんな》が小学校に入学してから家具メーカーに就職、今は独立して、梅田《うめだ》で友人とインテリアショップを経営している。

コーチの年俸はたいした額ではなく、彼女なりに夫がいつクビになっても、生活を守ろうという思いがあるのかもしれない。

マンションに戻るとシャワーを浴びて、夕食作りに入った。ゲーム前は食事をしないので腹ペコだ。

作るのはサラダ。冷蔵庫から出したレタスを出し大きめに刻み、ルッコラ、クレソンなどを加える。苦みのある野菜を入れることで、レタスの甘味が引き立つ。

ドレッシングは削ったヒマラヤの岩塩とオリーブオイルのみ。生で食べる時はオリーブオイルだが、加熱する時に使うのはココナッツオイルだ。トランス脂肪酸《しぼうさん》もコレステロールも含まれていないココナッツオイルは、熱を加えても栄養効果が損なわれない。

山盛りにしたサラダを、アナリストの稲本がロッカーに入れておいてくれたデータを見ながら食べ始めた。自分で言うのもなんだが味はパーフェクトだ。

——あなたって子供たちに食事の時はスマホを見るなと注意できないね。せっかく料理しても、その食べ方じゃ台無しじゃない。

仕事をしながら食事をするため沙紀からはいつも叱られる。だが男の孤独な一人飯なのだ。データが一番の興味であり、悩んだ時の相談相手にもなる。

データは物を言う。この日、稲本が出したものも里志の予感を裏付ける内容だった。六連投となった隆之介のボールの衰《おとろ》えは、はっきりと数値として表れていた。

あわやホームランだった二十三球目のファウルは、ボールを離すポジションが早くなっていた。だからベースのはるか手前で曲がり始め、打者はいち早くスライダーだと見極めた。ボールが動くスライド幅もいつもなら〇・八センチだが、〇・五センチしかなかった。

最後のストレートも、通常よりおよそ「三〇〇回転／分」少なく、ボールがお辞儀してきたため、打者はフォークボールと勘違いしたようだ。もう少し高く来ていたら間違いなくやられていた。

毎晩、ピッチャーの状態をチェックし、いつの段階で調子が落ちてきたかを確認する。さらに相手打者の打球速度や打球角度をもとに、どのコースにどの球種を投げれば抑えられるかを綿密に考えていく。

配球は表裏一体で、打者が好きなコースと嫌いなコースはほぼ隣り合わせにある。好きなコースは危険だが、好きから嫌いなコースに逃げていく球は打ち取るために格好の誘い球となる。

それは人間の感情とよく似ている。好きだった思いが嫌いになったり、楽観視していたのが急に不安に襲われたり、それまでは充実していたのが突然疲れてしまったりするのも、本来対極にあるべき真逆の感情が、つねに隣り合わせに存在しているからだ。

投手の配球は、その隣り合わせの相反する感情を利用していくのが効率はいいが、言うは易《やす》しで実際はなかなかできない。打者の苦手な部分に投げて、コントロールミスして得意コースを打たれたら、監督やコーチに怒られるからだ。だからこそ余計にミスを叱ってはいけない。萎縮《いしゅく》は挑戦の一番の妨《さまた》げになる。

ピッチャーにはコントロールすべきことが三つある。一つは狙ったコースに投げるコントロール、二つめは力加減のコントロール、そして三つめがメンタルのコントロールだ。

制球力や力加減も大切だが、一番はメンタル。思うような投球ができなくても、心を落ち着かせ、どうすれば今日の力で最少失点に抑えられるか、方法を選択する。大量失点でゲームを壊すことなく次に投げるピッチャーにバトンを繋いでいく。それぞれがそう心掛けることで、チームに一体感が生まれる。

そのメンタルに不安が生じた時が、コーチの出番だ。パニックになっているピッチャーに、今困っているのはきみのレンズの度数が合っていないだけであって、実はやっていることは全然間違ってはいないんだよ、教えるのはその程度でいい。

コーチは、選手とのコミュニケーション不足によって彼らの野球人生を終わらせてしまう可能性があることを肝に銘じておかなくてはならない。それくらいコーチの言葉には重みと責任があるのだ。

サラダだけなので食べ終えるのはあっという間だった。

深夜よりは、試合前に選手と一緒に食べる方が体にはいいが、勝ったゲームはまだしも、敗れたゲームはむしゃくしゃして、腹を満たさないことには眠れない。選手にはメンタルのコントロールを大事にしろと口を酸《す》っぱくして言うくせに、里志自身がそれを苦手としていた。

食べ終えた皿を食洗機にかけると、今度は日記の作成に入った。これもコーチになってからの日課である。

《9月23日ジャガーズ戦をセイバーズは7対4で勝利し、マジック8が点灯した。3年目にして念願の優勝が見えてきた。

ところが二見は試合後、監督室に乗り込み、新田隆之介を6連投させたことに抗議した。

その場では怒りに任せて辻原を責めたが、実は二見自身が大きなミスを犯していた。

それは4点差の9回に登板させた若手の正津《しょうつ》に、打者がスライダーを狙っていることを伝え忘れたことだった。

コントロールに不安がある正津は、カウントを悪くしたくないと初球からスライダーでストライクを取りに行ってソロを浴び、3点差とされた。打者がスライダー待ちなのは、稲本のデータにも出ていたのに、二見は伝達することを失念していた。

スライダーを投げるにしてもボール球にするなり、もう少し慎重に入れれば、隆之介を出さずに済んだ。隆之介の6連投は、投手コーチである二見のミスでもあった。

隆之介に24球も投げさせ、大事な守護神を壊してしまうところだったが、勝てたことは大きい。

早く優勝できれば、その分、疲れがあるリリーフ陣を休ませることができる。けっしてリリーフに負担をかけることなく、残り試合を戦っていきたい。そしてチームみんなで優勝の喜びを分かち合いたい》

そこまで書いてペンを置いた。毎日つける日記には決め事がある。反省は必要だが、最後は必ず明日以降への前向きな言葉で終わること。さらに日記の主語は《二見は〜》、もしくは《彼は〜》と三人称にすること。そうすることで、その日の自分を客観的に振り返ることができる。里志は同じことを経験の浅い若手投手にもさせていて、数日間まとめたものがメールで送られてくる。

書いた日記を読み返していると、スマホが光った。

《沙紀》

妻からは月に二回くらいかかってくるが、深夜一時は珍しい。

〈里志くん、今大丈夫〉

大学の同級生である妻は今もくん付けで呼ぶ。

「こんな時間にどうした。まさかマジックが出ておめでとうとか言うんじゃないだろうな。ここから先が大変なのは、プロ野球選手の妻なら知ってるだろうに」

スピーカーをタップして軽口を叩く。いつもなら「ここまで来て優勝できなかったらまたクビだね」と言い返してくる沙紀の様子がおかしい。

〈里志くん、知ってる？　亡くなったって〉

「誰がだよ」

〈檀野《だんの》さんよ、さっき美津江《みつえ》さんから電話があったの。縊死《いし》したと言ってたから自殺じゃないかな。昼間に警察から連絡があったんだって〉

あまりの驚きに声も出なかった。

監督室で過去をほじくり返されたせいかもしれない。

沙紀が名前を出す前から、野球選手としては肉付きがよく、口髭《くちひげ》を生やしてまん丸とした檀野晋《すすむ》の顔が、里志の脳裏に浮かんでいた。

2

千葉県浦安《うらやす》市にあるマンションでおよそ十年ぶりに再会した檀野の元妻、美津江は白髪《しらが》も染めず化粧もしていないせいか、派手目だった顔が別人のように老けて見えた。顔色もすぐれない。

元夫の遺体を目にしたショックから立ち直っていないのは明らかだった。

「わざわざ来てもらってすみません。二見さんにはずっとお世話になったので、シーズン中でご迷惑でしょうけど、伝えておこうと思ったんです」

ダイニングの椅子で、美津江は深く頭を下げた。朝一番の新幹線で大阪から来た沙紀が「そんな他人行儀なことを言わないでくださいよ」と気遣《きづか》う。里志はなんと声をかけていいか分からず、この日何度目かの黙礼をした。

里志がトレードで移籍した大阪ジャガーズには「婦人会」があって、栄養セミナーや料理教室などが開催されていた。移籍当初、沙紀に婦人会の案内や世話をしてくれたのが美津江だった。

檀野と美津江は十年以上前に離婚したが、檀野は自殺する前の晩に美津江に電話を入れていた。そのことで警察から呼ばれたそうだ。暴力団への先発漏洩で永久追放処分を受けた檀野に野球関係の仕事があるわけもなく、彼は八王子《はちおうじ》のリサイクル会社で働いていたらしい。

「檀野さんからの電話っていつ以来だったんですか？」

出された緑茶の湯飲みを両手で握《にぎ》ったまま沙紀が尋《たず》ねた。

「一年振りです。ちょうど私の誕生日で。別れてからもあの人、律儀《りちぎ》に毎年電話をくれてたんです。私に新しい相手が見つかったらやめると言ってました」

夫婦ではなくなったが、仲睦《なかむつ》まじかった二人が互いを大切にしていたことは変わりなかったようだ。

「悩んでる様子は？」

「それがまったく。いつもより明るいくらいでした。元々明るい人だったけど、あの日はやけに元気があって」

「じゃあ、どうして……」

沙紀が言いかけたところで、美津江は檀野の顔を思い出したのか、手にしていたハンカチで目頭を拭《ふ》いた。

檀野は昨朝、借りているアパートの一室で、柱に結んだ紐に首をひっかけて縊死しているのを、欠勤を心配して見に来た同僚に発見された。死後十時間ほど経っていたという。

現役を引退すると同時に自己破産した檀野には借金もなかった。ただプロ野球の華々しい世界から追い出され、身を隠すように暮らす生活に疲れたのかもしれない。長らく顔を見るどころか声すら聞いていない里志は、檀野の苦しさは想像することしかできない。

通夜《つや》と告別式は岡山に住む檀野の兄夫婦が親族のみで執《と》り行うそうだ。美津江は別れた自分が参列することで、親族が気を悪くすると断った。週刊誌に檀野を売ったと書かれた里志の顔など、親族は見たくもないだろう。美津江に再度お悔やみを伝えて三十分ほどで帰った。

「わざわざ遠いのに大変だったたな」

東京駅まで車で送りながら、沙紀をねぎらう。

「だって放っておけないじゃない。美津江さん、頼れる人は他にいないと言ってたし」

美津江は介護士の資格を取得して老人ホームに勤務して生計を立てている。彼女もまた禁忌《きんき》を犯した選手の妻として肩身の狭い思いをして、当時の友人とはほぼ縁も切れていた。

「偉いよな、美津江さんは。とっくの昔に離婚したから私は関係ありませんと警察に言うことだってできたのに、ちゃんと警察まで檀《だん》さんに会いに行ったんだもんな」

ハンドルを握ってふと口にしたが、沙紀からは即座に否定された。

「無関係だなんて言うわけないじゃない。美津江さん、檀野さんが野球ができなくなったのは自分のせいだと、今も後悔してるのに」

「檀さんは亜美《あみ》ちゃんに会いに行ったのかな。さすがに美津江さんの前では言えなかったけど」

檀野には、里志の長女聖奈《せいな》と同じ年の娘がいたが、生まれながらに体が弱く、わずか五歳でこの世を去った。当時の檀野はそばで見ていられないほど落ち込んでいた。それでもチームのために歯を食いしばって投げ続け、リーグ優勝に貢献した。

「もう十一時過ぎてるけど、里志くんは大丈夫なの。練習時間に間に合わないなら私は電車で戻るよ。東西線《とうざいせん》で大手町《おおてまち》まで行けば東京駅はすぐだから」

「大丈夫だよ、今日はビジターだから」

この日はビッグドームで行われる三位東都《とうと》ジェッツ戦だ。本拠地ゲームではナイターでも午前中には球場に行き、データの整理など試合の準備をする。他方、ビジターゲームは、相手が練習を終えた後、決められた練習時間が一時間余りあるだけなので、球場入りも遅くなる。

道すがら、長女の聖奈の就活について尋ねたが、「教育実習に行ったけど、学校の先生には向いてないって話してたよ」と言われたきり会話が滞《とどこお》った。ここで順調に育った娘の将来について話すのは、一人娘を失って絶望していた檀野に申し訳ない気がしたからだ。

聖奈はピアノが好きで音大に、柑奈は高校では野球部のマネージャーだったが、大学は英文科に入り、去年の夏にはアメリカのオレゴンにホームステイした。卒業後は海外で仕事をしたいらしい。二人からはたまに報告を受けるが、子育ては沙紀に任せっぱなしとあって、里志が言うのは「良かったな」「楽しそうだな」くらいだ。二人とも里志を応援してくれ、シーズンが終わると、たとえBクラスで終わっても「お父さん、お疲れさま、選手たちはよく頑張ったよね」と称えてくれる。自宅に戻るオフシーズンは、四人で食事にも行く。ただ喋《しゃべ》るのは娘たちばかりで、周りにはよそよそしい父娘関係に映っているのではないか。

沈黙しているせいか、信号待ちするたびに、檀野との思い出が甦《よみがえ》った。

出会ったのはプロ四年目だ。都内の大学から名古屋《なごや》を本拠地にする中部《ちゅうぶ》ドルフィンズにドラフト二巡目で指名された里志だが、そこではまったく芽が出ず、大阪ジャガーズにトレードされた。沖縄キャンプ初日、知っている選手がいなくて、キャッチボールする相手もいなかった里志に声をかけてくれたのが、中継ぎエースとして活躍していた三つ歳年上の檀野だった。

――二見くん、きみは素晴らしい真っ直ぐがあるのにどうしてカーブを投げんだよ？　アマチュアでは通用したかもしれないけど、きみくらいのカーブ、俺でも打てるぞ。

今考えてみたら、滅多《めった》に打席が回ってくることがない中継ぎ投手の檀野に打てるわけがない。だが学生時代から頭で考える野球を心掛け、自分の一五〇キロのストレートをより速く見せるには一一〇キロ台のカーブを投げることが有効だと思っていた里志は、檀野の指摘に嫌悪感《けんおかん》を顔に思い切り出した。そうした後輩の無礼な態度も檀野は笑って受け流した。

——その顔が負けず嫌いでいいんだよ。俺はきみみたいな野蛮《やばん》な勇気の持ち主はリリーフに向いていると思うな。リリーフだったらストレートともう一つ、落ちる球があればやっていける。俺が教えてやるからフォークを投げてみろよ。

檀野が言ったのが、「無謀」や「怖い物知らず」といった「なにも考えていない」という意味の言葉なら、里志は前のチームでコーチにしたように顔をプイと横に向けていた。だが「野蛮な勇気」という言葉の響きが男らしく勇敢《ゆうかん》に聞こえた。それからは必ず檀野とキャッチボールをして、彼が武器にしているフォークを教えてもらった。

人差し指と中指で挟むフォークは練習で試したことはあったが、ボールから指を抜く感覚が摑《つか》めず、試合で投げたことはなかった。檀野とキャッチボールしていると腕の振りが目に焼き付き、きれいに指からボールが抜けて、面白いほど落ちるようになった。檀野はただのキャッチボールでもフォークやスライダーを投げ、「里志、今の球、回転はどうだった」と確認してくる。それでいてボールは必ず胸元に来た。キャッチボールが野球の基本だと改めて感じた。

八回を檀野、九回を里志が任せられる継投は、大阪ジャガーズの勝ちパターンとなり、移籍二年目には圧倒的強さで日本一になった。

里志は四十一セーブで最多セーブ投手のタイトルを獲得。数多くの試合を抑えられたのは、八回を投げる檀野がいつも完璧《かんぺき》に相手を封じ、ゲームの流れを作ってくれたからだ。

それなのに当時の里志は、セーブを積み重ねられたのは学生の頃から独自で勉強し、続けてきたトレーニング法や食事管理が実を結んだからだと思い込んでいた。

他の選手のように遊び歩くことはなかった。ただもっと上のピッチャーになろう、球速を上げようと、自分の体に合っていないトレーニングをしたため、翌年は成績を落とした。途中で投手コーチは里志を中継ぎに、檀野をクローザーに配置転換しようとした。

その時も檀野が「去年優勝できたのも里志のおかげです。最後まで里志でいきましょうよ」と口添えしてくれた。

いや、檀野にはもっと大きな恩がある。日本一になった年の、リーグ優勝を決めたゲーム、ジャガーズは二対〇とリードして終盤を迎えた。

先発していたのは手塚《てづか》という将来のエース候補で、八回まで被安打は「1」、三振「18」を奪い、あと一つで一試合での奪三振記録に並ぶところだった。里志が前日のゲームでセーブに失敗していたこともあり、監督からブルペンに電話はなかった。

ところが檀野がブルペンコーチを通じて、「胴上げ投手というのはこの一年間、チーム全員からリスペクトされているピッチャーが務めるべきですよ。今年のうちでは里志です」と監督に訴えてくれた。

檀野がピッチャーのまとめ役だと分かっていた監督は、若手の記録を諦《あきら》め、里志をマウンドに送った。

檀野がそこまでフォローしてくれたというのに、里志はその後も小さなことで監督やコーチと対立を続け、優勝した翌年のオフには、福岡シーホークスにトレードされた。

福岡ではほとんど結果を残せず、再び大阪ジャガーズに戻った。三十歳になっていた里志は、無意味だと思うコーチからの指令でも、チームの和を乱さないよう受《う》け容《い》れることができた。再びクローザーを任されたが、今度はチーム内で檀野が浮いていた。

里志が福岡にいる間、檀野は毎年のように契約交渉で揉め、挙げ句「中継ぎは給料が安い。スターターをさせてくれ」と申し入れ、強引に先発に転向していたのだ。

その先発でも結果を残せず、ピッチャーのまとめ役だった男が、チームのお荷物扱いになっていた。

3

二位広島レッズが敗れたため、マジックを二つ減らすチャンスだったが、セイバーズはビッグドームで東都ジェッツに五対六で敗れ、マジックは「7」となった。

四対五で劣勢《れっせい》だったのが、九回表に三番・徳吉《とくよし》の適時打で同点に追いついた。しかしその裏に登板したハドソンがサヨナラホームランを打たれた。

コーチ室を出ると、いつものように新聞記者に囲まれた。

「せっかく追いついたのにもったいない試合でしたね。やはり新田投手を用意すべきだったんじゃないですか」

里志より年上の東西スポーツの秋山《あきやま》記者が言ってきた。記者経験が長いせいか、毎回知ったかぶりで訊《き》いてくるのが鼻につく。

「馬鹿を言わないでくれ。隆之介に投げさせたら今日で七連投だ。そんなことをしたら彼は壊れてしまう」

また勝手に交代を告げられたらたまらないと、辻原に「隆之介は疲れがひどいので、ベンチ入りメンバーから外してください」と頼んだ。日本のプロ野球では一軍登録は二十九人だが、ベンチ入りできるのは二十五人になる。大概はその日に投げない先発投手四名が「上がり」と呼ばれて、試合中に帰宅が許される。

里志の要求に返事を保留した辻原は、その後にトレーナーにも訊いたようだ。そのトレーナーはチームでは数少ない里志の味方とあって、「新田くんは肘《ひじ》に相当な張りが出ています」と言ってくれ、辻原は渋々、隆之介をベンチ入りから外したのだった。

投手コーチのせいで同点に追いついた試合を落とした——試合後の監督会見で、辻原は新聞記者相手に、里志に責任を押し付けたのではないか。記者の多くが里志を非難する目をしている。

「彼は若いんだから七連投だって問題ないんじゃないですか。登板数はまだ五十二試合ですよね。他のチームには七十試合投げてるピッチャーもいますし」

秋山記者はしつこく里志の判断ミスを責めてくる。

「若いから大丈夫なんてのはあなたの考えでしょう。彼は二年目なんだ。彼がいた独立リーグとプロとでは投げる試合数も違えば打者のレベルも違う。当然、体への負担は大きくなる」

「ですけど二見コーチが前半戦に三連投をさせなかったのは、優勝争いのかかったシーズン終盤に戦うためだったのではないですか」

今度はスポーツジャパンの女性記者が質問してきた。彼女もいつも辻原のそばにいる監督派だ。セイバーズの番記者は七割が監督派、三割はどちらでもいい派。彼らが喜ぶ気の利いたコメントをしない里志につく記者は一人もいない。

それでも本来は感謝してほしいくらいだ。ひどい負けゲームだと会見拒否する辻原に対し、里志はどんなゲームでも必ず囲み取材を受けているのだから。

「俺は別にシーズン終盤のために三連投までのルールを作ったわけではない。彼らの将来を思っているからだよ。かといって七連投させたら一〇〇パーセント故障するとも言えないけど」

「故障しないかもしれないなら、今日も投げさせて良かったのでは？」

「あなたは無責任だな。ケガしたら誰が責任を取るんだ？　一年活躍して残りのプロ人生を棒に振った選手はごまんといるんだぞ」

「私は別に無責任で言ってるんじゃありません。勝ち試合を落としたことで、盛り上がっていたチームのムードに水を差すことになるのを心配しているんです」

一つ落としたくらいで盛り下がるなら所詮《しょせん》はそこまでのチームだ。だがそう言おうものなら、「そこまでのチーム」の部分だけを切り取られ、チーム批判をしたと彼らの格好のネタになる。

里志は別の説明をした。

「どの競技でも同じだと思うけど、トップクラスになると技術よりメンタルの方が比重は高くなる。あなたたちだって忙しい時期は十日間連続勤務することだってあるだろ。八日目も問題なかった。九日目も問題はなかった。だけど今日が十日目だと考えた途端、急に体がぐったりくることがあるんじゃないか。ピッチャーも同じだよ。七連投も年間七十試合登板も平気かもしれない。だけどどこかでブレーキをかけてあげないと、突如《とつじょ》として数字の重みがのしかかってきて、ヘルシーな状態ではなくなってしまう」

「優勝を逃《のが》した方が、選手はメンタル面でショックを受けるんじゃないですか」また秋山だ。昨日の辻原と同じことを言う。

「大丈夫だよ。最後はうちが優勝するから」

普段はそんな希望的発言はしないが、このままでは埒《らち》が明かないとそう断言した。

「あなたたちにこれだけは言っておくよ。選手にとってもチームにとっても、今年が終わりじゃない。今日の一敗は確かに痛い。それは俺も認める。だけどこれもセイバーズという若いチームが常勝軍団になるための成長痛だと理解してくれ」

記者たちに納得した様子はなかったが、里志が立ち去ると彼らはそれ以上ついてこなかった。

囲み取材を必ずやる代わりに個別の取材は受けつけない。前にいた仙台でも、約束を破った記者には、その後の質問はさせなかった。それもまた記者が里志に敵意を持つ理由でもある。記者というのは、個別取材ができるかどうかで、有能さが決まるらしい。

誰も来ないと思っていたのが、背後から足音が聞こえ真横に記者がついた。

番記者の後方に立っていたグレーのパンツスーツに髪を後ろでまとめた、やたらと気が強そうに見える若い女性記者だった。初めて見る顔だ。

「二見さんにどうしても訊きたいことがあるのですが」

横目で確認した視線を戻すと女性記者はそう声を発した。

「あなた、うちのチームの約束事を聞いてないいんだな。質問があるなら囲みの中で訊いてくれ。そのために毎日やってるんだ。俺はけっして……」

やりたくもないのに……そう言いかけて口を閉じた。選手には「必ず記者には答えろよ」と言っている手前、コーチがそんなことを言うべきではない。

「私はセイバーズ番ではないんで」

彼女は意に介することなくそう返した。

時々、自分は番記者ではないと屁理屈《へりくつ》を捏《こ》ねる輩《やから》がいる。むろん里志は受け付けない。

「そんなことは理由にならない。記者は全員同じだ」

「それに私はスポーツ新聞の記者ではありません。中央《ちゆうおう》新聞です」

彼女は名刺を出した。一般紙だろうがスポーツ紙だろうが関係ない。そう言って振り切ろうとした。だが名刺の肩書きが通り過ぎた目に留まった。

中央新聞　八王子支局　萩下《はぎした》美雪《みゆき》

「八王子支局って、もしかして?」

里志は足を止めた。球場の長い廊下の角を曲がり、他の番記者たちには見えない場所まで進んでいた。

「はい、檀野晋さんが亡くなった件を取材しています。檀野さんと親友だったそうですね」

「同じチームにいたからな。だけどもう何年も会っていない」

この女性記者も現役時代、檀野が永久追放になった件を蒸し返してくるのかと思った。だが聞こえてきた言葉は想像もしていないことだった。

「檀野さん、亡くなる前日に二見さんの携帯に電話をしたそうなんです」

「なんだって」

「警察がそう言っているので間違いありません。二見さんはその電話を取られていないみたいですけど」

記憶を辿《たど》る。確かにかかってきた。あれは二日前の朝、これから球場に出かけようと支度《したく》をしているところだった。知らない番号だったので出なかった。

「ちょっと待ってくれ。この番号が今の檀さんの番号だと言うのか」

スマホを出し、着信履歴《りれき》に残っていた番号を見せる。

「たぶん、そうだと思います。九月二十二日と日付も合ってますから」

体を伸ばした記者が、里志のスマホを覗《のぞ》いてから答えた。

「だけど、どうして檀さんが俺に電話をしてくるんだ」

「それを聞きたくて私は取材に来たんです」

「球場の外で待っていてくれないか。車でピックアップする。俺の車はベージュの四駆。古い国産車だからすぐ分かるはずだ」

「承知しました。では関係者駐車場より先の交差点にいます。右に出ますか、左に出ますか」

「右だ。最初の信号の角にコンビニがある」

「そこで待っています」

彼女は体の向きを変え、駐車場とは別の出口へと歩き出した。

4

約束の場所で中央新聞の萩下美雪を乗せた里志は、ビッグドームからある程度離れた場所まで車を走らせてから深夜営業をしているファミリーレストランの駐車場に入れた。

とても帰宅するまでの短い時間で聞ける内容とは思えなかったし、かといって女性を家に入れるわけにもいかない。一対一の取材を禁止しておいて、初めて顔を見せた全国紙の女性記者と一緒にいるのをセイバーズの番記者に知られたら、彼らは猛抗議してくるだろう。

好きなものを頼んでいいと言ったが、萩下はドリンクバーでいいと答えた。席を立ち、彼女はアイスコーヒー、里志は炭酸水を各々《おのおの》でグラスに注《つ》いでテーブルに戻った。

「支局の記者ということは、プロ野球とは関係のない取材をしていると解釈していいんですね」

席に戻ると里志が確認した。

「はい、私の担当は事件事故全般です」

「もしや檀野さんの死に不審な点があるということですか」

つけいる隙を与えないよう、記者には常体で話すようにしているが、つい丁寧な言葉遣いになってしまうほど、彼女のやや吊り上がった目が和むことはなかった。ただ、球場の通路で話した時は、しっかりした口調に経験を積んだ記者かと思っていたのが、薄いメイクの素顔はどこかあどけなさが残り、二十二歳の長女とそう変わらないように感じた。

「檀野さんは社員として雇われていた八坂《やさか》リサイクルでは欠勤もなく普通に仕事をしていて、とくに悩んだ様子はなかったそうです。ですがここ数年、心療内科に通っていて、精神安定剤が処方されていました。亡くなった時も体内から薬が検出されました」

「それだと自殺ということになりませんか」

「そうですね。警察もまだ動いていませんし」

「それなのに、あなたはなぜ」

里志のもとに現れたのかが分からない。

「一人の捜査員が、これは問題があると主張してるんです」

「事件性があるということですか？　そしてあなたはその刑事から、檀さんの携帯電話の履歴のことを聞いた？」

そこで間が生じた。

「ネタ元は明かせないと言いたいところですけど、ここまで言えばそうとしか言えなくなりますね。おっしゃる通りです」

拒否するだろうと思っていた回答のおかげで、彼女の表情から鉄壁の防御が緩《ゆる》んだように感じ、里志は喋りやすくなった。

「その刑事が、俺の電話番号だと調べたのかな。でもその刑事はよく俺と檀さんの関係を知っていたな」

「それって昔、チームメイトだったこと以外ですか」

「あなたも回りくどいな。分かっているなら普通に答えてくれ」

「はい、すみません」

プライドが高そうに感じたが、案外素直な一面も持ち合わせているらしい。

「私が最初に聞いたのは、同じチームにいて、優勝したということです。リードしている場面で、檀野、二見と投げると負けなかった。そういうのを野球では勝利の方程式と言うそうですね。私は野球には疎《うと》いので知らなかったですけど、当時は師弟関係というか、親友だったはずだと」

「負けなかったは大袈裟《おおげさ》だが、俺が檀さんに師事していたのは間違いないよ」

「二見さんが先発投手からリリーフに転向したのも檀野さんのアドバイスが関係しているとか」

「それもさっきの刑事が言っていたのか。だとしたらその刑事は余程の野球通だ。もしくは大阪ジャガーズの大ファンか」

「その人自身、元野球選手です」

「なるほど、そりゃ詳しくて当然だな」

「聞いたことをもとに、私自身でもいろいろと調べてみました。檀野さんが野球をやめた年に、二見さんはメジャーリーグに移籍した。日本の評論家からは、二見では通用しない、とずいぶん批判されたみたいですけど、そこそこの成績を残した」

「その言い方は少し毒があるな」

「そこそこは失礼ですよね。日本で活躍した選手でも向こうではゲームに出られずにクビになって帰ってくる選手がたくさんいるようですから」

「いやそこそこで当たってるよ。俺としてももっとやれるつもりだったから」

メジャーでは中継ぎとして、一年目に六十試合で十二ホールド、二年目は七十試合に登板して十八ホールドを挙げた。勝ちゲームだけでなく、大差をつけられた敗戦処理もやらされたが、これがメジャーリーグにおける自分の今の実力なのだろうと、客が帰ったスタジアムで黙々と投げた。

それでもマシな方だった。三年目にはキャンプでメジャー枠からの除外を通告された。三十五歳になる歳だったから年齢的に限界だと見切られたのだろう。すぐに日本の球団から声がかかったが、ここで帰国したらあとで後悔すると、格安条件でマイナーリーグで、その後は独立リーグでプレーする道を選んだ。

バスで最高十二時間移動してそのままゲームというスケジュールは、想像していた以上に過酷だった。しかも若い打者のスイングはメジャーリーガーと遜色なく、わずかでも臆病《おくびょう》な姿を見せたら、飢えた打者たちが襲い掛かってきて滅多打ちにされる。強い気持ちを忘れなかったおかげで、アメリカに来て初めてクローザーを任され、田舎のローカル新聞が選ぶMVP選手に選ばれ、小さな町の広場でささやかに表彰された。

やれることはすべてやったが、結局、四年間一度もメジャーから声がかかることがなく、これが潮時だとアメリカで引退を決めた。日本では、通信社が配信した《二見引退》という短い記事が、ネットや新聞に載っただけだった。

炭酸水をストローで吸いながら、辿ってきた道を振り返っていると、萩下の声が聞こえた。

「帰ってきてすぐにコーチになれたのですから、二見さんのことを評価してくれた人もいたってことですね」

「たまたま運が良かっただけだよ」

「選手をやめていきなり一軍コーチになれるのはほんの一握りのスター選手だけだと、私が調べた記事には書いてありましたけど」

「よく勉強していると言いたいところだが、少し違っている。俺が採用されたのは東北イグレッツの二軍コーチだった。それが春のキャンプで一軍コーチが病気になって急遽《きゅうきょ》、一軍にあげられたんだ。素人《しろうと》コーチなのに運が良かっただけだよ」

「でも東北で三年、横濱で三年、二見さんのプロでのコーチのキャリアはすべて一軍なのですから、優秀なコーチということではないですか」

「コーチは一軍も二軍も同じだよ。一軍にいると目立つだけで、二軍コーチが選手のコンディションを整えて、いい状態で送り出してくれるから、こちらも選手起用が楽になる」

選手個々の力だけでは長いペナントレースを戦うことはできない。そこにはコーチだけでなくアナリスト、トレーナーなど、たくさんの無形の力が助けとなる。セイバーズの一軍のブルペン担当コーチや二軍コーチは皆勉強熱心だ。分からないことがあるとすぐに訊いてくるので、意思疎通もできている。

現役を引退したばかりの里志をコーチに誘ってくれたのが、その頃、東北イグレッツのGMをしていた白木仁《しらきひとし》だった。白木はたまたま里志が投げていたメジャー中継を観たそうだ。

——大量得点で調子に乗っていたメジャーの強打者相手に、あなたは打つなら打ってみろと向かっていっていた。そのハートの強さをうちの投手陣に教えてください。

その言葉は昔、檀野に「野蛮な勇気」と言われたのと似ていて、里志の心を揺さぶった。

横濱セイバーズの監督になった辻原が投手コーチを探していた時、「コーチなら二見さん以外いませんよ」と進言してくれたのも、東北イグレッツのGMから横濱セイバーズの球団代表に転身した白木だ。

東北では三年目に優勝できた。セイバーズも今年が三年目だ。里志にとっては、リーグ優勝させることが白木への恩返しになる。

ふと目を向けると萩下美雪は椅子の上でスマホを眺《なが》めていた。彼女が里志の視線に気づいた。

「あっ、すみません。会社から連絡が来てたんで」

「返事を打てばいいじゃないか。俺は構わないよ」

「大丈夫です。とりとめのないことだったので」

彼女はスマホを黒いトートバッグにしまった。

「それよりあなたはさっき、俺と檀さんは親友だったと過去形で言ったよな。最終的には親友ではなくなったと言いたいんだな」

「いえ、そういうわけでは」

「いいよ、感じたことを言ってくれて」

「はい、二見さんが二度目にジャガーズに戻った時、チーム関係者が先発投手を野球賭博の胴元である暴力団に知らせているという事件が起きたそうですね。関西を拠点《きょてん》に今や全国に組織が広がった大貫組《おおぬきぐみ》です」

「事件というより噂だけどな。最初はある週刊誌が、現役のプロ野球選手が野球賭博に関わっていると書いただけだ」

記事を掲載したのは信憑性《しんぴょうせい》が低い記事ばかり載せるゴシップ誌だった。チームメイトも球団も今時、そんなことをやってる選手がいるわけがないだろうと、鼻にも引っかけなかった。

「噂だったのですか？　私はその暴力団組織に先発投手の情報を流していたのが檀野さんだった。それをリークしたのが二見さんだったと聞きましたけど」

「聞きましたって、その刑事にか」

「はい。二見さんがメジャーリーグに移籍して数カ月経ってから週刊誌が書いたことなので、二見さんがリークしたのかどうか、真相は分からないと念を押されましたが」

その刑事は、週刊誌の記事をあたかも事実のように人に触れ回ることのない、慎重な人間らしい。

「リークではないよ。だけど球団に伝えたんだから報告だ」

「えっ」

萩下は切れ長の目を見開いた。

「その週刊誌報道で当たりだったということだ。俺が球団に話した。その結果、檀さんは処分された」

ただの処分ではない。永久追放――野球界では死刑に値する重い罰だ。

「それなのにどうしてその後も檀野さんと交流があったのですか。檀野さんの境遇に同情したってことですか」

「同情したわけではなく、単に世話になった恩人だったから、アメリカに行ってからも毎年、帰国すると連絡を取った。それも俺が引退して日本でコーチになってからは途切れた。檀さんも日本球界に戻ることになった俺に、迷惑をかけられないと思ったのだろう。最後に会ったのは七年前になる」

「この間《かん》、電話もなかったのですか」

「ないよ。それよりあなたは、そんな親密な関係だったのにどうして俺が檀さんを密告したのか訊きたいんじゃないか?」

「そうですね。なぜですか」

「悪いけど、その理由は誰にも言わないことに決めてるんだ。いくら優秀な記者さんでも話せない」

「罪を憎んで人は憎まずですか? それとも野球界のルールを破ることと、恩人であることとは別問題だと思ったんですか?」

「そのこともさっきの回答に通じるからノーコメントだ」

言ってから、意味ありげなことを伝えて彼女をやきもきさせてしまったと反省する。檀野との間にどのような事情があろうとも、檀野が亡くなったこととは因果関係はない。

「処分を下したのはプロ野球のコミッショナーだ。詳しく知りたければコミッショナー事務局を取材すればいい。だけど臭い物に蓋《ふた》をするのが球界の習わしだから、いまさら昔の話はしないと思うけど」

「二見さんと話していると頭の中がますますこんがらがります。それでは檀野さんはどうして亡くなる前の日に二見さんに電話をしたんでしょうか。七年間、音信不通だったのに」

「それはこっちが訊きたいくらいだよ。本当にこの電話番号は檀さんのものなのか」

「そうですよ。二見さんこそ、本当に会話していないんですか」

「不在着信だったのはその刑事が調べたはずだろ?」

「携帯電話でなくても通信はできます」

「LINEやショートメッセージを言ってるのか。それだって檀さんのスマホを見れば一目瞭《いちもくりよう》然《ぜん》だろう。俺には届いていない」

「でしたらその点は信じますけど……」

今度は彼女が含みのある言い方をした。

「警察はどう見てんだ」

「まだ動いていないと言ったはずです」

「だけど一人の刑事は疑ってんだよな」

「これは問題があると言ってるだけです」

「同じことだろ。その刑事に聞いてあなたは俺に会いに来た。新聞記者が勝手にそんなことをしていいのか」

視線が合ったまま返すと、彼女は口紅も塗っていない唇を噛んだ。

「今のは言い方がきつかったな。あなたはその刑事から信頼されている。だから檀さんが俺に電話をかけたことまで聞けたんだものな」

番記者といつも対立している里志には、記者との信頼関係は理解できなかった。親密になれないのは、彼らが役に立つ情報を持ってくることもなく、毎回紋切り型の質問をしてくるからだ。警察は情報交換のために有能な記者とは親しくするのだろう。

「その人は、本格捜査になった場合は二見さんに会いたいと言っていました。もしかしたら数日中に連絡があるかもしれません」

「その可能性はないかもしれないんだろ」

彼女は無言だった。まるで必ず来ると言っているようだ。この記者も檀野は自殺ではない、殺されたと確信しているのではないか。

「分かったよ。その刑事に言っておいてくれ。二見里志はいくらでも捜査に協力すると」

自殺でないとすれば、未解決のままでは檀野が浮かばれない。

「もしや、あなたが取材に来たことは伝えてはいけないのか」

この記者が先走ったのかと思ったが、萩下はすぐさま返した。

「いいえ、問題ありません。私の方からも二見さんは協力してくれると伝えておきます」

里志が伝票を摑むと、彼女も立ち上がって「自分の分は出します」とトートバッグから財布を出そうとした。

「たかだかドリンクバーだ。小銭を増やさせないでくれ」

深夜料金なので二人分で千円を超える。それならカードを使うのも気がとがめない。

「いいえ、そういうわけにはいきません」

彼女はにべもなく断り、店員に別会計を頼んだ。

5

あくる日、横濱セイバーズのゲームは、本拠地ハーバービュースタジアムでの中部ドルフィンズ戦だった。

今は野手が順番に打撃練習を行っている。投手陣は外野で練習する。ライナー性の打球を防ぐためにネットを置き、ネットの上を越えてくる飛球は球団職員や学生バイトがグラブを持って処理する。練習といっても毎日投げるリリーフ陣は疲れたら元も子もないので、軽く汗を流す程度だ。

「ヤングブラッズ、集合してくれ」

里志は外野の芝生《しばふ》でウォーミングアップを終えた投手陣に向かって呼びかけた。一軍登録している十三人のうち、若手七人が里志の近くに集まってきて車座になった。

セイバーズの投手陣を、里志は「チームメジャー」と「ヤングブラッズ」に分けている。

「チームメジャー」はエースで十四勝をマークしている山路《やまじ》や二十八歳で十二勝のサウスポー福《ふく》井《い》、リリーフで八回を任せている右のスリークォーター大浦《おおうら》、外国人投手の二人らと、コーチが指導しなくても自分でコンディションを作れる選手たちだ。

一方の「ヤングブラッズ」はクローザーを任せている隆之介など、概《おおむ》ね二十五歳以下の選手、もしくは三年続けて実績を残せていない中堅選手……彼らは日々学ばなくてならない。だから毎日練習中にミーティングをやる。

里志はコーチになった二年目からこのクラス分けを始めた。前にいた東北イグレッツでは「主力組」「若手組」と呼んでいたが、もう少し気の利いたものがないかと名称を変えた。

「今日は数学の話をするぞ」

里志が切り出すと、一人が「えー、数学って俺、一番苦手な科目だったんですよ」と嘆《なげ》いた。

「なに言ってんだよ。野球は数学のスポーツだと言われてるんだぞ。それをきみたちは日々、実践してるんだ」

できるだけ選手を「おまえ」と呼ばない。今はそういう時代だ。それでもプライベートや切羽《せっぱ》詰《つ》まったシーンでは口にしてしまうが。

「数学というのは正確に答えを証明する学業の芸術と呼ばれている。それができるんだから、きみたちも誇らしく思わなきゃ」

七人の若手は体育座りで里志を見ている。

「みんなは野球のボールカウントはいくつあるか知っているか」

「十二個です」

左のリリーフである篠原《しのはら》が答えた。彼はまだ競《せ》ったゲームの終盤を任せられるほどの安定感はないが、ミーティングでは一番の優等生だ。

「篠原の言う通りだ。『0《ゼロ》―0《ゼロ》』から『3《スリー》―2《ツー》』まで全部足すと、十二個になる」

「それがどう数学と関わってくるんですか」

「そう焦るな、隆之介、今から説明するから」

ヤングブラッズで唯一《ゆいいつ》、勝ちパターンと呼ばれる三点差以内のリードしたゲームで投げる隆之介だが、勉強は得意ではなかったようだ。それでも里志の話を毎回熱心に聞いている。

「その中でワンボールツーストライクというカウントがあるよな。いわゆる追い込んだ、十二個あるカウントの中でもノーボールツーストライクの次にピッチャー有利だと言われるカウントだ。だがうちのアナリストが出したデータを見てみると、数字上はピッチャー有利じゃないんだ。『1《ワン》―1《ワン》』や『2《ツー》―2《ツー》』より確率は悪い」

「それってピッチャーが気負っているからですか」

厳しいシーンで投げている隆之介がそう言うということは、本人には不利になっている意識はないのだろう。ここでも数字が示すその重みに人の心理が錯乱《さくらん》させられている。

「確かに気負いもあるけど、際どいコースに投げているのに見逃されたり、打たれたりしている。ちなみに配球は圧倒的に変化球が多い」

「バッターに変化球を狙われているってことですか」と篠原。

「その通りだ。どうしても追い込んだカウントになると、ピッチャーは空振り三振を取る球、フォークやチェンジアップ、縦のスライダーといった決め球を投げたがる。だけど打者もそれを待ってる。俺が言いたいのは十二分の一の確率でしかないカウントの一つを、投手は勝手に自分有利だと勘違いして、勝負にいって痛い目に遭っているということだ」

「分かりました。『1《ワン》－2《ツー》』になった時は、勝負球を狙われている可能性が高いから注意しろってことですね。変化球を狙ってると感じたら、胸元めがけてストレートを投げてやります。びびって空振りするくらいの」

隆之介が威勢よく言ってみんなの笑いを誘った。本来は捕手に伝えるべき話だが、捕手はバッテリーコーチを兼務している石川ヘッドの管轄《かんかつ》なので余計な口出しはしにくい。

「さすがうちのクローザーだ。ここまでいくと数学というより心理学の話になるけどな。隆之介は人の心を読むのが得意なのか」

「隆之介さんは大苦手ですよ。女の気持ちなんて男には分かんねえから、俺はグイグイ行くだけだって言ってますし」

隆之介より一歳下の佐藤《さとう》が茶々を入れた。

「あれはおまえを心配してアドバイスしてやったんじゃねえか。彼女いない歴二十二年の素人童貞だって言うから」

「スパイダー隆之介さんには敵《かな》いませんよ」

「なんだよ、スパイダーって、佐藤」

里志が尋ねた。

「俺がスパイダーマンみたいにすばしっこいってことだろ」

隆之介が笑う。

「そんなカッコよくないでしょう、ちっちゃいだけで」

佐藤の返しに他の選手もつられた。

「隆之介はマウンドでは打者の心理を読むより、自分中心の配球になってることがあるけどな。ストライクを投げないといけないと焦っている」

「すみません。カウントを悪くしたくないという気持ちが強すぎて」

隆之介は素直に認めた。

「若いうちはイケイケでもいいよ。長いシーズンにはいろいろな局面がある。危険を察した時は慎重さを忘れるなよ。だけどそれは深呼吸したり、牽制《けんせい》したりして対処するのであって、けっして逃げることではないぞ」

ヤングブラッズには、毎回、こうして蘊蓄《うんちく》になることを伝える。知識こそが最大の武器だ。たいした話でもないのに最初に数学と言ったのも、うちのチームはこんな難しい野球をやっていると選手が優越感を持つと、実力のあるチームと戦っていても、恐怖心は薄れるからだ。

そうはいっても彼らは成長途上であって、この七人のうち里志が一人前に育てたのは隆之介くらいしかいない。

今季、最多セーブ投手のタイトルを獲《と》りそうな隆之介は、高校を卒業後、早くプロ入りしたいと独立リーグを選んだらしい。

大学なら四年、社会人なら三年が経過しないとドラフトにかからないが、独立リーグなら一年で入団できる。

独立リーグでは一年目から投げ、そこそこ成績を出していたそうだが、一、二年目は名前を呼ばれずに終わった。おそらく公表一六九センチの身長がネックになりスカウトは指名に踏み切れなかったのだろう。三年目、一昨年《おととし》のドラフトでようやくセイバーズに指名された。指名した七名のうち最下位（七巡目）だった。

ルーキーだった去年の春季キャンプから、プロで成功してやろうという強い思いを全身から醸《かも》し出していて、里志はその意欲を買って開幕一軍のメンバーに入れた。

体力がついてこずに途中で何度か二軍に落としたが、負けゲームや大量リードした場面など三十試合にリリーフで投げさせた。強打者と対戦した時の恐怖心の克服と、ロードゲームで相手の応援に呑《の》み込まれないよう、プロ野球の雰囲気に慣れさせた。

経験を積ませた結果、昨年の秋季キャンプと今年の春季キャンプではめざましい成長を遂げた。

去年から一五〇キロ以上は出ていたが、プロのトレーニングで下半身をしっかり鍛えたことで、より腕がしなるように振れて、打者の手元で浮き上がってくるように見えるほど初速と終速の差がなくなった。スライダーのコントロールを磨《みが》き、カウントに困った時には変化球でもストライクが取れるようになった。決め球のフォークボールも、高めに浮かないよう精度を上げた。

オープン戦終了後、辻原監督に「今年の抑えは隆之介でいきます」と言った時は「まだ無理だろう」とまともに取り合ってくれなかった。今の辻原は、中継ぎ投手が走者を出すたびに、早く隆之介を出したくてうずうずしている。

やんちゃで、やや調子に乗り過ぎる一面が抜けないが、リリーフを任せるにはこれくらいの性格がいい。ピッチャーは誰もが臆病だ。なにせバットを持って、いつでもホームランをかっ飛ばしてやると構えている打者に向かって、ストライクゾーンで勝負してアウトを取らなくてはいけないのだ。打者が打てるコースに投げて打ち取る、矛盾することを同時にやらされているのがピッチャーである。

選手はわいわいやっていた。「まだミーティング中だぞ」と制してから里志は続けた。

「ところで隆之介、きみの文章はひどすぎるぞ。せっかく『隆之介は〜』と三人称から始まってるのに、文末には『〜のようだ』『〜だそうだ』が必ずついている。そう書きたい気持ちも分かるけど、俺は客観的に書くために三人称にさせているだけで、自分自身のことを書いているのだから、推定を表す言葉は入れなくていいんだよ」

「すみません。僕、コーチの言う主観的とか客観的とかいう意味がよく分かってなくて」

隆之介が困った犬のように首を傾《かし》げた。

「客観的以前に国語力の問題でしょう」

周りから弄《いじ》られる。

「小論文のテストをしてるわけじゃないから文章は別にいいんだけどな。提出することより、自分で書くことが目的なんだから」

その日のゲームを振り返り、反省したり新しい発見をしたりするための日記だ。反省を次に取り入れればいいだけで、本来はコーチに提出する必要はない。

里志が指摘したかったのは、実は文章のことではなかった。

二日前、二死満塁であわや逆転ホームランかと思ったファウルを打たれた球はスライダーのすっぽ抜けだったのに、彼は《隆之介はストレートが指に引っかからなかったらしい》と書き、三振に取ったストレートを《隆之介はスライダーが決まったようだ》と書いてきた。

明らかなケアレスミスだが試合が終わってすぐに取り掛かったため、頭が熱いままで球種が逆になったのだろう。コーチに言われた通りに書いたのに、細かいことまで指摘されたら可哀想《かわいそう》だ。この場で注意するのはやめておこうと気が変わった。

談笑に近いミーティングが終わると彼らは立ち上がってチームメジャーの練習に合流した。

今日はサッカーボールを用意して、五人でボールを回して二人がボールを追いかける「五対二」というゲームをさせる。野球では使わない筋肉を鍛えるのが目的だ。他にもターンする練習になるからと子供がやる鬼ごっこをさせたりする。

こうした野球以外の遊びを採り入れたメニューについては、ベテランの参加は自由にしている。長く続けて結果を出してきたのに、新しいコーチが来て習慣を変えられることほど、迷惑な話はない。エゴが強くて、他人の言うことを素直に聞かずに、なんでも一旦は拒絶するのも、総じてピッチャーになる人間の特徴である。

今、何時だろうと、電光掲示板に目を向けると、外野席に中央新聞の萩下記者が立っていた。彼女は頭を下げた。

里志は黙礼した。

「二見コーチ」

グラウンド側の背後から声がした。スポーツマスコミが取材禁止のグラウンドに入るわけがないのに、里志は慌《あわ》てた。

「どうしたんですか、びっくりした顔をして」

エースの山路と、八回を任せるセットアッパーの大浦が立っていた。二人はサッカーには参加しなかったようだ。

「急に山路が声をかけるからだよ」

女性記者に挨拶《あいさつ》したのを見られたと思ったとは言えず、適当にごまかす。

「コーチってもしかして佐野元春《さのもとはる》のファンなんですか」

三十五歳、右のオーバーハンドの山路は、打線の援護《えんご》がないゲームでも、孤独を戦い抜くように打者に向かっていくエースらしい男だ。

三十四歳の大浦は、口数は少ないが、山路同様、プロのピッチャーらしい仕事人である。どんなピンチでも苦しい表情を見せることなく、黙々と投げ続ける。

「俺は姉貴がファンだったから中学生の頃から佐野元春を聴いてたけど、山路は世代じゃないだろ?」

「プロに入って、初めてアーティスト名を知りました。日本人メジャーリーガーのパイオニアと呼ばれた大先輩が、登板前に必ず聴いていたと聞いたもんで」

「それ、俺も同じだよ。俺はその人に憧れて中学からピッチャーになったんだから。それで真似して聴くようになったんだ」

そのメジャーリーガーが聴いていたのは「ＳＯＭＥＤＡＹ」という曲だった。「Ｙｏｕｎｇ　Ｂｌｏｏｄｓ」も佐野元春の曲だ。

「そんな洒落《しゃれ》たネーミングするのなら、俺らの方もチームメジャーじゃなくて、もっと気の利いた名前にしてくださいよ。コーチならいろんな曲やアーティストを知ってそうじゃないですか」

「俺も頭を捻《ひね》って考えたんだよ。最初はミスターチルドレンとミスターアダルトビデオに分けようかと思ったんだけど、大の大人にチルドレンはないなと思ったんだ」

「そっちじゃなくてビデオの方でしょ。俺ら男優ですか?」

山路が期待通りに突っ込んでくる。

「そうなると、俺の薄い知識では、チームゲイリーオールドマンくらいしか浮かばなかった」

言ったところで意味が分からないと思ったが、山路は「最高の役者じゃないですか。『ウィンストン・チャーチル』を観ましたよ」と海外の名優のヒット作を挙げた。

「大浦も知ってたか?」

「『レオン』の殺し屋ですよね」

二人ともさすがだと感心した。長くプロで活躍している選手は、野球以外にも関心を持ち、無関係の分野からも自分に必要な心構えや、気持ちが沈んだ時に自分を救ってくれる言葉を身につける。映画や小説でもいいし、他の競技の第一人者、俳優や芸人と交流するのも一つの方法だ。現役時代の里志はストイックになり過ぎて、野球以外の世界を参考にするゆとりがなかった。

「じゃあ明日からはチームゲイリーオールドマンに変更しようか」

「やっぱり恥ずかしいから勘弁してください」

「そうだよな。山路、ダジャレだもんな」

チームメジャーは基本、放任しているが、まったくなにもしていないわけではない。ベンチに入る投手コーチのもっとも大事な仕事は交代のタイミングを見極めることだ。

交代を命じて下ろされるピッチャーから感謝されることはまずない。いくら「ここまでよく投げてくれた」と労《ねぎら》っても、自分が納得していないと、彼らは拗《す》ねる。繊細なのにプライドが高い、ピッチャーは面倒くさい人種なのだ。

今でこそ、こうして冗談を言い合えるようになったが、里志がセイバーズに来て一年目のシーズンは、近づいても山路はわざと気づかぬ素振りをしていた。新しいコーチがどれだけ自分たちを見ているのか、コーチング能力を試していたのだ。

「二見コーチのやり方がうまくいくのが、三年一緒にやってやっとわかってきました。自分がされて嫌だったことはしない、それが基本にあるんですね」

「おっ、さすがエースは違うな。コーチになって六年になるけど、初めて当てられたよ」

里志のコーチングのすべてがまさにその一言に尽きる。

現役時代、ブルペンでは調子よく投げていたのに、コーチから「低めに集めろよ」などと余計なアドバイスをされてフォームがおかしくなった。打たれて反省しているのに監督から「甘く投げるなと言ったろ」と叱責《しっせき》され、気持ちの整理がつかなくなった。

監督やコーチに恵まれていたらもっとすごいピッチャーになれたと己惚《うぬぼ》れているわけではない。だが、突然一軍コーチを任された素人コーチが選手にしてあげられることは、「されて嫌だったことはしない」くらいしか見当たらなかった。

「でもコーチが自分の経験を逆利用していると気づいたのは、俺ではなく大浦ですけどね」

山路が黙って立っている隣の大浦に振った。

「大浦はなぜ俺のフィロソフィーに気づいてくれたんだよ」

突っ込んでくるのを期待して、わざと横文字を使ったが、生真面目《きまじめ》な大浦は横道に逸《そ》れることなく話した。

「斉田《さいた》コーチに、ブルペンでウォーミングアップをしてる時は技術的なアドバイスをしない方がいいとアドバイスしたそうじゃないですか。正直言って、ウォーミングアップ中に『いつもより肘の位置が低いぞ』などと指摘されても、ピッチャーは混乱するだけです」

ブルペンを担当する斉田は二年前まで現役選手で、去年はバッティングピッチャー、今年からコーチになった。

「今は禁止だけど、俺の頃はリリーバーが投球練習を終えるまで投手コーチがマウンドにいてじっと観察してたんだよ。なにを偉そうに見てんだって、俺はいつも気分が悪かった」

「僕も、集中しろよとか言われましたね。そんなこと、大事な場面で出てるんだから言われなくても分かってますし」

大浦も同じことを思っていたようだ。

「こう言うのはまだ早いけど、うちのチームが優勝できたとしたら、山路がローテーションの軸をしっかり守り、八回を任せる大浦が完璧に抑えてくれたからだよ」

感謝を込めて労ったところで、脳裏に口髭《くちひげ》を生やした檀野の顔が浮かんだ。快活に笑う男が、マウンドでは闘志をみなぎらせていた。相手に勢いがあるゲームでも、八回を完璧に抑えて自分たちに流れを手繰《たぐ》り寄せる、最高のセットアッパーだった。

檀野のようになってほしいと昨季、先発だろうが中継ぎだろうが与えられた場面で仕事をこなしていた大浦をセットアッパーに起用した。

責任感のある大浦が、たえずコンディションをキープして相手打線の反撃の意欲を削《そ》いでくれるから、九回はキャリアが浅く、まだ野蛮な勇気だけで力任せに投げている隆之介でも通用する。大浦─隆之介と繋ぐ勝ちパターンができたことで、セイバーズの勝率はぐんと上がった。

「そうですよ。大浦のおかげです。ですけどあいつは全部自分の力だと勘違いしてますけどね」

サッカーボールを蹴りながらはしゃいでいる隆之介を山路が流し目で見る。

前も似たようなことがあった。それまで談笑していたのが、話題が隆之介のことに移った途端、山路の表情が変わり、会話が刺々《とげとげ》しくなった。

ひと回り離れているが、二人は同じ高校の先輩後輩の関係だ。

ただしドラフト一巡目で入ったエリートの山路と、独立リーグという裏街道を歩いた隆之介では苦労の度合いはまったく違う。年俸も隆之介は去年、二〇〇万アップして六八〇万円。四年前に四年一四億円、年平均三・五億円で更改した山路は今年が契約の最終年だ。

「隆之介だって感謝してるはずだよ。大浦が、自分が投げやすいようにリズムを作ってくれてるんだって」

「礼儀知らずのあいつが感謝なんてするわけないですよ。マッサージも大浦より先に受けようとしますし」

「若い時はそんなものだよ。俺も抑えをやっている時は自分の前で投げるピッチャーに感謝もせずにイケイケだった」

毎試合、恐怖と戦っている今の隆之介に、一人前のプロフェッショナルの心構えを押し付けるのは可哀想だ。

去年の隆之介は、敗戦処理の場面でも顔面蒼白《そうはく》で、今にも嘔吐《おうと》しそうだった。

そこがドラフト一巡目の山路と、最下位で入ってきた隆之介との大きな違いとも言える。

一巡目はよほどのことがない限り四年は面倒を見てもらえるが、下位指名の選手は結果が出ないと一年でクビになる。寄る辺《よるべ》がない気持ちで毎回マウンドに上がり、滅多《めった》打ちにされれば、その時点でプロ人生が終わるかもしれないのだ。

三十九セーブの成績を挙げている今でさえ、一人でも走者を出すと不安が表情に出る。恐怖に押し潰されそうになるからこそ、里志が「相手を挑発することになるから抑えてもはしゃぐなよ」と注意しても、彼はゲームセットとなると大声で吠えたり、打者を指差したりする。

山路や大浦のような衒《てら》いのない振る舞いができるようになるにはまだまだ時間が必要だ。

「あいつだって体育会でやってきたんですから、もう少し長幼《ちょうよう》の序《じょ》を知ってもいいでしょ」

「そんな難しい言葉を隆之介に言っても理解しないよ。国語力が足りないとさっきも仲間から弄られていたんだ。せめて上下関係くらいに言い直してやらないと」

「あいつはそんな馬鹿ではないですよ。訊《き》き返してもこなかったし」

「先輩の愛のムチに隆之介はなんて答えたんだ」

「無視ですよ」

「そりゃたいした度胸だ」

隆之介にとっての山路は、里志の現役時代に喩《たと》えるなら、煩《うるさ》いことを言っては毎回モチベーションを下げていたコーチに該当する。里志が後輩でも、山路にはあまり近寄らないだろう。

「俺からもおいおい注意していくよ。山路に言われたようなことを、俺も若い頃に先輩から指摘された。あれは春の目覚めのように、幼稚だった俺を大人に変えてくれた。長くプロで戦っていくには、自分の将来を本気で考えてくれる先輩との出会いも大切だ」

「俺はそんな優しさで言ってるんじゃないですけどね」

「いいんだよ、照れなくても。俺はさすが優勝争いしているチームのエースだと褒めてるんだから」

そう言ったところで山路に笑顔は戻らなかった。

大浦を見る。彼は苦笑いを浮かべていた。山路とは対照的なおおらかな性格で、この二人が最年長と二番目というのもチームにとってはバランスがいい。

成長途上のピッチャーが多いセイバーズ投手陣だけに、里志は辻原監督と約束事を決めていた。連投はいくつまで、ピンチを抑えたピッチャーが次のイニングも投げる「イニング跨《また》ぎ」はしない、KOされてしょげているピッチャーを試合中に二軍降格したりしない……。ところがそうした約束は今シーズンだけで何試合も破られている。大浦などは十回以上、回を跨いだ投球をさせられている。

――一度ピンチを抑えてベンチに下がると、ほっとしちゃうんだよな。そこからもう一度気持ちを高めろと言われても、ロボットじゃないんだからなかなかできねえよ。

イニング跨ぎをさせないのは、檀野がいつもそう嘆いていたからだ。

九回を任せられるクローザーでも二イニングを投げることはある。だがその数はセットアッパーには遠く及ばない。しかもセットアッパーは走者を背負ったピンチに登板し、その回を抑えたところで、次の回に走者を出したら代えられるのだ。他人の悔しさを背負って投げ、自分の無念は消化できない。

まだ檀野が死んだということすら、悪い夢を見ているようで現実感はなかった。八王子で働いていたことも知らなかった。思いに耽《ふけ》っていると山路と目が合った。ふと思いついたことを尋ねる。

「山路の高校の西東京学園って、場所は八王子の近くなのか」

別の校名だった頃に甲子園《こうしえん》出場経験のある、高校野球に詳しい人ならだいたいは知っている強豪校だ。

「なに言ってるんですか。西東京だから西東京市ですよ。八王子駅なんて、車で一時間くらいかかります」

「コーチって高校野球の予選が東東京、西東京に分かれてるから、それと勘違いしてるんですか」

大浦にまで笑われた。群馬出身の里志は、大学四年間は東京にいたものの、寮と学校、グラウンドを行き来するだけでほとんど出歩かなかったため、東京の地理には疎《うと》い。

プロに入ってからも名古屋、大阪、福岡、再び大阪に戻って、アメリカ。引退後にコーチになったのも仙台、社会人野球は北陸で、東京には不思議と縁がなかった。

「俺は田舎者《いなかもの》だから、西東京市と言われてもどこにあるのか分からないよ」

「俺が高校生の頃までは田無《たなし》市だったから知らないのも仕方がないですけどね。田無市と保谷《ほうや》市が合併してできた比較的新しい市なので」

「そうだったのか」

田無も保谷もどこにあるのか分からないので、場所のイメージが湧かないことには変わりない。

「八王子がどうかしたんですか？」

「いや、白木代表も八王子出身だから、八王子会とか作らないのかなと思って」

檀野のことを出すわけにはいかず、適当なことを言う。八王子の実家の土地に二世帯住宅を建てた白木球団代表を、一度、甲府《こうふ》でのオープン戦の帰りに車で送った。

「芸能人じゃあるまいし、そんなの作るわけないじゃないですか」と山路が笑う。

「よく俺の発想の原点が分かったな。この前、テレビで芸人が言っていたのを覚えていたんだ」

「隆之介は八王子出身ですけどね」

「それで代表は隆之介を指名したのかな」

「さぁそこまでは。隆之介は関西の独立リーグでしたし」

サッカーを終えた隆之介が「二見コーチ」と声をかけてきた。同じ学校の先輩なのに、隆之介は煩い先輩には話しかけもしない。

山路も「じゃあ」と言い、隆之介とすれ違って大浦と去っていく。チームメジャーの練習はトレーニングコーチがメニューを作り、指示をしている。これから三十メートルほどのダッシュをするようだ。

「昨日はありがとうございました。休めたおかげで、肘が楽になりました」

山路は礼儀知らずだと言ったが、里志の前での隆之介はそんなことはない。

「いやこっちこそ四連投までしかさせないと言ったのに、六連投させたんだから」

「昨日も試合前、監督に呼ばれて、おまえ今日も投げられるよな、と訊かれました」

「本当か?」

監督が選手にそんな言い方をすれば、選手は行けますとしか答えられない。まさか里志の知らないところで選手を聴取していたとは。

「隆之介はなんて答えたんだ」

「これは二見コーチの意向ではないなと思ったんで、『無理です』とはっきり拒否しました。監督、思い切りムッとしてましたけど」

「それは悪いことをしたな」

コーチはほとんどが一年契約なので、シーズンが終わればクビを切られる一方、嫌なら別のチームのコーチになれる。だが選手はフリーエージェントの資格を取るまでは他のチームに移籍することはできない。自分がクビになった後に、二見派だと辻原から嫌われる可能性もある。もっともチームの守護神に成長した隆之介を干したりすれば、辻原の監督生命は短くなるだろうが。

「昨日休んだ分、今日は行けますから」

「ああ、セーブがつく場面なら任すよ」

優勝が決まる日でもない限り、四点以上の差のついたゲームで彼に投げさせるつもりはない。

「八回からでも行けと言われたら行きますよ」

彼としては昨日休んだ分、どんどん使ってくれと意気込みを見せたのだろう。だが八回から行けるなんてセリフ、山路が聞いたらそれこそ大浦へのリスペクトがないと怒り出す。

「そんなに張り切るな、きみの野球人生は長い。ここで無駄に消耗することはないんだから」

里志より二十センチは低い彼の肩を握った。

「ん？　まだ肩に張りがあるな。ゲーム前のマッサージでトレーナーにほぐしてもらえ」

「はい、一試合空いたので、注意しながらウォーミングアップします」

野蛮な勇気で力任せに投げていると思ったのが申し訳なく感じるくらい、彼は冷静さも備え持っていた。

6

昨晩の天気予報では降水確率が午前中から六〇パーセントはあると出ていたが、今朝はさわやかな秋空が広がっていた。

この後、降水確率は下がる一方だから恵みの雨は降りそうにない。パジャマのままベランダに出た里志は、空を見上げて落胆した。

屋外球場を本拠地とするセイバーズは、雨天中止も長いペナントレースを戦う上で大事な戦略になる。その日の先発は中止を嫌がるが、ブルペンにはいい休養になる。去年までなら、降水確率が高いだけで雨が降っていなくても、球団は中止を決めた。それが優勝争いをしている今季は前売り券が売れているとあって、多少の降雨でもゲームを強行する。

ブルペンはいつ野戦病院化してもおかしくないほど満身創痍《まんしんそうい》だ。昨夜の中部ドルフィンズ戦でも中継ぎを繋いで、三対三の同点の九回に隆之介を起用した。

リードしていたわけではないが、サヨナラ勝ちの可能性があるホームゲームは、九回以降はいいピッチャーから順番に使うのがセオリーなので、登板は仕方がない。

隆之介は九回を三人で抑えた。その裏、セイバーズは無死満塁のサヨナラ機を作ったが三振、併殺で無得点に終わった。

　すると辻原が「もう一イニング、隆之介を投げさせてくれ」と言い出した。納得したわけではなかったが、今日の展開では仕方がないと自分に言い聞かせ、「悪いけど、隆之介、もうスリーアウト頼む」と頼んだ。隆之介もそのつもりだったようで「はい」と即答だった。走者を二人出したが無失点に抑えた。

　十一回からは六連投となり、休ませるつもりだった大浦を出した。大浦は二イニング目、それまでの二十五球のうち、たった一球だけ真ん中に入った球をバットの芯で捉《とら》えられた。

　打球がスタンドに向かって高い放物線を描くと、ベンチの反対側から「おい、なんて球投げてんだよ」という堀米打撃コーチの声が聞こえた。

　──あんたが管轄の打線が点が取れないせいだろ。

　よっぽどそう言ってやろうかと思ったが、十二回裏の攻撃が無失点で終わり、敗戦が決まった時には気持ちを切り替えた。

　打者だって必死に点を取ろうとしているのだ。コーチから無駄な発破をかけられてむしゃくしゃしているのに、門外漢の投手コーチにまで批判をされれば、彼らもやる気を失ってしまう。

　首位でありながら、セイバーズのチーム打率はリーグ四位と低く、出塁率もよくない。それは辻原が見逃し三振を消極的だとみなし、選手を叱《しか》るからだ。だから打者はボール球に手を出し、凡打の山を積み重ねる。

　里志はベランダで、毎朝やっているシャドウピッチングを始めた。

現役の頃、ひと晩経つと体がフォームを忘れてしまっていると不安に襲われ、いつしか朝の習慣になった。

コーチだからバタバタしたフォームでも構わないのだが、しっくりこないと気持ちよく仕事に向かえない。スタジアムからは車で三十分かかる横浜市北東部のこのマンションを選んだのも、1LDKなのにベランダがルーフバルコニー並みに広かったからだ。

一回目のシャドウピッチングは腕を引いてから振るまでの間が足りなかったが、三回目は一五〇キロを投げていた時を思い出したほど、しっかり溜《た》めてから腕が振れた。すっきりしたところでボロが出る前にやめておく。部屋に戻って朝食の準備を始めた。

今朝のモーニングはサラダ、金沢《かなざわ》の豆腐店から取り寄せている寄せ豆腐。それを醬油《しょうゆ》ではなく梅干しで食べる。毎週、献立《こんだて》を作り、野菜が五〇パーセント、豆と全粒穀物《ぜんりゅうこくもつ》が三〇パーセント、残り二〇パーセントが肉や魚など動物性タンパク質になるよう計算する。動物性タンパク質も低脂肪のものに限り、ハムやソーセージといった加工品は口にしない。

食事にこれだけ気をつけているのは、一九〇センチある里志は、今も体重が八八キロ、現役時代は一〇五キロあって、太りやすい体質だからだ。

引退しても、コーチというプロフェッショナルの仕事に携《たずさ》わっている以上、体重管理は続けていこうと決めた。やらないと気が済まないという単なる自己満足ではあるのだが。

カロリーコントロールは学生時代からしていたが、ここまで食生活を厳しく律するようになったのはマイナーリーグで投げていた頃、アメリカンフットボールの名クォーターバック（QB）

が食事の管理を徹底しているという記事を読んだからだ。

年で二十億〜五十億円と途方もない年俸を手にするQBは、自分よりはるかに体の大きな選手が襲い掛かってくる中でパスを通す。そして自分がケガをしたらチームがそのシーズンを棒に振ることも知っている。

だからこそ彼らは専属シェフまでつけて食事からこだわる。そのQBは料理には精製した砂糖や小麦粉を使わない。野菜もナスやピーマン、トマト、さらにキノコは炎症を引き起こす作用があるため避ける。里志と同じ歳だが、彼は昨シーズンまで現役を続けた。

里志はプロに入ってから幾度か肘に炎症を起こし、ベストピッチングができない時期があった。プロに入った早い段階からそうした知識を身につけ食生活を徹底していれば、肘痛になることもなく、もう少し長く現役を続けられたかもしれない。

シーズンを終えて自宅で過ごす二カ月間は、沙紀特製の料理を好きなだけ食べる。沙紀も気を遣《つか》って、脂身の少ないステーキや魚を中心に作ってくれるが、里志は家族が遠慮して美味《おい》しいものを我慢したら申し訳ないと、シーズン中には食べないパンに、思い切りバターをつけて食べたりする。

——食事で一番の美味しい理由はなにかと言われたらそれは背徳感だな。

——里志くん、背徳感だなんて、聖奈や柑奈がおかしな人と付き合うようになったら、全部、里志くんのせいだからね。

娘たちの前だというのに沙紀は気にせずにそうした冗談を言う。

——俺は食事のことを言ったんだよ。なにも……。

出なかったそこから先を、上の娘、聖奈が継ぐ。

——大丈夫よ、私は不倫《ふりん》なんてするつもりはないし。ねえ、柑奈？

——今のところはね。

——今のところろって柑奈……。

タジタジになった里志を女性軍が笑うのだ。

——だけどバターくらいで背徳感だなんて里志くんはどれだけみすぼらしい食事をしてるのよ。好きなものを好きなだけ食べる、それが一番。

——はいはい、この家にお世話になっている間は、みなさんの意向に従います。

——お世話って、お父さんの家なのに。

——聖奈、そんなことを言ってると、毎晩、サラダを食べさせられるよ。お父さんは自分に厳しくすることを生き甲斐《がい》にしてるんだから。

うんざりされたが、かくいう沙紀にしても、年齢とともに食べる量を減らしたり、運動を始めたりするなどして、四十代半ばに差し掛かっても、以前の体形を維持している。

家族と過ごす二カ月で、里志はだいたい一一二～一五キロ、一〇〇キロを超えるほど太る。おそらくそれが今の里志の自然の体重だ。

それが二月一日のキャンプインから食事管理をすると、たちまち落ちる。選手の頃、監督やコーチにすぐ突っかかっていく短気な性格を「ハングリーがおまえのアングリーに繋がっているんじゃないか」と先輩から揶揄《やゆ》された。しかし体調はのんびり過ごすオフより、次から次へと心配事がやってきてストレスを溜めるシーズン中の方がいいから、今の体重がベストなのだろう。

アルコール、カフェイン、ジュースや乳製品も摂《と》らないので、食後は水を飲んだ。浄水器を通しただけの水道水だ。アメリカでは活性酸素を除去する水素水、野菜もオーガニック、鶏肉や豚肉も平飼いされているものにこだわったが、今の年俸でそこまでしたら家族に迷惑がかかる。

サラダと豆腐を食べ終えると、器はすべて食洗機に入れて球場に出かける準備をした。まだ午前九時、ゲーム開始は午後六時、練習開始は午後二時からだが、午前十時には球場に着くようにしている。アナリストが出してきたデータを見ながら、当日の対戦相手の打者や自軍の投手の状態などを検討するからだが、ウエイトトレーニングも日課にしている。自分がヘルシーでないといいコーチングができない。それもまた里志のポリシーだ。

ポロシャツに綿パンという軽装で、家を出た。マンションを出て、借りている青空駐車場に向かうと、白シャツに下が濃灰《のうかいしよく》色という地味な服装の男女が立っていた。その二人が何者なのか、なんとなく予感できた。

「私になんの用でしょう」

一八〇センチくらいありそうな男性の方に向かって言った。年齢はやや年下、三十代後半くらいか。女性は背が高くて肩幅が広い。彼女も男性と同年代に見えた。

「警視庁八王子署の栗田文恵《くりたふみえ》と言います」

女性の方が名乗った。

「私に話があるということは、檀野さんが亡くなった件、事件性が出てきたってことですか」

「そのことで話を伺《うかが》わせてもらっていいですか」

「それより私の住所はどうして分かったんですか。住民票も移していませんし、まさか警察は全国民の住処《すみか》を把握《はあく》しているとか」

駐車場で待ち伏せのようなことをされたことに腹が立つ。車まで知っているとは、彼らはどこの国の警察なのだ。

「球団に電話をしたところ、白木代表に回され、事情を話した上で教えていただきました」

「どの車に乗っているのかもですか」

「そうです。朝からインターホンを押すのも申し訳ないと思ったので」

いずれも女性刑事が答えた。白木には当然住所は伝えているし、車種も知っている。ただ白木で良かった。球団には辻原の息がかかった職員もいる。辻原に知られたら、訃報を記者から聞いただけで檀野とは会っていないなどと、面倒くさい説明をしなくてはならなかった。

「話すのはいいですけど、私はこれから球場に行かなきゃいけないんです。車の中でいいですかね。別に私が容疑者というわけではないでしょうし」

最後のは余計だったと思いながらも日産サファリの運転席側に回り、キーを挿《さ》し込む。

「では私だけ乗せてもらっていいですか」女性刑事がそう言い、男性刑事の方は「僕はカイシャに戻ってます」とその場を離れた。

てっきり男性刑事がついてくると思っていただけに里志は当惑《とうわく》した。

「どうかしましたか」と女性刑事。

「いえ、新聞記者から、事件性を疑っている刑事さんは元野球選手と聞いていたんです。まさかあなたがそうなんですか」

「はい。父が大阪ジャガーズの大ファンで、その影響で大学まで野球をやっていました」

「ポジションは」

「キャッチャーです」

助手席で行儀よく手を膝《ひざ》の上に置いて頷《うなず》いた栗田は、生地《きじ》がたるんでいる車の天井を見上げた。

「こういう古い車が好きなんですね」

「体が大きいから四駆に乗ってるだけです。おんぼろなのはコーチの年俸がそんなに高くないからです」

「でも車にこだわりがあるんじゃないですか。野球選手は車好きだと聞きますし」

「車好きは最新の輸入車を選びます。単に人と違う車に乗りたい臍曲《へそま》がりなだけですよ」

車を説明すると長くなりそうなのでやめた。彼女は野球に話題を戻した。里志の現役の頃、球場で生観戦したことがあるらしい。リードしていた九回に登板し、ストレート中心で三者凡退に打ち取って、見ていて気持ちよかった……車が住宅街を抜け、第三京浜《けいひん》の都筑インターに入るまで話し続けた。

「余計な話はいいですから捜査に乗り出した理由を教えてくださいよ。私は記者からは自殺以外の理由で捜査が決まったら私の元に刑事さんが来ると聞きました。うちに来たということは事件性が出てきたってことですね」

「急に大きな変化があったわけではありませんが、今日は参考までに話を聞きに来ました」

「まだ自殺の線が強いということですか」

「詳しいことは話せないですけど、私は自殺したとは考えていません」

　萩下美雪が言った通り、この刑事は事件性があると主張しているようだ。

「どうして自殺ではないと決めつけているのですか。警察にも事情があるのでしょうが、それを話してもらえないことには、私もなにも答えられません。檀野さんを恨《うら》んでいる人間でもいたんですか」

「二見コーチはそんな人間がいたと思いますか」

「いたもなにも、私は檀野さんとは七年間会ってないと、萩下記者から聞いてませんか？」

「現役を引退してコーチになってからは、連絡を取り合っていなかったそうですね」

「どうして会わなくなったかを聞きたいんでしょ？　刑事さんが知ってる通りですよ。同じチームにいた時、私が球団に檀さんがやっていたことを話した。プロ野球選手として絶対にしてはいけないことです」

「檀野さんが暴力団、大貫組に未発表の先発投手名を漏洩していた。その件で檀野さんは処分されたんでしたね」

　隙を与えないように接してくる萩下とは異なり、この刑事は口調がゆっくりで、顔もふっくらしているせいか、穏《おだ》やかに感じる。

「そうです。私が告発したのがきっかけで、彼は永久追放になりました」

口にしてから胸がチリチリと焼けるような痛みを感じた。

「それなのに檀野さんが処分されてからもこっそり会っていた。そのことが、私には疑問でなりません」

「なんか嫌らしい言い方ですね」

「こっそりはないですね。今の取り消させてください」

丁寧に頭を下げた。刑事をしているとなにごとにも疑い深くなって、横柄な態度になる、そのような先入観を持っていたが、彼女は里志が考える刑事とは違うようだ。

「私が檀さんと会っていた理由は、自分がもっとも薫陶《くんとう》を受けた恩人だったからです。今まで誰にも話したことはありませんが、会った時は少しだけ援助もしていました。野球界から追い出しておいてどうして助けるのか、また新たな疑問が生じておられるでしょうが、事実だから仕方がない」

「どれほどの金額ですか」

「それって捜査に必要なことですか」

「あくまでも確認のためです」

「奥さんと飯でも食ってください、と二、三万程度です。私も二年でメジャーをクビになり、その後の年俸は雀《すずめ》の涙程度でしたから」

本当は十万ほど出したが、そう言っておく。

「奥さんと食事って、その頃の檀野さんは離婚されていますよね」

里志はハンドルを握ったまま横目で睨む。

澄まし顔をしているかと思ったが、「それくらいは調べますので」と目尻を下げた。

「ただし会っていたのは七年前までです。帰国してコーチになってからは会わなくなった。理由は説明しなくとも想像はつくでしょう。私が会わなくなったことが、今回の檀さんの死に関係しているとは思えませんので」

言ったところで確認のためなどと言ってしつこく訊いてくるかと思ったが、そんな追及はなく、女性刑事は別の話をした。

「檀野さんは『えんどうすすむ』という名前を使っていました。遠藤は母方の姓だそうです。すすむは本名の『晋』ではなく、前に進むの『進』です。ご存じでしたか」

「初めて聞きました」

「職場の社長は、元プロ選手の檀野晋さんと分かっていましたが、職場の人は知らなかったようです」

「知られていなかったからといって、檀野さんが自殺するほど悩むこともなく、楽しく暮らしていたことにはなりませんけど」

「どうしてそう思うのですか」

前の信号が黄色になった。普段なら突っ切るが、刑事を乗せていたのを思い出してブレーキを踏む。約二トンの重たい車体が前につんのめるように停止する。

「そりゃ本名を隠せたからって、楽しいとは限らないでしょう。野球選手は野球がやれなくなっただけでも絶望的な気持ちになるものです」

長い現役生活で何度か戦力外通告を受けた里志は、たまたま拾ってくれる球団があったから野球を続けることができた。だが新天地が決まるまでは、将来がどうなってしまうのか、毎回足もとが崩れるような不安に襲われた。

「そうですね。心療内科に通っていたくらいですから、檀野さんの胸中は察します」

「それなのに、あなたが自殺ではなく、事件性を疑っているのはなぜですか」

「いろいろあります。檀野さん、職場の人間と野球の話をして、早く仕事が終わった日にはノックをする社員に、俺も入れてくれと加わったこともあるそうです。もう現役の時とは体形も変わって、とても元プロ野球選手とは思えない動きだったそうですけど」

「それだけですか?」

「これだけだと勘みたいな言い方ですね。まぁ、勘と言えば勘です」

刑事の口から勘という言葉が出てくるとは思えず、なにか他に理由があるように聞こえる。

「その勘を動かしているものはなんですか」

「えっ」

「勘にだって根拠があるでしょう。野球でもここは打ってこないだろうと、ど真ん中に投げることがあります。そういう時は打者の仕草とか、雰囲気がいつもと違っていたとか、説明できるなにかがあります」

　信号が青になったのでアクセルペダルを踏む。車体が重くて動き出しが鈍いため、隣の軽自動車の方が先に行く。

「強《し》いて挙げるなら会社の社長の話でしょうか」

「会社ってリサイクル会社ですか」

「亡くなるまでの間に何回か、坂崎《さかざき》って男から電話があったそうです」

「誰ですか、それ」

「坂崎和雄《かずお》、元暴力団組員で、三年ほど前に東京に移住してきました」

「東京に移住ってことは？」

「ご想像の通りです。昔、檀野さんが先発投手を漏洩していた関西の広域暴力団組織、大貫組の組員です」

「檀さんはいまだにそんな男と付き合っていたんですか」

　冷静でいられなくなった。もう二度とあいつらとは付き合わない——檀野の声は今も脳裏に強く残っている。

「その電話の相手が暴力団組員だと名乗ったということですか」

「元ですけどね」

「えっ」

「坂崎は五年前に希望して大貫組を除籍になっています。俗にいうヤメゴクです」

「それでも似たようなものでしょう。だいたいその手の連中が、自分から元暴力団員とは明かさないのではないですか？」

「親密であることを示したかったのかもしれませんね」

せっかくスピードに乗ったのに次の信号でも捕まった。

舌打ちしてブレーキを踏んだ。大きなキャリパーがタイヤを摑んで停まる。

「私が訊いたのはそういう意味ではないです。その元組員は、なにか目的があって大貫組の名前を出したのではないかと尋ねたんです。その男はなんて言っていますか。まさか自分は元だから関係ないと言い張っているとか。警察は当然調べているんでしょ」

急に喉の渇《かわ》きを感じた。ハンドルから手を離し、センターコンソールに置いたミネラルウォーターを取って、口をつける。

「坂崎はそんな電話はかけていないと言っています。我々もその点は捜査中ですが」

「仮になんらかの形で檀さんが元組員と関わっていたとしましょう。それだけで事件性があるとは言えますか。坂崎って男のアリバイは調べてるんですよね」

「捜査については答えられないと言いたいところですが、それでは納得されないでしょうから、坂崎が容疑者である可能性は低いとだけ伝えておきます」

「だったら檀さんは、その男と会ったことを悔いて悩んでいたのかも」

そう言ってから、悔いるくらいなら近づかなければいいだろうと、心の中の檀野を非難した。

元大貫組組員とは知らずに知り合ったのかもしれない。坂崎という男が過去を隠して接近してきただけかも。そう檀野を庇《かば》いながらも、たとえそうであっても檀野の責任は免《まぬが》れない。里志も現役時代、知り合いから怪しい人間を紹介されたことが幾度かあった。そうした時は咄嗟《とっさ》に危険を察知して距離を置いた。まして檀野は黒い交際のせいで一生を棒に振ったのだ。

「坂崎和雄については私たちも懸命に捜査しています。このことはどうか内密にお願いします」

刑事に念を押されたが、いったい彼女がなにを訊きたくて家までやって来たのかその理由がさっぱり分からない。疑ってはいるが、殺人事件には舵《かじ》を切れず、大貫組との関連性も摑めないのか。それならどうしてここで話す。

——大丈夫だよ、里志。俺はあいつらとはきっぱりと手を切ったから。俺も反省している。野球ファンを悲しませるようなことをした、その思いを忘れずに一生償《つぐな》っていくよ。

耳奥で甦った檀野の声が、後続車のクラクションで打ち消される。

信号が青になっていたのに里志は気づかなかった。

7

ようやく試合のない日になった。

昨夜の中部ドルフィンズとの二戦目を四対三で勝利したことで、マジックは「6」に減り、オールドスクールタイプの監督である辻原もこの日は練習を休みにした。

里志が現役の頃は全体練習が休みでも、翌日の先発投手などには「指名練習」があった。里志は「やりたい人間は自由にやってくれ」と選手に任せている。

選手は大人だ。投げたければブルペン捕手に頼んで投げればいい。自発的な練習は達成感があるが、強制させられた練習は、心が疲れる。里志自身、休日を返上しようとしていたのに、コーチから「おまえは未熟なんだから休んでないで練習しろよ」と言われ、気分を害したことが幾度かあった。

昨日のドルフィンズ戦については、勝ったことよりブルペンを消耗しなかったことが一番大きかった。

エースの山路が踏ん張ってくれた。

立ち上がりは彼の持ち味であるコントロールの精度が低く、調子が上がらなかった。それでも八回まで投げて百二十三球、要所は落ちる球で併殺に取るベテランらしい投球術で、八安打三失点に抑えた。

九回は隆之介が三人で片づけ、七回を投げる外国人投手のハドソン、八回を任せる大浦を休ませることができた。

八回、山路が先頭打者に四球を出した時は、辻原が慌て出し、「二見コーチ、大浦を準備させてくれ」と言ったが、里志は「大丈夫です。うちのエースを信じましょう」と持ち場から一歩も動かなかった。

九回を抑えた隆之介を、里志は「ナイスピッチングだった」と称え、ベンチ裏に回って、肘をアイシングしていた山路に「エースのおかげで助かったよ。今日は本当に安心して見ていられた」とねぎらった。

プロで十五年以上やっている山路は浮かれてはいなかった。

――こんなヘロヘロの状態だったのに八回まで信用して投げさせてくれたんですから、コーチには感謝しかないですよ。

全力を出し切った男の、渋みのある顔でそう述べた。

――山路の目には俺が不安そうに見えたかな？

だとしたら反省しなくてはならない。

――二見コーチはいつも通りでしたよ。でも僕は安心していられなかったです。今日のゲームを日記に書くなら《山路はいつ代えられるかびくびくしていた。だからベンチはけっして見ないようにした。見たら、びびりの監督の挙動不審が気になって、ますます不安になっていた》と書いていますよ。

山路は里志が若い投手に課している日記を例に出した。

――その日記、ヤングブラッズの面々に読ませたいくらいだよ。よく自分を俯瞰《ふかん》できている。

山路をはじめとしたチームメジャー、いわゆるベテランたちが里志を認めてくれているとしたら、その理由は最下位が指定席、アメリカ流に言うならドアマットチームになっていた横濱セイバーズの成績が、四位、三位と上がり、今年優勝争いできていることに尽きる。

里志がコーチになるまでは、ピッチャーが好投しても打線が点を取れず、たまにリードする展開であっても、辻原が早めに先発を降ろし、出てきたリリーフピッチャーが逆転されることが多かった。

プロプレーヤーが気にするのはあくまでも成績、すなわち数字だ。個々の数字が上がり、それがチーム成績に反映したことが、コーチとの関係まで良化させた。

球場に行くのと同じ九時二十分に家を出た里志は、東名川崎《とうめいかわさき》から高速に乗り、海老名《えびな》ジャンクションから圏央道《けんおうどう》に入って、北へ車を走らせていた。

栗田という女性刑事から聞いた住所は八王子の中心より五キロほど北西、福生《ふっさ》市と昭島《あきしま》市との境の近くにあった。

一時間ほどで到着した目的地には、古い木造アパートが建っていた。柱の塗装が褪《あ》せていて、階段は錆《さ》びて金属部分がむき出しになっている。

このアパートに檀野は七年間住んでいたそうだ。

大阪ジャガーズでは年俸が最高で八〇〇〇万円はあった男が、こんなうらぶれた暮らしをしていたとは。生活は苦しいだろうとは予想できていたが、実際に目にするとやりきれなさが広がった。

四駆を停めるには道が細すぎたので、離れた歩道に左タイヤを乗り上げて停車し、車を降りた。アパートは一、二階で六部屋あった。どの部屋かは分からない。こんなことなら栗田に部屋番号まで聞いておくべきだった。やむをえず建物に向かって手を合わせた。

その後はアパートから車で十分ほどの八坂リサイクルに行く。

「檀野さん、ここでは遠藤進さんで通していましたが、素晴らしい人格者でしたよ」

まだ三十代前半くらいの若々しい風貌の社長が出迎えてくれて、二人だけで話した。社長は四年前に亡くなった父親の後を継いだそうで、檀野を雇《やと》ったのは、その先代だったそうだ。

「父の葬儀でも檀野さんは家族のように手伝ってくれました。なにせ、一番大泣きしてたのが檀野さんでしたから、父への思いは家族以上でした。仕事も本当に真面目でした。トラックに乗ってリサイクル品の回収をやってもらっていましたが、取引先に好かれて新しい仕事を取ってきてくれることもしばしばで、檀野さんが希望するなら営業をやってもらおうかと考えていたくらいです。いくら元スポーツ選手でも、トラックの荷台まで廃品を運ぶのは結構な重労働ですから」

社長は仕事以外の檀野についても語ってくれた。

驚いたのは、今も野球中継をラジオで聴いていて、とりわけ里志のいるチームを応援してくれていたことだった。今年三月の開幕前には「社長、今年優勝するのはセイバーズですよ。なによりもピッチングコーチが最高ですから」と予言していたという。どうりで今朝この会社に電話をかけた時、「二見さんって、セイバーズの二見コーチですか」と一発で当てられたわけだ。

「そんな檀さんが暴力団員と交際していると聞き、社長は驚いたわけですね。その電話はどんな感じだったんですか」

「最初は檀野晋さんっておたくの社員ですよね、っていった感じで、車の運転にいちゃもんでもつけられているのかと思ったんです。だけどうちのトラックにはネームプレートを入れていますから、その場合は遠藤って言われるはずです。どうして本名を知っているのか不思議に思ったんですが、その時はそれだけでした」

「とくに用件を言わずに切れたってことですか」

「はい。気味悪かったですね。それが少し日を置いて二回目がかかってきて、その時に元大貫組の坂崎だと名乗ったんです」

「大貫組って、この近辺にもあるんですか」

「近くではないですけどあるにはありますよ。こうした仕事はそっち系と繋《つな》がってる会社も多く入っていますからね」

「電話はいつですか」

「一度目は二週間くらい前ですね。正確には覚えていません。でも二度目は檀野さんが亡くなる二日前ですからはっきり記憶にあります」

「その二回目の電話では他になにを言ってきましたか」

「いいえ、檀野さんとは今も親しくしている。そこまで言えば社長さんなら分かるよな、そんな感じでした」

「なにかを要求されたりは?」

「いいえ、一切《いっさい》、言われてません。ですが分かるよなと言われただけで充分脅《おど》しと感じました。今、銅線などはすごく価格が上がっていて、太陽光ケーブルなどが盗難されては、ブローカーと名乗る反社の連中が海外に売りさばいています。うちの会社がそうした反社系のブローカーと付き合いがあると噂《うわさ》を広められると、取引先からも不審がられて、買い取りを止められてしまうでしょう」

「警察に相談しようとは？」

「まず檀野さんに確かめようと。今考えたらそんなことはありえないんですけど、その時はもしかしたら坂崎が言った通りなのかと。でも、その日に聞くのはやめました。檀野さんから明日、休みがほしいと言われて」

「体調を崩したのですか」

「いえ、とくには。ただ有休もたまっていましたし、幸《さいわ》い人もいたんで、たまには休んでくださいと言いました」

その休みを取った日になにかが起きたのだろうか。名前も変えてひっそり生活している檀野にどのような用事があったのか。七年も離れている里志に分かるはずがなかった。

「もしかしたら坂崎って男に会っていたのかな。あっ、俺、なに言ってんだろ。会っていたんじゃないですね。呼び出されたんですよね」

社長は檀野に悪いと思ったのか、げんこつで自分の頭を叩《たた》いた。

「暴力団の名前が出て、付き合いがあると言われれば、よくないことも考えてしまうのは仕方がないですよ。なにせ檀さんは……」

今度は里志が頭をげんこつで叩きたい気分だった。思い切り頰《ほお》を張ってもいい。

「電話があったことを伝えて、私が相談に乗っていれば、檀野さんは死ななくても済んだのかもしれません、そう思うと……」

社長の語尾が涙声になった。休んだ翌朝に亡くなったのだ。悔やんでも悔やみきれないのだろう。里志もうなだれた。

「それで社長は自殺だと思ったんですね」

「はい、警察から聞かれた時、思わず悩んでいたと言ってしまいました。実際は檀野さんが悩んでいたわけではなく、私が悩んでいたのですけど」

それでも社長は、檀野が自殺したと思っているようだった。それなのに栗田文恵という女性刑事は、自殺したとは考えていないと断言した。栗田はどこに事件性を疑っているのか。

社長の悲しさが少しでも拭《ぬぐ》えればと、普段の檀野の様子を尋ねた。聞いていたように、社員たちの昼休みのノックに参加したり、キャッチボールをやったことがないという若い子に「おいおい、お父さんに遊んでもらったことはないのか」と言って、投げ方を教えていたそうだ。

野球が好きなんだなと感じた先代の社長が、「うちの会社で草野球チームでも作ったらどうだ。ユニホーム代くらい出すよ」と提案した。その時の檀野は「いまさらこんな体ではボールも投げられませんよ」とただちに断った。

野球チームなんか作って他のチームと対戦したら、なにかの拍子《ひょうし》にあの檀野晋であることがバレ、檀野さんは傷ついていたかもしれないな──先代の社長は余計なことを言ったと反省したという。

「女性関係はどうでしたか」

借金がないとしたら、美人局《つつもたせ》にでも遭《あ》ったのが大貫組との関係が戻った理由ではないかと尋ねてみる。

「まったくですよ。たまに別れた奥さんの話をしていたくらいですから」

「電話をしていたみたいですね。亡くなった後、奥さんから聞きました」

「うちの夫婦は別れても好きな人なんだよ、って檀野さんはよく言ってました。私はそれが昔の流行歌とも知らなかったんですけど」

離婚に至った大まかな経緯くらいしか聞いていない。だが別れるしかなかった二人の心情は理解している。

「檀さんの仕事について、もう少し訊いてもいいですか」

「はい、なんでもどうぞ」

「給料はどれくらいだったんですか」

「月に手取りで二十八万くらいですかね。ボーナスは二カ月分。年収にすると税込みで六百万弱ってところでしょうか」

「そうですか」

肉体労働をしてもそんなに安いのかというのが率直《そっちょく》な感想だった。いくらコーチが低年俸といってもその三倍はもらえている。

「少ないと思うかもしれませんけど」

「いえ、檀さんは働かせてもらえていることで充分満足だったのではないでしょうか」

「うちの業界も競争が激しくて、こちらも檀野さんに甘えていました」

檀野が待遇面で不満を言ったことはなかったのだろう。二度目にジャガーズで一緒になった時は契約更改で何度も保留し、「ごねている」と同僚からも金の亡者《もうじゃ》のように言われていたが、闊達《かったつ》な檀野は、本来金には無頓着《むとんちゃく》で、遠征先では後輩を夜の街に誘い、ご馳走《ちそう》していた。

一時間ほど話を聞いたが、野球をやめても檀野は檀野であって、怪しい電話があった以外に不審な点はなく、とりとめのない話に終始した。

別世界で生きていた檀野が、どうして急に里志に電話を寄越《よこ》したのかも分からないままだ。

檀野が電話をくれたのはマジックが点灯する前日だった。まさか「明日にもマジック点灯だな」と言いたかったわけではあるまい。マジックというのは点いたり消えたりするまさに手品みたいなもの。アテにできないことは元選手なら知っている。檀野の性格なら、優勝のかかったこの時期に余計な電話を入れて迷惑をかけたくないと、むしろ敬遠しそうだ。

もしかして大貫組から脅されて金銭を要求され、困った挙句《あげく》に里志に連絡を寄越したのか。

「長いことお邪魔してしまいましたね」

里志は左手につけている腕時計を眺めた。ここに来たのが午前十一時前、あと五分で十二時になろうとしている。

「あっ」

社長が突然声を出した。

「なんですか」

「やっぱりこんな時に頼むのは不謹慎《ふきんしん》ですね」

そう言ったので分かった。

「サインくらいはしますすよ。社長も檀野さんと一緒にセイバーズを応援してくれていたわけですから」

「ではお願いします。ちょっと待ってください」

そう言うと金庫を開け、大きなノートを出した。出納帳《すいとうちょう》のような大きさだ。ずいぶん古くて、紙は色焼けしていた。

「色紙じゃなくてすみません」

「ここに書けばいいんですね」

マジックペンを走らせる。日付を確認してから書き足す。

その時、前のページに同じようなサインが書かれているのが透けて見えた。めくると、皺《しわ》だらけの折り込みチラシが、裏紙状態で糊付《のりづ》けされていた。黒マジックでサインしてある。

「それ、檀野さんのです」

「ひと目で分かりました。檀さんはファン思いで、負け試合でもサインを求められたら応じていましたから。でもどうしてこんなチラシに？」

「ある時、父が会社に来ると、檀野さんがチラシの裏にサインしていたそうです。檀野さんは父に見られたことにびっくりして、『すみません。まだ浮かれた気持ちのままでした』と丸めてゴミ箱に捨てて、耳まで真っ赤にして仕事に戻りました。それを父がゴミ箱から拾って、大切に保存していました」

「それで他の人に知られないように金庫にしまっていたんですね」

「社員にバレたら、せっかく落ち着いた檀野さんの人生が元に戻ってしまいますからね。父は油性マジックなんて無造作《むぞうさ》に置いとくから檀野さんがサインしちゃったんだ、って自分を責めていました」

　先代も思いやりのある人だったようだ。もう一度、檀野のサインを眺めた。丸っこい体つきと似合った愛嬌《あいきよう》のあるサインだった。字が人柄を表している。

「野球界を離れても、自分がのめり込んできたすべてを遮断《しやだん》することはできなかったんでしょうね」

　里志はそう言ってノートを閉じた。

「河原とかで子供に野球を教えていました。この付近は河川敷《かせんしき》のグラウンドがあるので野球が盛んなんです。うちの社員がたまたま通りかかると、中学生くらいの子供にキャッチボールをして、この前よりいいボールを放れるようになったじゃないかって褒《ほ》めてたって。それはもう、ほのぼのするシーンだったみたいですよ」

「この前よりって、ことは、何度も教えていたってことですか」

「檀野さんは面倒見が良かったですからね。教えたらその子がどれくらい上達したのか、必ず気にする人です。実際、あるチームのコーチをやっていたと聞いています」

「それってボーイズリーグとかですか」

「年齢的にはそれくらいでしょうけど、ボーイズリーグに入るようなレベルの子供たちのではないと思います。そうしたチームになると親御さんもいますから」

「あの檀野だと身元がバレてしまいますね」

社長は苦い顔で頷いた。

「子供たちからはハゲのおじさんって言われてるって聞いたかな。今の子供はそんな失礼な言い方はしないから、檀野さんがそう呼べと言ってたんだと思います」

檀野が子供とキャッチボールをしている姿を想像すると、その相手がいつしか自分に置き換わった。

檀野の方が圧倒的にコーチに向いていた。

指導とは、欠点を指摘して選手を落ち込ませたり、きつい練習を課してケガをさせたりすることではない。長所を見出《みいだ》して、その長所をどうやって伸ばすか相談に乗って、選手自身が自らの手で成長曲線を描いていけるように、その手伝いをすることである。

檀野はプロで完全に腐っていた二見里志という二流投手を、最多セーブ投手——当時は最優秀救援投手の名だったが——のタイトルを獲り、メジャー移籍できるまでに育ててくれた。

キャッチボールで褒めて伸ばすだけでなく、毎日のように里志の出番の前で登板し、どう投げれば打者を抑えられるのか、背中で示してくれた。

檀野晋こそが里志が理想とする最高のコーチだった。

8

十三年前のあの日は、シーズンが始まってまだ一カ月半ほどしか経っていないゴールデンウィーク中の昼間だった。

春先から雨が多く、五月に入ってからも五月晴れ《さつきば》れの日はわずかで、連休後半には再びぐずついた空に戻った。屋外球場を本拠地にする大阪ジャガーズは七試合も中止になっていて、里志をはじめ多くの選手は、開幕から調子を摑めないでいた。

レッズとの三連戦のために滞在していた広島のホテルで、里志は他の選手が昼食をとっている時間に、球団社長に呼ばれた。

面談は十分ほどの短い時間で終わった。球団社長の部屋を出た里志はドアを閉めるや、両手で握りこぶしを作り、廊下を駆け出した。体重は一〇五キロあったが、いつになく軽かった。

この結果を一刻も早く檀さんに伝えたい――頭の中にはそれしかなかった。

三十二歳でプロ十年目に入っていた里志は、その前年あたりから一つ上のステージで自分の力がどれだけ通じるのか試したくなり、メジャー移籍を希望していた。

日本のルールでは、海外ＦＡ権を取得すれば、メジャーに自由に移籍できる。だが最初の中部ドルフィンズはほとんど二軍暮らし、三球団目の福岡シーホークスではケガや不調などで一軍登録日数が足りていなかった里志が海外ＦＡ権（規定の一軍登録日数×九年間）を取得できるのは、まだまだ年数が必要だった。

いまでさえピークを過ぎていると見られる年齢なのに、そんな先では尚《なお》のことメジャー球団から見向きもされない。

メジャーでプレーするには、入札球団から譲渡金をもらうポスティングシステムにかけてもらうしかなく、前年の契約更改時から球団に頼んでいた。当時のジャガーズはポスティングでの移籍は認めないスタンスだったため、要望は却下された。

そこで檀野に相談した。檀野からは「マスコミに話して、ファンの情を使う手もあるけど、そういうのは里志らしくない。球団社長に、今年頑張《がんば》るからメジャーに行かせてくださいと正面から頼んだ方がいい」とアドバイスを受け、キャンプに入ってからも球団社長の姿を見つけては、話をさせてくださいと希望を訴え続けた。

シーズンに入ってもまだ言ってくる里志のしつこさに、球団社長もほとほと困り果てたのだろう。そのゴールデンウィーク中の話し合いでとうとう折れたのだった。

ただし社長からは自己ベストに近い成績を出すことを条件とされた。里志の自己ベストとなると、大阪ジャガーズで優勝した時、最優秀救援投手のタイトルを獲った四勝一敗四十一セーブ、防御率二・一四だ。その次は翌年の三十セーブで、福岡シーホークスへのトレードを経《へ》てジャガーズに戻った前年も二十八セーブだから高いハードルだった。

――それくらいの成績を出さないと、いくらうちが最低落札価格を低く設定したところで、二見くんをほしいと入札してくるメジャー球団はないよ。

球団社長の言う通りだ。日常生活や練習方法で、若手のいいお手本になっていると評価してくれた球団社長は「優勝した年とまったく同じ成績とは言わない。それに近い成績だったら我々は祝福してきみを送り出すよ」と約束してくれた。

その言葉を聞き、里志は一段と張り切った。雨天中止が多くて調子が摑めないなんて泣きごとは言っていられない、ここから一気に飛ばしていくぞ、と自分に発破をかけて、球団社長の部屋を出た。

ベテランや主力クラスは一人部屋を与えられるが、広島のホテルは相部屋だった。檀野を慕《した》っている里志が春季キャンプでも同室を希望していたため、マネージャーは当たり前のように里志と檀野を同じ部屋にした。

かつては最高のセットアッパーだった檀野だが、先発転向二年目のその年は、オープン戦途中に二軍落ちし、先発に故障者が相次いだ四月半《なか》ばに一軍に上がってきた。真《ま》っ直《す》ぐとフォーク、スライダーと球種が少ないため、そもそも先発向きではない。昇格したものの二試合連続で五回を持たずにKOされて、いつ二軍に落とされても不思議でないところまで追いつめられていた。

息を切らして部屋まで辿り着いた。カードキーを出す。磁気が反応しなかった。

ブザーを押して檀野を呼ぼうとした。苦境に立たされている自分の苦しみは胸に隠し、里志、良かったな、これで来年はメジャーリーガーだな、と自分のことのように喜んでくれる檀野の声がこだました。

もう一度開錠を試すと、赤ランプだったドアの表示が緑に変わった。ドアレバーを引いた。

ナイトゲームのある日は、出掛けることはないはずだが、部屋に檀野の姿はなかった。

バスルームの灯《あか》りがついていた。ツインだが、ベテラン二人とあって、広めの部屋だ。

シャワーを浴びているのかと思ったが、水音は聞こえてこない。代わりに潜めた声を耳が拾った。

なぜ一人なのにバスルームで電話するのか。他の選手なら女を考えるが、檀野は妻の美津江を大切にし、しょっちゅうのろけ話を聞かされているからそれはありえない。

なにとなしに忍び足になり、バスルームに近づいて耳を澄ました。

——ああ、間違いない、先発は手塚だ。

手塚はジャガーズのエースだった。球場に招待した友人と話しているのかと思ったが、そうだとしても先発投手が誰かを外部に漏洩することは野球協約に抵触《ていしょく》する。

そもそも浴室に隠れて秘密裡《ひみつり》に電話をする相手となると……。

全身に鳥肌が立ち、厭《いと》わしさが湧《わ》き上がった。

その十三年前のシーズン、ジャガーズの監督はどうせ来年はメジャーに行くのだからと、肩や肘が壊れてもいいくらいの頻度《ひんど》で里志を起用した。二試合続けて八回の頭から二イニング投げさせられたこともある。

いつもの年なら選手のコンディションを考えてくれない指導者には、瞬間湯沸《ゆわ》かし器のようにカッとなり、監督室に乗り込んで抗議していた。だが投げさせてもらえないことには数字は稼《かせ》げないと、五連投だろうが六連投だろうが、その年は文句を言わずにマウンドに上がった。

肩を消耗しないようにするため、ブルペンでの球数を少なくし、マウンドでもそれまでの三振を取りに行くスタイルから、打たせて取る投球に徹した。ボールの縫い目への指のかけかたを調整し、同じストレート系でもフォーシーム（直球）ではなく、ツーシームやカットボールなど、打者の手元で微妙に変化させる球種を増やしたのだ。

そうした球を投げるには同じ腕の振りで、かつボールを握る指に強弱をつけなくてはならない。力のコントロールを覚えたのはその年だったかもしれない。

身につけたのは力の制御だけではない。同点に追いつかれたり、逆転されたりしてセーブ失敗に終わっても、次の日まで引きずらない。そうしたメンタルのコントロールにも習熟した。

八月の終わりまでに三十一セーブと、自身二番目のセーブ数をマークした。残り一カ月あれば十セーブは可能だろう。これなら球団社長に言われた、自己ベストに近い成績をクリアできる。

チーム成績は二位で、その年は永遠のライバルである東都ジェッツが圧倒的な強さを誇ったため、優勝は絶望的だった。それでも里志は最後まで集中力を途切れさせないよう、食生活の管理からトレーニングまで怠《おこた》らず、さらにスコアラーが出してきた相手打線のデータを繰り返し見直すなど、いっそうストイックな生活を送った。

その頃、週刊誌にある記事が掲載され、選手間でも噂になっていた。

《関西の暴力団大貫組で野球賭博《とばく》が再燃。現役選手に情報屋が存在か》

大貫組といえば関西に本部を置く広域暴力団で、かつては胴元として野球賭博に深く関わっていて、関わった選手が八百長《やおちょう》行為で摘発された過去がある。

週刊誌といってもゴシップ誌だったことに、「またいい加減なことを書いている」と真に受けていない選手がほとんどだった。里志だけは読み飛ばせなかった。

書いてあるのは檀野のことではないか？

あの日、檀野に確認することはできなかった。なぜならばあの時点で檀野は監督から二軍落ちを言い渡されていて、一度部屋を出た里志が素知らぬ振りをして戻った時には、トランクに荷物を詰めていたからだ。

気落ちしている檀野に、電話のことを訊くことはできず、「檀さん、気持ちを切っちゃだめだよ。うちの先発は層が薄いから、二軍で頑張っていたらまた声がかかるよ」と激励《げきれい》するのがやっとだった。

——ああ、里志、俺は戻ってくる。アイルビーバックだ。

言いながら「俺も古いな」と檀野は笑ったが、里志は釣られなかった。

——里志までしけた顔をすんな。それより球団社長との話し合いはどうなった。

——ああ、優勝した年に近い成績を出したらポスティングにかけてくれると約束してくれたよ。

——本当かよ、やったじゃねえか。おい、里志、頑張れよ。俺も相棒がメジャーリーガーとなったら鼻が高い。

そこにマネージャーからタクシーが来たと電話が入り、檀野は去った。

檀野が先発投手を漏洩していたことは、里志の心の中から消えることはなかったが、一旦《いったん》忘れた。自分の数字を上げるのに必死で、他人の問題に構っていられなかったこともある。不正を看《かん》過《か》できない性格の里志が、それ以上首を突っ込まなかったのは、檀野があの日以来、一度も一軍に上がってこなかったことが大きい。

一軍にいなければ先発投手の調整は見られないし、先発が誰かは分からない。檀野が野球協約に違反していたとしても、それ以上罪を重ねることはない。

その考えは甘かった。

八月最後のゲーム、三つ下のリリーフ投手がやたらと先発投手を気にしていて、ローテーションピッチャーに「いつ投げんの？」と訊いて回っているのを目撃したのだ。

――関《せき》、なに先発を気にしてんだよ。

――えっ、いいえ、誰が投げるかによって、僕の出番も変わってきますし。

関は明らかに狼狽《ろうばい》し、逃げていった。

彼には勝ちゲームで投げさせてもらえるほどの信頼はなく、先発投手が序盤から大量失点すると登板する。エース級が投げるのと五、六番手が投げるのとではゲームが崩れる確率が違ってくるが、毎回自分のことで精いっぱいのはずで、出番を気にする立場の選手ではない。疑念はそれだけではなかった。関は檀野がよく飲みに連れて歩く、可愛《かわい》がっている後輩の一人だった。

次のカードが首位の東都ジェッツ戦だった。大きく負け越していることもあり、監督は「やられっぱなしだと悔しいからこのジェッツ戦、一矢《いっし》を報《むく》いて相手のマジック点灯を遅らせてやろう」と発破をかけた。

初戦の先発投手は二人が考えられた。

順番通りならサウスポーの戸張《とばり》だが、エースである右の手塚が中四日で行く可能性も考えられた。左と右とでは、ジェッツ打線のオーダーは変わってくる。大阪ジャガーズの監督は、先発を悟られまいと、左と右のピッチャーを同時に投球練習させていた。

前日の練習、しっかりと閉じられたブルペンの扉の前で、記者たちがとぐろを巻いていた。現在は、前日はノースローが主流になりつつあるが、当時は手塚も戸張も登板前日に必ずブルペンに入っていた。

その記者の群れの後ろに、練習を終えた関もいた。

ブルペンの扉が開いた。最初に出てきたのは左腕の戸張だった。タオルで顔を拭っていた。左手に投球時に履《は》き替えるスパイクを持っていたが、そのスパイクのソールには土がついていた。

数秒遅れでエースの手塚がブルペンを出た。戸張と違って涼しい顔をしていた。

手塚もまた右手にスパイクを持っていたが、そのスパイクのソールは土がまったくついていないきれいな状態だった。だがユニホームのズボンの右すねは薄《う》っすらと汚れていて、土を払った跡があった。手塚は体を沈めて投げる投球フォームであるため、投げると必ずユニホームのズボンの右裾《みぎすそ》が汚れる。

記者たちはお互い顔を見合わせた。彼らは一様にこう思ったはずだ。戸張がタオルで顔を拭いているのもスパイクが汚れているのもフェイクだ。実際にブルペンで投げたのは手塚である。手塚はきれいなスパイクに持ち替えたが、ズボンの裾までは完全に土を払うことはできなかった……。

記者たちは手塚のもとに走り「明日は先発ですか」と詰め寄った。

——先発については監督に聞いてください。ノーコメントです。

手塚は否定することなく、逃げるようにロッカールームに入った。

夕方、里志は檀野が住む豊中《とよなか》のマンションに行き、呼び出した。八月も終わりなのに盛夏に戻ったような暑い日だった。

——どうした、里志、急に呼び出すなんて。何度もうちには来てんだから、中に入ってくればいいのに。

Tシャツに短パン姿で、マンションの外まで出てきた檀野は、日中の二軍練習でよく日焼けしていた。髭は鼻の下だけでなく、顎まで伸ばしていた。

——檀さん、明日の先発、手塚じゃない。戸張だぞ。

沈みかける夕陽の下で、檀野の顔つきが変わった。

——檀さん、関を責めるなよ。細工したのは俺だから。

そう言ってこの日のブルペンの経緯について説明した。里志が投げる前に手塚と戸張を呼び、投げていない手塚にはわざとズボンの裾に土をつけるように、投球練習をした戸張にはスパイクの裏の土を払って、タオルで顔を拭きながらブルペンを出てくれと指示した。二人とも最初は訝しんだ。手塚は「二見さん、優勝争いをしているならまだしも、今のチーム成績でそこまで細工をして新聞記者を欺《あざむ》かなくてもいいんじゃないですか」と言い返してきた。「違う、俺が欺こうとしているのは記者ではない」——意図が伝わった彼らは、それ以上は言わずに、里志に言われた通りに実行した。

——俺は、関に探らせているのは檀さんであると疑っていた。いや、檀さんであってほしくないと願っていたと言った方がいいな。檀さんだと確信していたのだから。

――さっきの反応で、俺には逃げ道はなくなったということか。新聞記者だけでなく、俺まで嵌《は》めるとはさすが里志だ。

目を伏せて聞いていた檀野が、先発投手の漏洩を認めた。覚悟はしていたがショックだった。裏切られたとも思った。誰よりも信頼し、恩師だと慕っていたのに……いつしかシャツが背中に張り付くほど汗をかいていた。

――だけど今、俺に伝えたってことは、これから大貫組に伝え直すことができるってことだぞ。さっきは手塚と言ったけど、やっぱり戸張でしたと。

顔いっぱいに不敵な笑みを広げていく。ふてぶてしさを貼り付けた犯罪者の顔に見えた。

――伝えてもいいよ。だから今晩言いに来たんだ。

――俺に協力してくれるのか。

――その時にはただごとでは済まなくなるけどな。

檀野の目を睨む。檀野も丸い目を細めて見返してくる。もやっとした夜気が緊張感で張り詰めた。

――今回の細工の件、知っているのは手塚と戸張の二人、それと投手コーチの岩淵《いわぶち》さんだけだ。俺は檀さんの名前も出していない。

――それだけの人間が怪しんでいるのなら、いずれ出さざるをえないだろう。

――そうなるだろうな。口止めしたけど、このままでは彼らはチーム内に裏切り者がいることを疑いながら、ずっとプレーすることになる。

檀野は唇を噛み、沈黙した。檀野も汗だくになっていた。その汗を拭こうともせず、ぽたぽたと地面に雫《しずく》が落ちるがままに任せている。

里志はこの三カ月間、くすぶっていた悔しさをぶつけた。

──檀さん、どうしてこんなことをしたんだ。バレたらどんなことになるか、野球選手なら誰でも分かるだろ。

──そんなもの、金以外、他に理由はないだろうよ。

──金に困ってるのか。なぜだよ。

今季の年俸は低い。それでもリーグ屈指《くっし》のセットアッパーと呼ばれた頃には、七千万円から八千万円の年俸が数年続いたのだ。後輩の面倒見がいい檀野だったが、飲み食いで使う額など知れている。妻の美津江は倹約家《けんやくか》で、いつ戦力外になってもいいよう、将来設計をしていると聞いていた。

──もしかして女でもできたのか。

──俺が今さらどんな女と一緒になるんだよ。こんな引退間近のピッチャー、誰も寄ってこねえよ。

ギャンブルも考えられなかった。競馬や麻雀《マージャン》どころか、投手同士がたまに行う打撃練習で「誰が一番スタンドインさせられるか」といった小博打《こばくち》が流行《はや》っていたが、「俺たちは毎日、最高の勝負をしているのに、こんなことで運を使わなくてもいいだろ」と檀野は乗らなかった。なによりも仲間思いの男がどうして仲間を裏切る。野球ファンもだ。野球への信用までも失墜《しっつい》してしまう。

――もういいか、里志。二軍選手は練習時間も早いんでな。

そう言って踵《きびす》を返す。

――球団だろうが、マスコミだろうが、里志が言いたきゃ言ってもいい。俺には覚悟はできてる。

背を向けて言い残すと、ポケットに両手を突っ込み、がに股《また》でマンションの自動扉の向こうへと消えた。


悩んだが、里志は誰にも伝えなかった。

やはり檀野を密告する気にはなれなかった。ただ関は呼びつけて事情聴取した。関は「俺は何も知らなかったんです。檀野さんが連絡しろと言うから調べて伝えていたんです」と泣きべそをかきながらすべて告白した。

――心配するな、関のことは誰にも言わないから。

――本当ですか。

――その代わり、約束してくれ。今後、檀さんの電話には絶対に出るな。そうでないとおまえも二度と野球ができなくなるぞ。

里志は檀野の身の回りになにか起きたのではないかと調べようとした。

だがシーズン終盤で遠征が多く、クライマックスシリーズに出場したこともあり、自由になる時間は取れなかった。

そこで妻の沙紀に頼んだ。事情を話した里志に、「まさか、檀野さんが」と驚愕《きょうがく》していた沙紀だが、方々に手を尽くして訊いて回ってくれた。

その年、里志は自己最多の八十八試合を投げた。三勝三敗で四十セーブ。タイトル争いは二位で、優勝した年よりセーブ数は一つ少なかったが、ベストに準ずる成績を残した。

残念ながら、クライマックスシリーズは二試合とも大敗し、里志が投げることなくファーストステージで敗退した。その翌日に球団社長に呼ばれ、「オーナーも移籍を認めてくれたよ」と言われた。

夢が叶《かな》った喜びと、これからメジャーリーガー相手に戦う不安とが交錯《こうさく》し、複雑な思いで帰宅すると、マンションの前にステーションワゴンが停まっていた。中からジャージ姿の檀野が出てきた。

――今度は檀さんが待ち伏せかよ。

里志は唇をつぼめ、視線すら合わせなかった。

――あの夜は、里志が俺を呼び出したんであって、里志は待ち伏せしたわけじゃないだろ。

檀野は屁理屈《へりくつ》を捏《こ》ねてきた。

――なんの用だよ。おめでとうとか言うんじゃないだろうな。だったらまだ早いぜ。どの球団からも要らないと言われたらポスティングは成立しない。

今のあなたに祝福されても嬉《うれ》しくない、という軽蔑《けいべつ》も込めた。

――そんなことを伝えるだけなら電話してるよ。

里志はそこで初めて、檀野の顔が以前と違っているのに気づいた。整えていたトレードマークの髭が剃《そ》られていた。まん丸だった頰がこけ、ひどく疲れて見えた。唾《つば》を吞《の》んだのか喉《のど》ぼとけが動く。

――今日はおまえに頼みがあってここに来た。

溜めてきた苦しみをすべて吐露《とろ》するように、檀野は喋り始めた。

10

残り八試合、マジック「6」として、新宿《しんじゆく》スタジアムで迎えた東京セネターズ戦、セイバーズは七回まで三対一とリードしていた。

先発したのは二十八歳で、山路に次ぐ十二勝をマークしているサウスポーの福井だ。今季は最長で六回までしか投げていなかったが、七回裏、クリーンアップから始まったセネターズ打線も三者凡退で抑えたことから、里志は辻原に続投でお願いしますと懇願《こんがん》した。

九十八球、球数も多くないし、三回の無死満塁を一失点で切り抜けた以外は、ピンチらしいピンチもない。この日はホームベースから外野方向に強い風が吹いていて、打者有利だったが、福井の球は低めに集まっていて、ヒヤリとする当たりもなかった。

すぐ先発投手を代えたがる辻原も「そうだな」と承諾した。

八回表の攻撃はその福井からだった。

リードしているので真剣に打つ必要はないのだが、左打席に立った福井は外角のフォークボールを拾うようにバットにちょこんと当て、ショート前にゴロを転がす。

前進してきた遊撃手がランニングスローで一塁に送球するが、ファーストミットにボールが収まるより先に、全力疾走した福井の足がベースに到達した。

両手を広げた一塁塁審に、ベンチの方々から「ヨッシャ」と声が上がった。

この終盤で二点差を三点差にするのは大きい。辻原は迷うことなく次の一番打者にバントのサインを送る。

ところが初球をバントした打球は、投手の正面に強く転がった。一―六―四でダブルプレーとなり、追加点を取るチャンスの芽は一瞬で潰《つい》えた。

盛り上がっていたベンチのムードも萎《しぼ》む。三点目、あわよくば一気に畳みかけて四点差以上にして、大浦と隆之介を休ませたいと思っていた里志も気落ちした。

「なにやってんだよ、バントくらい練習させとけ」

辻原が隣の堀米打撃コーチに苦言を呈《てい》する。

すみませんと謝った堀米は、「小牧《こまき》、甘い球を逃さずに打ってけよ」と二番打者に声を飛ばした。小牧も仲間のミスを取り返そうと打つ気満々だった。

――まずい。

里志は、ベンチの端から反対側の辻原の元へと走る。

――待てのサインを出してください。

そう頼もうとしたのだが、伝えるには距離がありすぎた。初球を大振りした小牧の打球は、高く上がっただけの平凡な内野フライに終わった。

「おいおい、甘いボールだったじゃねえか」

椅子に座っている辻原は、右手で膝を叩いた。

「どうしましたか、二見コーチ」

監督の隣に立つ石川ヘッドが、里志が寄ってきたことに気づいたが、いまさら言っても仕方がないと、「いえ、別に」と元の位置に戻った。

八回裏のマウンドに上がった福井は、それまでとは明らかに調子が違っていた。

最初の打者への一球目からボールは上ずり、ここまで無四球だったのが、狙ったところに定まらない。

それも当然だ。一塁に全力疾走した後、次打者は初球バント失敗でダブルプレー、次々打者も初球を凡フライ、たった二球でチェンジになったため、息を整える時間もなかったのだ。

セイバーズベンチで、そのことに気づいているコーチは一人もおらず、石川ヘッドなどは「どうした福井、二点差あるんだぞ。リラックス、リラックス」とまるで福井が勝ちを意識しだして、肩に力が入っていると勘違いしている。

「タイムをお願いします」

先頭打者に四球を出したところで里志はダッグアウトを出た。通常なら監督に許可を得てから出るが、許可どころか辻原の顔も見なかった。

「福井、心配するな。交代じゃないから」

自分が出した走者が生還されると自責点がつくため、走者を置いて交代したくないのが投手の本心だ。福井にしてみたら八回も任せるという形でマウンドに送られたのに、たった一つ四球を出しただけで交代させられたら、やりきれない気持ちになる。

「すみません、ちょっとコースを狙い過ぎてしまいまして」

続投と分かって福井も笑みを広げた。

「大丈夫だ。それより少し時間稼ぎをしよう。福井は今まで最長で投げたのは何イニングだっけ？」

「七イニングです。コーチが来る前の年に七回二失点で勝ち投手になりました」

「そうか、じゃあ今日は最多イニングを更新したな」

「そうなりますね。でもワンアウトも取れないと七イニングになりますけど」

アウト一つでも取れば七回三分の一と記録されるが、ゼロアウトで降板すれば七回三分の〇、公式記録上は七回で降板したのと同じになる。

「未知のイニングを投げるピッチャーには二つの道が用意されているんだよ。一つはフォアボールを出したら交代させられると力んで投げる道だ。もう一つは今日の俺が交代させられるわけがないと、一度深呼吸してから体の力を抜いて投げる道。さぁ福井くん、好きな道を選びたまえ」

福井は目尻を下げ、両手を開いて大きく深呼吸した。

本当なら全力で走ったのに、次の打者たちを早打ちさせて悪かった、そう謝罪したかった。マウンドに集まった内野手の中にバント失敗した一番打者も、早打ちして凡飛に終わった二番打者もいるため、言うわけにはいかない。

口にしなくとも野手たちも済まない気持ちは抱《いだ》いていたようだ。

「甘くいっても今日の福井さんの球なら打たれませんよ」

「併殺に取ってやるから打たせてやれ」

彼らは福井の尻を叩いて激励する。

肩を揺らしていた福井の息も落ち着いてきたようだ。これで大丈夫だな、里志がそう確信したところで、ベンチを見やった福井の表情が変わった。

里志は慌てて振り返る。ベンチでは里志の仕事であるブルペンとの連絡を石川がやり、石川が指でOKサインをしたことで、辻原がダッグアウトから出てきた。監督、コーチが一イニングで二度ベンチを出たらピッチャーを交代させなくてはいけない。

監督、待ってください。里志がそう呼びかけようとした時には辻原は球審に告げていた。

「ピッチャー、大浦」


試合は散々だった。

急遽リリーフに立った大浦は三安打を浴びて、三対三と同点にされた。

相手の本拠地でのゲームの場合、同点の九回ではクローザーは出さずにリードするまで温存し、同点が続いた場合は打ち切りとなる十二回裏に投げさせるのが鉄則だが、勝ちゲームを追いつかれて頭にきていた辻原は、「九回は隆之介で行くぞ」と命じてきた。

ブルペンを担当する斉田投手コーチと相談したところ、すでに隆之介は肩を作り始めたと聞き、里志も指示に従った。

九回裏、隆之介はこの回の先頭打者に甘めのスライダーを拾われる。泳ぎ気味だったが、打球は風に乗って左翼スタンドまで届き、セイバーズは三対四で敗れた。

マジックを一つ減らせたはずが、この日のゲームを勝利したレッズにも自力優勝が復活し、「5」だったマジックは消えた。

「大丈夫だよ、マジックなんてまたつくから」

里志は落胆する選手たちを励ました。兎《と》にも角《かく》にも最後のレッズ三連戦で勝たなくてはならないのだ。こんなことで落ち込んではいられない。

だがマジックが消えたことより、隆之介に六月以来三カ月ぶりの黒星がついたことの方が、里志にはショックが大きかった。

試合後はシャワーも浴びずに私服に着替えた。

選手を慰《なぐさ》めてやりたい気持ちはやまやまだが、こうした逆転負けをした時は選手の頭も熱くなっているので、放っておく方がいい。

腹立たしいのは辻原だ。プライドが高い男だけに里志が許可を得ずにマウンドに行ったことが気に入らず、それで勝手に交代したのか。

あるいは里志がマウンドに行ったことで、福井の息が上がっていることに辻原も気づいた。だとしたら福井を休ませようと長いタイムを取ったことじたい、逆効果だったことになる。

里志に足りないのは間違いなく監督とのコミュニケーションである。

優勝しながら三年で退任させられた東北イグレッツでも監督との意思疎通を欠いた。

だが野球という競技は、投手と野手というまったく異なるマインドの人間が一緒に戦う特殊なスポーツである。ピッチャーは投手脳で考え、野手は打者脳で考える。

多くのチームは野手出身者が監督になり、ピンチに辛抱《しんぼう》できずに交代させたがる。なぜなら、彼らは次に出てくるピッチャーの調子がいいに違いないと考えるからだ。

だがピッチャーの多くは、マウンドに上がってみないことには自分の調子がいいか悪いか分からないことを知っている。実際、リリーフを三人投げさせれば、そのうちの一人は「きょうはなにか調子が悪い」と感じる。野手出身の監督には、そうしたピッチャーの機微《きび》が分からない。

長く野球をやっていて、理不尽《りふじん》に思うことがある。

支配下選手が七十人いれば、その半数がピッチャーだ。それなのに投手コーチの数はどのチームも二人。一方の野手は打撃コーチ二人、守備コーチ二人、走塁コーチ、作戦コーチ……キャッチャーも含めるならバッテリーコーチと、数で圧倒している。

監督になるのも投手出身者より野手出身者が多い。

現に名監督と呼ばれる指導者は大概、野手出身だ。だからといって思考経路が異なる投手コーチが野手出身の監督の軍門に降《くだ》っては、実際にプレーする投手陣は登板過多で壊滅《かいめつ》する。関係が険悪になろうとも、おかしなことにはきちんと意見を言う。投手コーチが守ってやらなくて誰がピッチャーを守るのだ。肘の靭帯《じんたい》損傷や肩痛など野球人生を大きく狂わす大ケガをするのは、ほとんどがピッチャーなのだから。

コーチ室を出ると、待っていた番記者たちに囲まれた。

「福井投手の続投が裏目に出たんじゃないですか」

いつものように東西スポーツの秋山が批判してくる。

続投ではなく、交代が裏目に出たのだ。そう言いたいのをぐっと堪《こら》え、「今日は俺のミスだ」と責任を被《かぶ》った。

福井が全力疾走したことを忘れ、辻原は初球からバントのサイン、併殺に倒れてからも、次打者には待てのサインを出さなかった。

あの時点では里志も追加点を取ってくれとバントの構えをしていた打者ばかりに目が行き、出塁した福井を気遣《きづか》うことはなかった。

里志自身が現役時代、打席に立つことのないクローザーで、しかも最初にコーチに就任したのはＤＨ制のあるパ・リーグの東北イグレッツだった。そうした環境もあって、出塁した時の投手の疲労度は深く考えたことがなかった。

「ミスというのはどういうことですか」

秋山の隣の記者が質問してくる。

「ミスと言えばミスだよ、それ以上でも以下でもない」

「それでは納得いかないですよ。答えてください」

秋山が抗議する。きつく当たられている恨《うら》みとばかりに、こういう時は強気に出る。

「監督はなんて言ってた?」

「監督は……」

歯切れが悪くなった。秋山は答えなかったが、女性記者が「八回の打席で福井投手に代打を送ろうとしたが、二見コーチが続投させたいというのでそうしたと言っていました」という。

「なんだって」

頭が沸騰《ふっとう》した。里志が「続投でお願いします」と言った時、辻原は「そうだな」と同意したではないか。

「もしかして監督が言ったことと、違ってるんですか?」

「食い違いなんてないよ、監督の言った通りだ」

監督と投手コーチが対立なんて書かれたら選手が困惑《こんわく》する。余計な反論はやめた。

「なにか不服そうですね。二見コーチとしては言いたいことがあるんじゃないですか」

秋山が煽《あお》ってくるが、「また明日も試合がある。以上だ」と前に出て、彼らの隙間《すきま》を割るように駐車場へと歩いた。

毎回、試合後の囲み取材がストレスでしょうがない。新聞記者がいなければどれだけ気持ちが解放されるか。

それでも選手として活躍した時は取材を受けるのが嬉しかったし、朝の新聞を開くのが楽しみだった。

選手たちには、話すことで頭の中を整理することができるから、新聞記者の質問はきちんと受けるように言っている。そう指示しているコーチが一番に記者から逃げだしたら、選手も答えたくない時はノーコメントを通すだろう。一度逃げると、次に結果が出ない時も無視するようになる。

車は駐車場の一番奥に停めていた。

選手のほとんどが高級外車というさながらオートサロンのような駐車場に、一台だけ場違いな国産SUVが停まっている。

最近は旧車ブームと呼ばれているが、里志はカーマニアでもクラシックカー好きでもない。そもそもこのサファリじたい、プレミアが付くほどの人気車種ではない。

昔から車には無頓着《むとんちゃく》だったが、現役時代は体が資本だ、追突事故に遭ってもケガをしないようにと、頑丈なベンツやボルボに乗っていた。アメリカでも中古だが、大型車を選んだ。

だが現役を引退して帰国した時は、マイナーリーグ生活で貯金をほぼ使い尽くしていたし、家族四人が乗れればいいと、ミニバンを買いに近所のディーラーに行った。

その時、入口の脇で、店員が見るからに型落ちの4WDを一生懸命磨いていた。

尋ねると、十六年前の車だが、新車を買ってくれたので、気持ち程度の価格で下取りしたと。バンパーには凹みがあり、サンドベージュのボディーカラーはいくらか色褪せていたが、店員がワックスをかけたせいか、程よくヤレて、いい雰囲気が出ていた。

——前の持ち主が大事に乗っていたのでまだまだ乗れるんですけど、さすがに十六年前の車で、八万キロも走っていると、買う人はいないでしょう。屑鉄《くずてつ》行きにならないように頑張って磨いたんですけどね。

汗だくになりながらも店員は半ば諦め顔だった。

里志も「それは大変ですね」とねぎらっただけで、店に入った。だが一度店内に入ってから十六年前という言葉が引っかかった。磨いていた店員を呼んで確認すると、やはりそう、里志がプロに入団した年に新車登録された車だった。

その頃の里志は、家族の前ではもうやり遂げた、野球はもう充分などと強がっていたが、本音は野球しか知らない自分が、この先どうやって生きていけばいいのかと不安でいっぱいだった。人間が絶望するのは仕事に失敗した時ではない。やりたい仕事がなくなった時だ。メジャーリーガーといってもほとんどがマイナー暮らしだった自分に解説者の声はなく、誘ってくれたのは人材派遣会社を起業した大学の先輩だけ。スーツを着て営業をする自分がイメージできなかった。

そんな泣きごとを言っているのに、自分がプロ入りした年に作られたこの車は、まだなお現役で走れると主張している。この車と一緒なら気持ちを入れ替えて新しい仕事に取り組めるのではないか。失いかけていたエネルギーが沸き上がってきた。

——この車を買いますよ、いくらですか。

そう言ったものの、店員は最初、冗談だとまとも取り合ってくれなかった。結局、利益をわずかに上乗せした程度、下取り価格に整備費用を加えたほどの値段で売ってくれた。さらに凹んだバンパーはオリジナルのものまで探してくれた。

東北イグレッツのGMだった白木から、うちのコーチをお願いできませんか、と依頼を受けたのはその夜だった。以降、幸運の相棒として仙台でも、金沢でも、そして横浜でも乗り続けている。

どこの町にも探せば古い車が好きな整備士がいて、毎年の点検で消耗した部品は早めに交換しているため、七年乗って故障は一度もない。弛《たる》んできた天井の内装も、シーズン後には張り替えてもらうつもりだ。

新宿スタジアムの駐車場はライトの数が少なく仄暗《ほのぐら》かったが、車の陰に人が立っているのは見えた。高い車高の下からパンプスが覗いていたからだ。萩下美雪が車の脇から細身の体を出した。

「またあなたか」

呆れながら声を出す。

「お疲れさまでした」

彼女は平然と言う。相変わらず気が強そうな顔をしている。

「俺は囲み取材しか受けないと言ったはずだ。こういう待ち伏せをされるのは一番嫌いなんだ」

ほとんど化粧をしていないのに、無神経という分厚いメークをしているように見えてくる。

「他の記者のいる前で、檀野晋さんの件ですけど、と訊くわけにいかないじゃないですか」

「そんなことを訊いても俺は答えないだけだ」

「檀野さんの名前を出したら、セイバーズの優勝よりそっちに注目が集まりますよ。檀野さんが亡くなったこと、警察はまだ発表していません。檀野さんはそれなりに有名な人のようですから、スポーツ紙の記者も見逃せないと思います」

「すごい脅しだな。檀さんの会社に電話を入れてきたヤクザみたいな言い草だ」

大貫組のことは捜査上の秘密だったかと案じたが、彼女は平然としていたから、栗田刑事から聞いているのだろう。

「そのことも昨日、八坂リサイクルの社長に聞いたそうですね。社長に電話して確認しました」

「他人の会話を探るなんて、趣味がいいとは言えないな。で、なんの用だ」

「大貫組の元組員と交際が続いていたことを聞き、二見さんがどう感じたかを訊きたいと思いまして」

「俺がどう思おうが、事件とは関係ないだろ。だいたい檀さんは脅されていたわけだし」

くだらない質問にため息をつく。彼女は意外なことを言った。

「檀野さんは脅されてはいないと思いますよ」

「ブラフはよせよ」

萩下は視線を動かすことなく里志を見続けて先を続けた。

「いいえ、坂崎和雄と会っています。それも何度も」

「刑事は、坂崎は八王子のリサイクル会社に電話したことは否定していると話していたぞ」

「それは坂崎が言っていることですよね。それに私は電話の話をしているのではありません。二人が親しくしていたことを話してるんです」

「坂崎って、仕事はなにをしてたんだ」

「探偵業です。都内の探偵会社で働いています」

「そんなこと刑事は言ってなかったぞ。捜査状況を話してもいいのか」

「これは私自身が調べたことでもあるので問題ありません。もちろん警察も知っていますが」

堂々と言う。ここまで自分の取材成果を自信満々に話す記者はセイバーズの番記者ではあまり見ない。

「檀さんが坂崎と交際していたとしても俺に訊いてどうするんだ。俺は檀さんとは七年間会っていないと話しただろ」

檀野が約束を破ったことを知って腹立たしいくらいだ。彼女は依然《いぜん》として里志を見続けている。

「あなたは檀さんが殺されたと考えていて、その容疑者として俺を疑っているのか」

「そんなことはありません」

彼女は否定した。「ですが、連絡がなかったことは、半信半疑ですけど」と呟いた。やや眉《まゆ》が吊《つ》り上がり、瞳が膨《ふく》らんだように見えた。

「あなた、初めて会った時もそんなことを言っていたな」

里志が着信履歴を確認した時、「二見さんこそ、本当に会話していないんですか」と尋ねてきた。

彼女は返事をしなかった。まだ尚《なお》、里志から視線を外さない。

「ただ、いろいろ取材したらそんな証言が出てきたとだけ答えておきます」

「いろいろって、坂崎って男が言っているのか。だとしたらどうやって連絡を取ったのか、その男に聞いてきてくれよ。スマホの履歴にもない。家の固定電話だって、警察が調べればわかるだろう」

「それ以外にも連絡を取る方法はあります」

「まさか俺の家に檀さんが来たとか言うんじゃないだろうな。俺がどこに住んでいるかなんて檀さんは知るはずがない」

「お二人が本当に会っていないのかについては私も調査中です。もう少し調べて、自分の取材が間違っていた時は二見さんにきちんと謝罪します」

「自分は絶対に正しいと自信を持っているように聞こえるぞ」

「それより二見さんも考えてください。檀野さんが伝えるとしたらどんな方法でくるか」

そう言われても思いもつかない。檀野のことは忘れたわけではなかった。だが檀野が希望しない限り、二度と会うことはないと思っていた。

「もし檀さんが俺に接触しようとした方法を思いついたとしても、あなたには遠慮するよ。なんだか危うい気がする」

このまま引き下がるのも業腹《ごうはら》なのできついことを言い、これ以上の会話を断とうとした。彼女は名刺を出した。

「名刺なら最初に会った時にもらってる」

手も出さずにいると、彼女はそれを裏返した。手書きで番号が書いてあった。

「私の携帯番号です。名刺には印刷してありませんので」

出したままなので仕方なく受け取った。

「だからって、俺のは教えないぞ」

「二見さんは新聞記者には連絡先を教えない主義だと聞きましたので」

「主義ではない。必要はないと思ってるだけだ」

電話で話す記者はいない。関係者から番号を聞いてかけてきた記者はいたが、その場で着信拒否にした。非通知や知らない番号には基本出ない。

「俺は規則正しい生活を大事にしている。その生活を乱されるのが迷惑なんだよ」

言葉が雑になった。

「でしたら必要があると思ったら電話してきてください」

「あなたは興味がないかもしれないけど、今うちのチームは二十年振りに優勝できるかどうかがかかった大事な山場に差し掛かってるんだ。本当にこういう取材はやめてくれ」

今日だって大事な試合を落として、気が滅入《めい》っている。勝ちパターンである大浦も隆之介も打たれて……。

「チームのことも弁《わきま》えているつもりですので」

萩下はきっぱりと答えたが、言ったところでまたやってくるだろう。記者というのはそういう種類の人間だ。

里志は彼女の横を通り過ぎて、ドアを開ける。エンジンをかけて車を出した。

バックミラーに、厳しい顔を解くことなく立ち去る彼女の姿が映っていた。

11

セイバーズの残り七試合はすべて本拠地ゲームだ。

ナイトゲームでも、里志は午前十時にはハーバービュースタジアムに到着、コーチ室でTシャツとショートパンツになると、トレーニングルームに向かう。

器具がきちんと整頓され、人のいない部屋の真ん中に立ち、両肩を回し、次にアキレス腱を伸ばすなどたっぷりの準備体操で体をほぐしてから、軽い鉄アレイでこの日の筋肉の状態を確かめる。

よし、いい感じだ。筋肉が疲れる前に奥のバーベルエリアへと移動した。

プレートを取り付け、外れないようにカラーでしっかり固定する。手に滑り止めの液体チョークを付けて擦《こす》り合わせてから、ベンチに横になる。

シャフトの位置が目線の真上になるように、ベンチで身体をくねらせて、スタートポジションを整えた。

尻がベンチに、足裏全体が床についているのを感触で確認し、両方の肩甲骨を中に寄せていくイメージで、背中を反らしてブリッジを作る。

今はまだリラックスだ。両手を肩幅の一・五倍程度に開き、親指の付け根にバーベルが載るようにシャフトを握った。一〇〇キロのベンチプレスはまだ数回しか成功したことがない。

天井を見上げ、息を吸いながら、ここからが本番だと、セーフティーバーから胸の位置までゆっくり降ろした。これより先は気合いも必要だ。

せぇーのと掛け声をあげ、息を吐きながらバーを持ち上げる。下げる時には息を吸い、けっして胸でバウンドさせることなく、止めてから二回目に入る。

ニイ……サン……。

数を数えながら腕を上げ下げする。二の腕の筋肉がプルプルと震え始めた。

ゴー。

予定していた五回で置こうとした。そこで手が伸びてきて、元の位置に戻せなくても大丈夫なように、里志がバーベルを置くまで、シャフトの近くで手を添えてくれた。

寝転んだまま目線を上げると、マッチョな男が優しく微笑《ほほえ》んでいた。

セイバーズのチーフトレーナー、内堀勇気《うちぼりゆうき》だ。

チームでは球団代表の白木仁、アナリストの稲本秀樹とともに里志が信頼している男、数少ない味方とも言える。

トレーナーである内堀の仕事は、選手のマッサージや応急処置である。打者がデッドボールを受けたりケガをしたりした時には、真っ先にグラウンドに飛び出していく。

元ブラジリアン柔術《じゅうじゅつ》の格闘家で、プロのリングにも上がった経験がある内堀は、ウエイトトレーニングにも詳しく、分からないことがあって質問すると、里志が納得いくまで説明してくれる。

「すごいですね、コーチ、ついに一人で一〇〇キロを上げられるようになったじゃないですか。五月からスタートして四カ月で達成ですから、かなりのペースですよ」

内堀は感嘆《かんたん》してくれた。

「いいトレーナーの指導のおかげだよ。文句を言わずに従ったのが良かったんだな」

最初にベンチプレスに挑戦した時は自分の体重より軽い八〇キロも持ち上げられなかった。それが二週間前に内堀のサポートを得て初めて一〇〇キロを上げた時は、やり遂げたという達成感を覚えた。

その後も毎回、内堀にサポートについてもらったが、早く補助なしでやりたいと思っていた。

一人でやるのは危険を伴うが、いざという時は助けがあると思うより、まったく一人の方が、精神面も鍛《きた》えられる。

——同じことを規則正しく続けることも大事ですけど、一つくらい新しいことにチャレンジをしてもいいんじゃないですか。それはそれで日々の生活の励みになりますよ。

そう内堀に言われて始めたベンチプレスだが、いきなり一〇〇キロは無理でも、ウエイトを徐々に増やしていけば、簡単に持ち上がるだろうと最初は甘く見ていた。

なにとはなしに内堀に似たことを言ったが、彼からは「コーチは嫌かもしれないですけど、ベンチプレスには、昔の野球の練習法のように、たくさんの数をこなすことが必要なんです」と否定された。

——まずは正しいフォームを身につけること、それがケガの防止につながります。同時に一〇〇キロのベンチプレスに耐えられるだけの筋肉を作り、その筋肉を強化し、筋肉の周りの神経を強くしていきましょう。

内堀が組んでくれたメニューに従って、毎日のようにジムに来て、トレーニングを続けた。五、六〇キロの重さを含めたら、この四カ月で三千回は上げている。

毎回、細かなアドバイスを受けるが、内堀の説明でもっとも印象に残っているのは「超回復」という言葉だ。筋トレで筋肉に刺激を与えると筋組織が壊れる。その壊れた筋組織は、疲れと同じで、休息によって回復するように人間の体は出来ている。そうした回復力を活かし、人為的に筋繊維の破壊と再生を繰り返すことで、徐々に筋繊維が太く強くなる筋肥大が起きる、と。

そこまでは里志の想像の範疇《はんちゅう》だった。ピッチャーの調整法も同じで、昔は前日に投球練習をしていたのが、今は前日がノースローで、二日前に投げる。それは筋肉の回復力をパワーに変えるという考え方と同様である。だが内堀の言う超回復は、なにも筋肉に限ったことではなかった。

——筋肉というのは休めながらパワーを増幅させる方法があります。コーチはなんだと思いますか？

——気持ちをリフレッシュすることじゃないのか。あとはしっかり睡眠をとって、適切なタンパク質を摂取する。

——理論派投手コーチと呼ばれている割には発想が乏《とぼ》しすぎますね。

——俺の頭と経験では他に思いつかないよ。

——休めながら鍛えるという感覚に近いかな。鍛えるのは体ではなく脳なんですけど。

——脳をどうやって鍛えるんだよ。

——食事に喩えるなら、おいしいものを食べるため、あえてお腹を空かすことと同じ理屈です。気持ちでは早く次の重さを持ち上げたい、だけどもその欲求を我慢することで、脳内の気持ちを高めていき、溢《あふ》れそうになったタイミングで挑戦するわけです。そうするとよりパワーが出ます。

聞いた時はまったく理解できなかったが、用意された重さを完璧に持ち上げられるようになって、さぁ次のウエイトだと意気込むと、内堀はショルダープレスや二の腕を鍛えるプッシュダウンというトレーニング機器を使った地道なメニューに戻し、なかなかバーベルを持たせてくれない。

数日置いてようやく許可が出る。「焦らないようにしてください」と念を押され、注意しながら上げる。久々で心もとなさはあるが、ようやくチャレンジできるというポジティブさが不安を上回って、バーベルの重さをそれほど感じることがないのだ。

これこそピッチャーの指導にも活かせると思った。

それ以来、スランプに陥《おちい》ったり、打たれたショックで自信を喪失したりしてファーム落ちしたピッチャーには「しばらくボールを持たせないでくれ」と二軍コーチに指示している。

そして投げたい気持ちが溢れてくるのを見計らってから投球練習を再開させる。

今の一軍では、中継ぎ左腕の篠原、同じく中継ぎでサイドスローの正津が今シーズン中に一度、ファーム落ちを経験した。

これまでなら二軍落ちした選手は、アナリストを交えて崩れたフォームを修正し、ブルペンである程度の球を投げることで、正しいフォームを体に覚えさせた。練習量を増やすことで不安を消す効果もあるが、所詮は「ここまでやった」という満足感しかない。毎日のように試合があるプロ野球は体を疲れさせないことも選手には求められる。投げれば肩や肘に負担が生じ、一軍に復帰したところで実力は以前の横ばい、下手をすると疲労の蓄積で下降線を辿ってファームに逆戻りになる。

篠原や正津にはしばらくボールを持たせずに下半身を鍛える単調なトレーニングばかりさせ、彼らが臍《へそ》を曲げる寸前でブルペンに入れた。おかげで一軍に戻ってからの二人は、肩肘は消耗していないし、体力がついて少々のことではへばらなくなった。

「コーチが勝手に上げているとは思わなかったですよ。補助なしでやりたい気持ちは分かります
けど、せめて僕がジムにいる時に挑戦してくださいよ」

内堀に苦い顔をされた。トレーニングの専門家としては当然の苦言だ。

「失敗するのを内堀くんに見られたくなかったんだよ」

「失敗したら大怪我《おおけが》になっちゃいますよ」

「次回からは内堀くんがいるときにやるよ」

「そんなことを言ってまたやるんでしょうけど。コーチは何でも自分で決めちゃうから。それで
いて頑固《がんこ》だし」

「なんだよ、俺は相当な変わり者みたいじゃないか」

「変態に近いと全員が思ってますよ。だいたい選手よりコーチが早く来て練習してるんですか
ら。まだ十時ですよ。試合開始まで八時間もあるのに」

「必死になってバーベル持ち上げている姿を選手に見られるのが恥ずかしいからだよ。あのおっ
さん、どこに向かってるんだって悪口のネタにされてしまう」

「言うわけがないじゃないですか。チームの仲間が歯を食いしばってトレーニングしている姿ほ
ど、美しいものはないんですよ」

似たフレーズを選手に話すが、自分が言われると恥ずかしい。

「おはようございます」

そこに選手が二人入ってきた。篠原と正津、ヤングブラッズの一員だ。

「おはよう。今日は打線に四点以上リードをお願いして、その後はきみたちに任すから、隆之介や大浦、ハドソンを休ませてやってくれよ」

「任せておいてください」

二人とも元気よく答えた。

「しかしコーチの思い通りになってきましたね」

彼らがウォームアップをしている姿を眺《なが》めながら内堀はニタついた。

「なんだよ、思い通りだなんて」

「コーチがこうして自分でトレーニングしている成果ですよ。最初はコーチが言う『俺は太りやすい体質だから鍛えてないとデブになるんだよ』という話を真に受けていましたが、途中から狙いは別のところにあるなとピンときましたから」

「デブ恐怖症は本当だよ。俺は監督やコーチから妄信的《もうしんてき》なメジャー気触《かぶ》れだと言われているけど、自分が向こうにいて納得できなかったのが、アメリカのコーチたちの腹がせり出した肥満体質だった。毎回、キャンプ初日に体重計に乗せられたけど、こんな不摂生《ふせっせい》極まりないコーチに、体重を減らせとか文句を言われたくねえよといつも不満に思ってた」

「野球に限らず、外国人のスポーツのコーチは太ってる人が多いですよね。体質なんでしょうけど」

「現役時代の酷使《こくし》で膝や腰を痛めていて走ることができないから、仕方がない面もあるんだけどな。かくいう俺もランニングマシンには乗るけど、ほとんど歩いているし」

左膝の半月板《はんげつばん》は半分しか残っていない。走ると痛みが生じるため、有酸素運動はウォーキング、もしくはバイクを漕《こ》ぐ。

「こうして選手たちが午前中から球場に来て、トレーニングをするようになったのですから、弱小と言われたセイバーズが強くなったのも当然ですね」

「俺じゃないよ。内堀くんが基本から正確に指導してくれているからだよ」

里志がプロに入団した二十数年前は、ウエイトトレーニングは軽んじられていて、キャンプではすべての練習メニューが終わってから、やりたい選手だけがやるおまけの練習だった。

それが現役の中頃から練習の最初、まだ体が疲れていない時間帯に変わった。

メジャーリーグではもっと重要度が高い。打てずに相手にリードされると、ゲームに飽《あ》きてひまわりの種を飛ばし合う選手でも、早朝六時にはホテルのジムに姿を現し、毎日体を鍛えていた。

体の動きの邪魔になるほどムキムキになる必要はないが、体を大きくした方が打球は飛ぶし、ピッチャーなら球質が重くなる。夏場やシーズン終盤の連戦で食欲が減退しても、体重はそれほど減らない。

「俺は練習が嫌いな選手は、いくら才能があっても好きにはなれないんだ。才能などプロのレベルだとすぐに廃《すた》れるし、汗水垂らして努力することで、試合の中の本当に困った場面でも持てる力を発揮できる。でも選手にその域まで求めるとなると、コーチに言われてやるよりも、自発的にやる方が続くだろ?」

「やっぱりそうした狙いがあったんですね」

「ここまでくるのに三年かかったけど」

全体練習は二時からなので、トレーニングコーチもまだ球場には来ていない。去年までは選手が来るのは正午を過ぎてからで、この十時台の時間帯に現れる選手は皆無《かいむ》だった。

「コーチが仙台の時はどうだったんですか」

「やめるまで誰も現れなかったよ。みんなしんどいことはしたくないんだろうな」

「それじゃあ、コーチの悲願が叶ったってことですね。最近は山路さんや大浦さんも来てますし」

「彼らが参加してくれることが大きいな」

コーチが手本を見せようとしても選手はすぐに動かないが、先発や中継ぎエースが参加するとその噂はすぐに駆け巡り、自分たちもやらなくてはならないと若手の心が動かされる。セイバーズが強くなったのは里志の力ではなく、ベテランの心が変わったからだ。

「いくら偉そうなことを言っても俺は選手としては一流になれなかったのだから、説得力がないけどな。二見コーチはこんな退屈な生活をして、それでいてたいした実績を残していないと」

「メジャーリーグでプレーしたのに、一流になれなかったは嫌味ですよ」

「今は数年活躍したら行く時代だぞ。元メジャーなんて覚えきれないくらいいる。それにコーチとしても未熟だしな。肩の可動域だって、知ったつもりだったけど、この前大浦に質問されて分からなくなったし」

肩の可動域を拡大するにはゼロポジションからの運動療法があると聞いたが、それはなにかと質問された。可動域を拡大させる方法は知っていたが、そこにゼロポジションという言葉が一つ付いただけで自信がなくなった。

「コーチは疑問に思うと、すぐに僕に質問してくるじゃないですか。この人はまだ学ぼうとしてんだなと感心します」

「そりゃ修業中の身なんだから当然だよ。俺はコーチだからこそ学ばなきゃいけないと思っている。このコーチは科学の進歩についていっていないなと感じたら、選手たちは直接、稲本ちゃんや内堀くんのもとに行ってしまうよ」

配球や投球フォームの動作解析ならアナリストの稲本、トレーニング方法なら内堀だ。

里志がセイバーズに来た時、選手たちは迷子のようにいつも不安な表情をしていた。それが里志と同時に内堀が入り、翌年に稲本が来て、今は安心して野球に打ち込めるようになった。

「ベンチプレスの目標は達したから、今度は内堀くんに柔術を教えてもらわないとな」

「もう結構な技を教えましたよ。コーチの体格があれば、腕ひしぎ十字固めくらい簡単に掛けられます」

京都に実家のある内堀は、オフの間は地元の道場でトレーニングをしている。里志も何度か大阪から出かけていき、格闘家の練習法を習い、関節技の掛け方や、そこまでの手足の動かし方など、基本はひと通り教わった。

スパーリングもした。本気を出されたら三秒でギブアップだろうが、内堀はうまく手を抜いてくれる。

「俺の十字固めでは、完璧にホールドする前に内堀くんに外されちゃうよ。俺ができるとしたらアームロックくらいかな」

「僕を倒す自信があると言っているように聞こえましたが、気のせいでしたか？」

「そのつもりで言ったんだけどな。内堀くんをギブアップさせるのが、今オフの俺の目標だ」

「僕をムキにさせたら、つい本気になって、コーチの関節を外してしまうかもしれませんよ。言っときますけど脱臼《だっきゅう》は激イタですからね。自分で戻せる時もありますけど、癖《くせ》になりますし、関節内にある靱帯《じんたい》が骨から剝《は》がれたら、手術でしばらくは箸《はし》も持てません」

「自分の体で学べるのなら最高じゃないか。肩の関節ってこんな簡単に外れるんだ、こういう構造になってるからだなって分かる」

「そこまでご希望ならオフとは言わず、今、ここで教えますけど」

「望むところだ、よし、勝負だ」

二人同時にレスリングのような前屈《まえかが》みの姿勢で構えた。一九〇センチ、八五キロの里志に対し、一八五センチ、九〇キロの内堀と体格はほぼ互角。内堀はブラジリアン柔術を習う前は、レスリングのグレコローマンの選手だった。

内堀が左手を伸ばしてきたのでその手を取ろうとしたら、目の前から一瞬で姿が消え、気づいた時にはバックを取られていた。

「ギブだ。ギブ。こんなところで投げられたら大変だ」

里志が腰に回されていた内堀の腕をタッチすると、彼は解いた。

「秒殺でしたね」

内堀は力こぶを作った右腕を叩く。

「危ない、危ない。あのままバックドロップを食らってたら、意識朦朧《もうろう》としたまま腕を取られて、関節を外されていたな」

道場のマットの上では、あそこからジャーマンスープレックスホールドを決められたこともある。クッションの上だったので頭は大丈夫だったが、あまりに一瞬のことに自分がどんな体勢になっているのかもイメージできなかった。

「こんな硬い床で、そこまで本気は出しませんよ」

気が付くとジムで汗を流す選手が七人まで増えていて、彼らは笑いながら里志たちのおふざけを観戦していた。

チームメジャーも二人いた。一人は、先発している宝田《たからだ》で、もう一人は大浦。正午にはこの倍くらいの人数に増え、いっそう賑《にぎ》やかになり、熱気も増す。

その頃には、里志はアナリストとのミーティングに出るため、ジムを出てシャワーを浴びている。

「ピッチャーでは、あとは新田くんが来てくれれば完璧なんですけどね」

里志がバーベルを片付けていると内堀は囁《ささや》いた。

クローザーの隆之介はトレーニングルームには現れず、だいたい主力の野手と同じ時間、全体練習開始の三十分ほど前に球場入りする。

「とくに新田くんは体も小さくて筋肉量も少ないから、今のうちに鍛えておく必要があります」

「隆之介に早く来いはかわいそうだよ。毎日投げるリリーフというのは頭が熱くなって、なかなか眠れないんだ」

「でも大浦さんが来てるんだから、新田くんも来るべきですよ」

セットアッパーとクローザーでは負けた時の悔しさが違うと喉元まで出かかって、やめた。そんなことを口にすれば目の前でバイクを漕ぎ始めた大浦だけでなく、かつて里志の前で投げてくれていた檀野にも失礼に当たる。

「今の隆之介には背負っているものが重たすぎるのかもしれないな。軽い気持ちでマウンドに立って、当たり前のようにセーブを挙げられるようになれば、もっと重たいものを持ちたいと、バーベルを上げ始めるかもしれないよ」

「二見コーチって表現が独特で面白いですね」

内堀は目を細めて笑っていた。

12

長身からの角度のあるストレートと、覚えたてのフォーク。このたった二つの球種で三振奪取率が高い投球ができるようになった里志を、メディアは強気のピッチングと評した。

フォークのサインを出した先輩捕手に、打者がそれを待っているような予感がして、首を振ってストレートを投げたことがある。どま真ん中にいってしまったが、意表を突かれた打者は手も出せずに見送った。そのたびに先輩捕手からは「二見は心臓に毛が生えてるな」と褒められた。

そう見えたのは、前のピッチャーが繋いでくれたゲームを滅多打《めった う》ちに遭ってぶち壊してしまうのではないかという弱気の虫を、強がりの仮面で隠していたに過ぎない。

マウンド上での里志はいつも恐怖に怯《おび》えていた。

その心の中で隠した恐怖が、救援に失敗すると爆発してしまうのか、サヨナラ負けしたり交代させられたりしてベンチに引っ込むと、椅子やゴミ箱を蹴飛《けと》ばしたりした。

——二見、チームの雰囲気《ふんいき》が悪くなるからやめろ。

コーチや先輩野手からはよく注意された。

それが檀野だけは「不満があったら今のうちに発散しろ」と容認してくれた。自分がチームの努力を台無しにしてしまったというクローザーのやり場のない怒りを理解してくれているのは、長くリリーフを務めてきた檀野だけだった。だから檀野だけには心を許せた。

だが温和な先輩もいつも許してくれたわけではなかった。

最優秀救援投手のタイトルを獲って日本一になった翌年、蒸し暑い夜が続いた初夏のナイターだった。その年は五月に二試合連続して救援に失敗して以降、投球が安定せず、数セーブを挙げてはまた打たれるというサイクルを繰り返していた。逆転負けした前夜を引きずってマウンドに上がったその夜も、投球練習の時から違和感を覚えていた。

神経質な里志は一度気になってしまうと、それが何なのか突き止められるまで納得できない。ボールが滑る、踏み出した足がしっかりと足場に収まらない、捕手の出すサインが自分の思っているものと違って、自分が信頼されていない気がする……。あらゆることが気になりだして、投球フォームまでがぎこちなく感じる。一度心が暴れ出すと、いくら集中しろと言い聞かせたところで、自力ではどうすることもできず、打者と勝負しなくてはいけないのに、自分との戦いで心身ともに削《そ》いでしまう。

その夜もまさに悪い時の里志が顔を出し、初球の際どいコースをボールとコールされただけで気持ちが切れた。そのままカウントを悪くし、ストライクを取りにいった甘い球をスタンドに放り込まれ、二試合連続して救援失敗となった。

いつもと同じようにロッカールームで物に当たった。

ロッカーからスポーツバッグを出すと、音が立つほど乱暴に扉を閉め、部屋にいた先輩たちをびっくりさせた。さらに脱いだスパイクをパンパンと叩き、隣の先輩が私服に着替えているにもかかわらずソールについた土を払った。

——てめえ、いい加減にしろよ。

背後から声がした。誰に対しての注意かは分かったが、外国人選手を除けば一番体の大きかった自分を止められる選手は当時のジャガーズにはいない。どうせ口だけだろうと、里志は振り向きもしなかった。

ところが背後から伸びてきた手でユニホームの後ろ襟を摑まれ、体を翻《ひるがえ》された。そのままアルミ板が凹《へこ》むほどの大きな音とともに勢いよくロッカーに押し付けられた。

檀野だった。背こそ里志より小さいが恰幅《かっぷく》のある檀野は、その時には里志の胸倉を握っていて、真っ赤にした目で睨《にら》みつけてきた。

——里志、勘違いするな。俺が発散してもいいと言ったのは翌日に引きずらないためだ。先発投手なら次の登板までの一週間で頭を冷やせる。だけど翌日も翌々日も登板のある俺たちブルペンは、その間に二敗、三敗してしまう。気持ちの切り替えができないなら、俺が監督に言ってやるから、ブルペンから外れろ。今のおまえはみっともなくて、俺たちまで恥ずかしくなる。

檀野は一気にまくしたてると自分のロッカーに戻った。

その時になって初めて周りの視線を感じた。自分はチームの守護神としてリスペクトされていると思っていたが、正反対だった。

多くが憐《あわ》れんだ目で見ていた。こんな男はやがてクローザーから外され、チームから追い出される、そう声が聞こえてくるようだった。ピッチャーはたえず見られている。マウンドでもそうだが、ダッグアウトでもロッカールームでも同様だ。そう感じるようになったのはあの時からだ。

翌日の練習では早めに行って、檀野が出てくるのを待った。

ユニホームに着替えた檀野がベンチから出てお辞儀をし、投手陣が練習する外野に向かってゆっくりと走り始めると、里志は走って近づいた。

——檀さん、昨夜はすみませんでした。今日から終わったゲームのことはその場で切り替えるつもりです。無論、結果が出なくとも二度とみっともない姿を見せたりはしません。

檀野は立ち止まって沈黙していた。許してくれていないと思ったところで、ひび割れた声が耳《じ》朶《だ》に触れた。

——おまえがリリーフに向いていると思ったのはなにも野蛮な勇気があるからだけではない。おまえなら正義の男になれると思ったからだ。

なにを言っているのか意味が分からなかった。

——クローザーというのは、みんなが必死に繋いだゲームの最後を投げるんだ。つねに正しいことを貫いている人間でなきゃ、俺たちだって安心してあとを任せられない。

生真面目な性格で、曲がったことが嫌いだという自負はあったが、正義の男になれると言われたことはそれまで一度もなかった。

——人間なんだ。どんなにいいピッチャーだって打たれることはある。里志が去年積み重ねた信頼は、数試合打たれたくらいでは崩れない。だからこそ、俺たちをガッカリさせるような姿は金輪際《こんりんざい》見せないでくれ。

檀野はそう言って投手陣が練習する外野方向へ、不格好なランニングフォームで駆けていった。

二試合連続して失敗しているにもかかわらず、その夜も監督は里志を九回のマウンドに送り出してくれた。

チーム全員の視線に緊張したが、初球、思い切り腕を振ったストレートで空振りに取り、体から余計な力が抜けた。ボールの滑りも足場も気にならなかった。

ツーナッシングからの三球目、外角いっぱいのストライクゾーンに決まったストレートをボールと判定された時も、表情には出さずに捕手から球を受けた。

弱気の虫が消えたわけではなかった。ピッチャーは弱虫だ。それをどれだけ痩《や》せ我慢できるかどうかで、仲間からの信頼度が決まる。

そのゲームを三人で抑えて、三試合ぶりにセーブを挙げた。それからというもの、打たれたピッチャーがどのように気持ちをコントロールしているのかよく観察した。

檀野だけではなく、長い間、継続してプロで活躍している選手ほど、同じだった。交代を告げられても、泰然自若《たいぜんじじやく》としている。

だが割り切れていない悔しさは伝わってきた。

ほとんどはKOされても最低そのイニングが終わるまではベンチに残って戦況を見つめる。そして点を取られようが、リリーフがピンチを凌《しの》いでくれようが、結果を確認してから引《ひ》き揚《あ》げる。

表情は往々にして同じだった。穏やかだとしても、目だけは燃えているように瞳が膨張している。

怒りを鎮めているのではない。こんな惨《みじ》めな降板は二度としない、同じミスを繰り返してたまるか、全員がそう自分に覚えこませているのだ。

その後、里志がリリーフに失敗して暴れたことは一度もない。

マスコミからは怒ったら手が付けられないクレージーな男だと言われていたが、試合後には必ず囲み取材にも応じるようになった。

もっともそれ以後、タイトルを獲るほどの活躍は一度もないから、口さがない連中はこう言っていたのではないか。

二見里志は態度が丸くなったらピッチングまで怖くなくなった、と。

13

遠い昔の恥部が頭の中を駆け巡ったのは、この日のゲームがセイバーズのブルペンにとって、最悪の結末となったからだ。

ゲーム序盤はスランプだった五番の織田にホームランが出たり、守備で好プレーが出たり、ベンチはおおいに盛り上がっていた。

里志は一緒に喜んだりはせず、毎イニング、走者を何人出せば、ゲーム終盤に相手打線の誰に回るか、様々なシミュレーションをしながら、その時に対処できるように打者の調子や審判のストライクゾーンの傾向など、気になる点を手帳につけていった。

先発した宝田は、走者こそ出すものの最少失点に抑え、五対一と四点リードで七回表の守備を終えた。

セーブがつかない四点差なので、勝ちパターンの投手ではなく、ヤングブラッズの出番だ。

里志は右の正津と左の篠原を早い段階から準備させていた。だが辻原は七回裏の攻撃が始まった段階で、「八回は大浦で行くからな」と里志に一方的に告げた。

これまでの里志なら抗議していたが、監督の許可を得ずにベンチを出た前回のこともあるし、優勝が見えてきたこの状況を若い投手に任せるのは荷が重いだろうと口答えせずに従った。

七回裏のセイバーズの攻撃は三者凡退だったが、一番バッターが十球粘るなど、三人で二十一球を投げさせたから、そこそこの時間稼ぎはできた。あえてブルペンに確認しなかったのは、大浦は十球もあれば肩を作れるからだ。

辻原はグラウンドに出て、球審に大浦の登板を告げ、さらに外国人野手を引っ込めて守備固めの選手を入れた。

里志はボールを受け取りマウンドに向かう。大浦がマウンドにやってきた。

「いつも通りにお願いするよ」

「はい」

ボールを渡し、ダッグアウトに引き揚げる。大浦らしいキレのあるボールを投げていたのは、投球練習中にキャッチャーミットから聞こえる小気味いい音で分かった。

しかしいざ打者が打席に立ってからはいつもの大浦とは違った。

先頭打者には八球粘られた末に四球で歩かせると、次打者に初球を右前に打たれて、無死一、三塁になる。

「監督、ひと呼吸入れます」

「そうしてくれ」

辻原の了承を得てから、里志は球審にタイムを求めた。

「どうした、大浦」

こういう時が一番難しい。取り乱してマウンドに来るのはもってのほかだが、無理な作り笑いでやってくるコーチには、選手は馬鹿にされているように感じる。里志もそうしたコーチには素直に耳を傾ける気になれなかった。

表情はできるだけ普段のまま、伝える言葉は余裕がある方がいい。

「ボールはどこも悪くない。大浦が感じている以上のボールは来ているように俺には見えるよ」

「すみません。最初の打者に思いのほか粘られて、ついムキになってしまいました。今の打者は厳しいところをうまく打たれました」

「最初から右方向を狙っていたからな」

里志の言葉には皮肉が混じっていた。リードしている捕手の織田に言ったのだ。右方向を狙っているのはベンチにいた里志にも感じることができたのに、打者の間近にいた織田は察することもなく、外角にスライダーを要求した。

ストレートより球速の遅い変化球は狙われたら打たれる可能性が高い。だから変化球には必ず目的がなくてはいけない。

ストレートを活かすための変化球なのか、打者を惑《まど》わせるための変化球なのか、それとも打者が狙っていないという確信があるからこその変化球なのか……毎回のことだが、織田の変化球要求にはその目的が見えない。

他の内野手も捕手に対する皮肉だと分かっていたが、肝心の織田だけは蛙《かえる》の面《つら》に水だった。

彼はこのゲームで十三試合振りのホームランを放ち、シーズン本塁打数をプロ入り後初めて「20」の大台に乗せたのだ。攻撃中のベンチでも、投手のもとに近寄ることなく、野手同士でバッティングの話ばかりしていた。

マウンドで捕手のリードを責めたところでムードが悪くなるだけだと思い、里志は大浦に伝えた。

「今日のアンパイアは左バッターの内が広い。困ったら得意のシンカーで内角を攻めたらいいんじゃないか。たぶんボール気味でもストライクに取ってくれるよ」

「はい、そうしてみます」

「内野は定位置でダブルプレーを狙ってくれ。三塁走者は気にするな。一点取られて三点差になった方が、隆之介もセーブがつくと喜ぶ」

投手がもっとも気にするのが防御率で、投げるイニングが少ないリリーフ投手の場合は自責点が一点つくだけでも数字は一気に悪くなる。他の投手なら一点あげてもいいとは言わないが、大浦くらいのベテランなら、大火傷《おおやけど》しないためには三塁走者の生還は致し方がないと割り切っている。

「じゃあ、邪魔したな。戻るよ」

そう言ってベンチに戻った。

間を取ったことで、大浦も悪いなりに修正してくれるはずと信じてベンチのいつもの位置に戻り、ポケットから手帳を出した。

大浦はカウント1―1から内角にシンカーを決めて追い込んだが、それが唯一のいいボールだった。

やはりこの日の大浦は本調子ではなかった。昨シーズン途中から始めたセットアッパーを開幕からこなし、今年は連投してきたことで、疲労が蓄積しているのだろう。

そのうえ、捕手の配球も悪い。シンカーを続ければいいものを、ストレートのサインを出し、それを打者に真っ芯で捉えられた。

スイングを見た段階で、やられたと思うほどの完璧な打球で、右翼席の上段まで届いた。相手ベンチだけが沸き、球場は静まり返る。

五対四とリードは一点になる。

「二見コーチ、隆之介を準備させろ」

辻原に命じられ、里志はブルペンに電話をする。

その間に大浦は一球でショートゴロに取ってワンアウトを取るが、次打者のサードゴロを三塁手がお手玉して走者を出した。

「おい、しっかりしろよ」

ヘッドコーチの石川が叱責する。

里志は目を疑った。辻原がダッグアウトを出ていこうとしたのだ。

「待ってください、監督、まだ隆之介は肩が……」

時間的にまだ隆之介は十球も投げていないはず。大浦と違って隆之介は肩を作るのに時間がかかる。

それくらいのこと、辻原も分かっているはずだ。きっと三塁手を懲罰《ちょうばつ》交代させるのだ。辻原の後ろ姿を見ながら、そう信じようとした。

「ピッチャー、大浦に代わって、新田」

アンパイアが球場係員に伝える声に、里志は脱力する。悪い予感は的中した。

「隆之介、肩が温まるまで無理に勝負に行かなくていいからな」

「分かりました」

隆之介はそう返事をしたが、前回打たれただけに今日こそは抑えてやろうと強い気持ちが表れていて、目が血走っている。

先発には冷静沈着《ちんちゃく》を求めるが、リリーバーには怒りに任せるくらいの気持ちがちょうどいいと思っている里志は、普段ならこれくらいの興奮の度合いは、好意的に捉えている。しかしこの日は落ち着いてくれと祈るばかりだった。

そこまで気になっていたのならこの日の審判の癖などを説明し、彼の両肩を握って「まだ肩が出来上がっていないのだから、早いカウントから勝負に行くなよ」と念を押すべきだった。

だがピッチャーというのは早くボールを投げて、その日の自分の調子がいいのか、それとも悪いのかを確かめたがっている。隆之介の気持ちを優先して、余計なことは言わずにベンチに引き揚げたのだった。

肩に力を入れてセットポジションに入った隆之介を見て、それは隆之介への優しさでもなんでもなかったと、悔いが走る。

力んだフォームで投じた一球目からスライダーがすっぽ抜け、強打された。左翼フェンス直撃の二塁打。一塁走者が長駆ホームインして同点に追いつかれる。

さらに一死二塁と逆転の走者をスコアリングポジションに置き、打順は四番に回る。隆之介は二塁のベースカバーに入った遊撃手に牽制球を投げた。

いいぞ、隆之介、落ち着いて息とコンディションを整えろ。

牽制だって投手の肩作りに関係する。

だが捕手のリードがダメだった。

打つ気満々の打者に、ボールにするなり、フォークを要求するなりしてかわしていけばいいものを、織田は内角にストレートを要求し、甘く入ったところを芯で捉えられた。

スタンドまで届いた打球を呆然《ぼうぜん》と見送った。再びスタンドインされた。

五対七。

楽勝ムードだったのが逆転された。

椅子が倒れる音がした。

「馬鹿野郎、なにやってんだよ」

辻原が椅子を蹴飛ばしたのだ。

あなたがまだ準備出来ていない隆之介を投げさせたからでしょ。あれ以上、大浦を投げさせられなかったとしても、野手の守備位置を変更するなど、時間を稼ぐ方法はいくらでもあったのに
……言いたいことは山ほどあったが、まだゲームは終わっていないと自分に言い聞かせる。

「監督、タイムをお願いします」

マウンドに向かう。

「すみません、コーチ」

「謝らなくていいんだよ。まだ二点リードされただけだ。味方打線がひっくり返してくれるさ」

とても貧打のセイバーズに期待するのは難しいと感じているのか、励ましたところで隆之介の

表情は冴《さ》えない。

「リーグ最高のクローザーの隆之介でも毎回抑えられるわけではないし、仲間だって隆之介が打たれたことより、隆之介のおかげで勝てたと思う試合の方がはるかに多いことは分かっているさ」

「そう言ってもらえると気持ちを切り替えられそうです」

会話は成立したが、いつもの元気みなぎる隆之介に戻ることはなかった。六月から連続して救援に成功してきたのが、このままでは二試合連続して黒星がついてしまう。彼もパニックになっている。

次打者にはこの日初めて投げたフォークで三遊間を抜かれた。その次の打者にも中前打され、再び一死一、三塁となる。

「交代だな」

辻原が呟いた。

これが二死なら、あとワンアウトですから投げさせてくださいと監督に懇願しているが、一死では厳しい。それにマウンド上の隆之介に、打者に向かっていく気持ちがなくなっている。

「まだブルペンの準備があるので、監督は時間を置いてから交代に出てください」

そうお願いして、里志だけベンチを出た。

まだ監督は出てきていなかったが、里志が出てきたのが二度目だったため、隆之介も交代だと分かっていた。

だとしてもピッチャーはコーチがマウンドに来るまで待つものだが、頭が真っ白になっているのか、隆之介は先にマウンドを降りた。

14

隆之介はダッグアウトの椅子に座ることなく、トレーナー室に引っ込んだ。

ＫＯされてもその回が終わるまではベンチにいるようにとルールを課しているが、肘の痛みで早く治療を受ける場合など特例も認めている。

ケガではないが、この夜の隆之介はそれくらい心に傷を負ったということだ。

里志は掛ける言葉を探したが、いい言葉が浮かばず、ベンチから動けなかった。

次に出した投手が連打を浴び、隆之介にはさらに自責点が二点加わり、合わせて四点もついた。

九回を投げさせたヤングブラッズも失点した。勝ちゲームだったのが五対十二と大敗で終わる。

試合終了後、ベンチはお通夜《つや》のように静まり返っていた。

選手たちには、どんな負け方をしてもネガティブになるなと言ってきた里志自身も、この一敗は引きずりそうだ。心配なのは二試合連続して打たれた隆之介であり、大浦だ。

ベンチを出ようとした時、バットを片付けながら他の選手と談笑している織田の白い歯が目に飛び込んできた。

「おい、キャッチャー、なんだか楽しそうだな」

五番を打つ織田は二十号本塁打を打った後もヒットが続き、五打数三安打。打率を二割八分台に乗せた。

クリーンアップに当たりが出たのは投手を預かる里志も喜ぶべきことかもしれないが、この日のような屈辱的《くつじょくてき》な逆転負けを食らって笑っている捕手が里志には信じられない。

この男、まさか打たれたのはピッチャーであって、自分の責任ではないと開き直っているのか。

「別に楽しいわけではないですよ」

談笑しているところに言いがかりをつけられた織田は、ムキになって口を尖《とが》らせる。

「そうだよな、オダケン。ピッチャーが打たれたのに、リードするキャッチャーが責任を感じてないわけではないよな」

「当然ですよ。僕だって抑えようと努力しましたし」

キャッチャーの仕事とは、単にピッチャーの得意のボールを投げさせてカウントを稼ぐ足し算ではなく、相手打者に的を絞《しぼ》らせないように球を散らし、打たれるリスクの高い球を減らして勝負する引き算の配球をすることだぞ。彼の口にした努力という言葉が薄っぺらく聞こえ、ますます怒りが増す。

「努力してるなら、もっとストーリーを大事にしてくれよ」

「ストーリーってなんですか」

「九回から逆算して、この場面でどのような配球をしていけば今日は勝てるかを考えてゲームメイクすることだ」

「そんなこと、やってるに決まってるじゃないですか」

織田は肩こそ強いが、元より投手の持ち味を引きだすインサイドワークは今一つだと言われている。里志が監督であれば、こんな観察力のない男は捕手として起用しない。

「だったら聞くけど、八回に隆之介がホームランを打たれた相手の四番バッターとの、五回表の対決を覚えているか。覚えていたらどういう配球だったか教えてくれ」

「もちろんですよ。宝田さんのスライダーで追い込んでから、最後は真っすぐで見逃し三振に取りましたから」

「オダケンはヨッシャーとガッツポーズしてはしゃいでいたもんな」

「はしゃいでいたわけじゃ」そう口にしてから「裏をかいて見逃し三振に取ったのだから、それくらい喜んでもいいでしょう」と言い換えた。

織田の一番の欠点は裏方であるはずの捕手なのに、自分にスポットライトが当たっていると勘違いしていることだ。

リードには投手の調子や打者の実力、点差や走者などに応じて、「投手優先」「打者優先」「状況優先」とそれぞれを使い分けなくてはならない。今日の大浦、隆之介の場面なら、大浦は調子が悪い、隆之介は肩が出来ていないのだから、投手優先で組み立てるべきだった。

ところが織田はどんな状況だろうが、「自分優先」で、自分に酔いながらサインを出す。すべてがただの思いつきで、一試合を守り抜くストーリーに、伏線がないのだ。

「喜んだっていいよ。だけどオダケンは八回のピンチで、四番がどうして五回にストレートを見逃したのか気になったんじゃないか。ど真ん中のストレートに手を出さなかったということは、フォークを狙っていると。だから隆之介に対して、一球目からストレートを要求した」

「怖くなるわけないでしょう。僕がいつからキャッチャーをやってると思ってるんですか」

織田はぶんむくれて言う。

「いや俺はキャッチャーなら怖がって当然だと思う。怖くならない方がなにも考えていない証拠だ」

フォークを狙われていると気になったとしたら、それは織田にとっては成長だ。

しかし、せっかく危険を感じたのに、この捕手ときたら、早く確実に追い込みたいと、初球から内角球を要求した。頭の中にあったのは絶好調時の隆之介の内角ストレートだったのだろう。少しでも甘くなれば一発を浴びるリスクがもっとも高いのが内角球だというのに。外角低めに要求するなり慎重に入るべきだった。

「いったい、コーチはなにを言いたいんですか。五回にフォークを狙っていたとしても、ピッチャーも代わったし、八回も同じとは言えないじゃないですか」

「それでも伏線というのは選手の頭に無意識に残るんだよ。そもそもが、向こうの四番が伏線を作りにきてた。五回は二死走者なしと、彼にとってはどうでもいい場面だった。彼は思い切ってフォークにヤマを張った。フォークが来ればドンピシャで大きいのが狙えるし、ストレートなら見逃し三振で帰ってくればいい。なぜならば、その見逃し三振は、セイバーズのキャッチャーに、フォークを狙っていると布石を打つことができるからだ。そのストーリーに、オダケンは見事に嵌《は》められたってことだ」

織田は奥歯を噛み締めていた。里志の不満をやっと理解できたようだ。そこで、そうです、以後気をつけますと非を詫《わ》びる選手ではない。

「その言い方では逆転されたのは僕の責任みたいじゃないですか」

「オダケン一人の責任とは思ってないよ。今日の敗戦を背負ったのは大浦であり、隆之介だ。実際、二人の自責点は増え、隆之介には二試合連続して負けがついた」

ただ、仲間が悔しがっているのに、キャッチャーが笑顔なのが気に食わない、そう言おうとしたところで、ダッグアウトの扉が開いた。

「二見コーチ、どうかしましたか」

バッテリーコーチを兼任している石川ヘッドコーチだった。

「二見コーチが今日の敗戦は俺のせいだと言うんですよ」

織田が告げ口する。

「どういうことですか、二見コーチ」

里志は文句を言う気も失《う》せてしまった。選手が選手なら、コーチもコーチだ。石川は織田の配球が悪かったと微塵《みじん》も感じていない。

「悪かった。気が立ってたんだ。許してくれ」

そう言って引き揚げようとした。

「なにを言われたんだ、オダケン」

「たいしたことないですよ。だけど自分の思い通りにピッチャーが投げないからってキャッチャーの責任にされたら、こっちはたまったもんじゃないですよ」

「ひどいイチャモンだな」

扉を閉めても二人の会話は聞こえた。石川のことだ。今回の件は間違いなく辻原に報告するだろう。

15

むしゃくしゃした気持ちのまま里志はコーチ室でシャワーも浴びずに私服に着替え、帰《かえ》り支度《じたく》を済ませた。

ロッカールームを出ると番記者に囲まれた。言葉は悪いがどこからか湧いてくるようだ。こういう試合の後は放っておいてほしいが、彼らは目を輝かせて迫ってくる。

「お疲れさまです」

何人かが声をかけたが、里志は返事をしなかった。なにも敗戦をねぎらってくれているわけではない。案の定、気分が悪くなる質問を浴びせられた。

「大浦投手は今日も不調でしたね」

鬼の首でも取ったかのように東西スポーツの秋山は顎をもたげた。

「どんなにいいピッチャーでも一年中、調子がいいわけではない。こういう日もある」

答えながら安心する気持ちもあった。彼らはゲーム後に織田と言い争いになったことは知らないようだ。

「ブルペンでの状態はどうだったんですか。報告は入っていたと思いますが」

「ブルペンの調子なんてアテになるか。きみらだってあるだろう。朝起きた時は調子がいいのに、出勤したら体が重いとか。それと同じだよ」

「それを見極めるのがコーチの役目なんじゃないですか」

まったく口が減らない連中だ。それが出来たら苦労しない。だがそんな投げやりなことを言えば、二見はコーチの職務を放棄《ほうき》していると書くだろう。

「秋山さんの言う通りだ。俺がブルペンコーチと相談して、大浦の調子をもっと慎重に見極めるべきだったよ」

「大浦投手は去年途中まで先発もやっていましたし、経験不足が出てるんじゃないですか」

別の記者に質問される。さすがにその質問は適当な返答でかわす気にはなれなかった。

「経験不足は大浦に失礼だよ。彼は十六年目のベテランだぞ。二桁勝利だって一回やっている」

「一年を通してセットアッパーの大役をやるのは今年が初めてですよね。それで調子が落ちてるんじゃないですか」

「あなたたち、いつも中継ぎを下に見る癖に、都合のいい時だけそういう言い方をするんだな」

先発していたピッチャーがリリーフに回ると、マスコミは「降格」と書く。そのたびにリリーフピッチャーは気分が悪くなる。

「それは敗戦処理であって、セットアッパーやクローザーは違いますよ」

「同じだよ、俺は敗戦処理だと言って投げさせているわけではない。先発で力を発揮するピッチャーもいれば、リリーフの方が向いているピッチャーもいる」

「話が逸れています。我々は大浦投手の状態が落ちているのではと聞いてるんです」

秋山が嘴《くちばし》を入れてきた。

「今日の大浦は調子が悪かった。だけども明日はよくなる、それは隆之介も同じだ。俺は彼らを信用している」

「投手陣を任されるコーチの回答ではないような気がしますが」

「どう思われてもいい。俺は八回は大浦、九回は隆之介で行くと今年は決めたんだ。よほどのことがない限り、最後までそれで貫く。少し失敗したくらいで責めないでほしい」

「では新田選手について伺《うかが》います。新田選手こそ、やばい状況じゃないですか。きょうはスピードガンでも一四九キロしか出ていなかったし」

「それは彼はまだ……」

肩が出来ていなかったと言いかけて言葉を呑み込んだ。こんなところで監督批判をしたら大変なことになる。

「彼はまだ、なんですか」

秋山は嫌らしく質問を重ねてきた。この記者は先に辻原に事情を聞いているのではないか。ただし辻原の交代が早かったのではなく、里志がブルペンでの準備を怠ったという、事実とは異なる説明で。

「隆之介はまだ若い。それに九回というのはそれまでゲームを作ってきた仲間全員分の責任を背負っている。打たれたらみんなに申し訳ないという重責を感じながらここまで投げてきたんだ。しかも今日は八回からで、走者を背負っての登板だった。疲れだってあるし、球が走らないことだってあるさ」

「投手コーチがこういうこともあるで済ませたら問題なんじゃないですか。我々は二見コーチがどう対処するのか知りたいんです」

「二試合続けて失敗しただけだろ。隆之介のセーブは三十九もあるんだぞ」

「この時期の一敗だから心配してるんです。広島レッズが勝ったのでゲーム差も『2』まで縮まりましたし」

「まだ『2』だ」

「最後の三連戦で三連敗すれば逆転されますよ」

「そんなこと、あなたたちに言われなくても分かっている」

必死に整理をしているのに、彼らと会話しているだけで自分を見失う。客観的に振り返るために選手にも試合後の取材は受けるよう指示しているが、こんな重箱の隅を楊枝《ようじ》でほじくるようなことを言われれば気持ちが切れる。

「だいたいあなたたちはチームを応援してくれているのか。それとも負けるのを喜んでいるのか」

「負けを喜ぶわけがないじゃないですか。ですが我々は別に応援団ではありませんよ」

秋山が得たり顔で答えた。

「そうだったな。今のは取り消しだ」

愚問だったと反省した。

「もういいか、今日は終わりにしてくれ」

そう言ったところで、脇の通路からマネージャーが出てきて、きょろきょろと首を動かした。

「あっ、二見コーチ」

どうやら捜していたのは里志のようだ。里志は記者から離れた。

「どうしたマネージャー」

のっぴきならない状況だと察した里志は記者から離れて、マネージャーに近づいた。

真っ先に浮かんだのは石川ヘッドが辻原に密告して、辻原が激怒しているということだったが、想像より大ごとだった。

「大変です。ロッカールームで、山路さんと隆之介が乱闘しています」

「なんだって」

里志は一目散にロッカールームに駆け出した。

16

メジャーリーグのクラブハウスで、ボクシングさながらの殴《なぐ》り合いを周りの選手たちが口笛を吹いて煽っていたシーンを見た。乱闘と聞いて里志はしっちゃかめっちゃかになっているロッカールームを想像したが、中は静かだった。しかし剣呑《けんのん》な緊張感は張り詰めていた。

部屋の真ん中で山路と隆之介がお互いのユニホームの胸倉を摑み合い、その背後から何人かが止めようとしている。

身長一八〇センチの山路は目を眇《すが》め、小馬鹿にしたような半笑いを浮かべている。一方の隆之介は、因縁《いんねん》をつけるように顔を歪《ゆが》め、山路にガンを飛ばしている。

「おい、二人とも、やめろ」

間に入って、二人を引き離す。

「どういうことだ。事情を話してくれ」

興奮している隆之介よりいいだろうと、山路を見て尋ねた。

「こいつが、床に置いてあった大浦のグラブを足でどけたんですよ」

山路の説明に大浦を見た。隆之介とはロッカーが隣同士の大浦は、自分が原因になったことを申し訳なく思っているのか、目を伏せた。

「どうしてそんなことをしたんだ、隆之介」

「わざとじゃないですよ。躓《つまず》きそうになったからよけたら足が当たってしまったんです。そしたらこの人が『それが先輩に対する態度か』と摑みかかってきて」

「いい加減なことを言うな。おまえは最初から大浦のグラブを見て歩いてたじゃねえか」

冷静なエースまでがかつて見たことのないほど興奮している。

「だとしても床に置く方に問題があるんじゃないですか」

「大浦はおまえの何年も先輩だぞ」

「先輩だからなんて、関係ないでしょ。こっちだって責任を持って投げてるんです」

「一人で一人前になった気になるな」

「なりますよ。入る時も自力、クビになった時だって誰も助けてくれないんですから」

「そんなの全員、同じだ」

「だいたい山路さんこそ、同じ高校だからって先輩面《づら》するのはやめてください」

「俺がいつ先輩面した?」

「二人ともやめろ」

再び取っ組み合いが始まりそうな雰囲気に、里志は潜り込むように二人の間に入る。

止めたのに山路が「おまえなんか高校の後輩とは思ってねえよ」とまたちょっかいを出す。

そのひとことは里志も聞き捨てならなかった。

「いい加減にしろ、山路」

山路が気色《けしき》ばんだ一方で、隆之介は落ち着きを取り戻し、「僕が騒動のきっかけを作ったわけですから、そこは申し訳なかったと思います。二試合連続して負け投手になって苛々《いらいら》してたんです」と殊勝《しゅしょう》だった。

「分かってるならいいけど」

「シャワーを浴びてきます」

隆之介は着ていたユニホームを脱ぎ、バスタオルを腰に巻いてからパンツを下ろし、シャワー室へと向かった。

「まだ話は終わってないぞ。おまえ、大浦に謝れ」

鎮火《ちんか》したのに再び山路が煽る。隆之介は振り向きもしなかった。

「山路、ちょっと来てくれ」

どんなピンチでも表情を崩さないエースが、今はまるで様子が違っていた。十二歳も年下、それも高校の後輩に、チームメイトの前で胸倉を摑まれれば、エースのメンツが丸潰れなのは分かる。だからといってここまで興奮するか。

「いったい、どうしたんだよ」

ロッカールームの隣にあるミーティングルームに入って話を聞く。彼は不貞腐《ふてくさ》れた顔で返事すらしなかった。

「そもそも、山路はどうして今まで残ってたんだよ」

投げない先発投手は試合中に帰ることができる。

「次に投げるゲームが、今日のドルフィンズ戦なので、アナリストの稲本くんの横で見てたんです」

「さすがエースだ。そういう姿勢を他の選手も見習ってほしいよな。とくにヤングブラッズには……」

「いいですよ、そういうおべんちゃらは」

会話を遮《さえぎ》り、顔をしかめた。まだ怒りが鎮まっていない。

「確かに山路の言う通り、先輩の道具を足でどかすなんて言語道断《ごんごどうだん》だよ。手で動かすにしても丁寧に場所を置き替えるか、いや厳しい上下関係で育った選手なら、避けて通るのが常識的な振舞いだと思う」

「大浦は人がいいからなにも言いませんけど、隆之介はこれまでだって似たような失礼なことを先輩にしてきましたからね。そのうち、おい、邪魔だとも言いかねないです」

「取り返しのつかないことをする前に注意してくれたわけだな。そうなると俺は山路に感謝しなくてはいけない。未熟な隆之介を教育してくれてありがとう、と」

「だからそういうのは要りませんって」

山路はますます熱くなる。里志も次第に腹が立ってきた。

「俺には山路が必要以上に取り乱しているように見えたけどな」

ロッカールームに入った時、興奮していたのは隆之介だったが、それは山路がにたついた顔で挑発していたからだ。

「別に俺はいつも通りですよ」

「違うよ、今日は全然らしさがない」

語勢を強めると、山路はそっぽを向いた。

「喧嘩《けんか》にどっちが正しいも悪いもない。山路の言い分は理解したから、今日に関しては隆之介を許してやってくれよ。隆之介の登板は俺と監督とのコミュニケーションミスだったんだ。あいつはほとんど肩を作らずにマウンドに上がった。負け投手になっただけでなく、自責点が四点もついた。リリーフ投手でいきなり四点取られたら防御率が一気に悪くなって、俺だって平常心でいられなくなる」

「それを言うなら大浦だって同じです。三失点です。彼は態度に見せないだけで内心は自分が勝ちゲームを壊してしまったと落ち込んでいます。責任感の強い男ですから」

「大浦は自分で解決できるじゃないか。隆之介はまだ二年目だ。しかも俺が持ち上げて、イケイケでここまで来た。自軍のクローザーにこんなことを言うのもなんだけど、彼にはまだ本物の力はついていない。相手チームに対しても、そして隆之介本人に対しても、俺が騙《だま》し騙し起用しているに過ぎない」

山路や大浦とは違い、隆之介は未熟だ。そう言うことで先輩のプライドが保たれると思ったが、山路はまだ眉間《みけん》に皺《しわ》を寄せて渋い顔をしたままだ。

「どうしても納得してくれないんだな」

「コーチは案外、分かっていないんだなって思って」

口角が上がり、目許《めもと》が緩む。隆之介と胸倉を摑み合っていた時と同じ憎々しげな顔だった。

「俺はあいつのことは理解しているつもりだけどな」

「どう理解してるんですか」

「調子に乗っていることも、その裏で不安を隠して戦っていることもすべてだよ。なぜならば俺もあいつと同じ経験をして、同じようなことをしていた。負けた時はむしゃくしゃして先輩に迷惑をかけた。いやもっとひどかったな。先輩たちは普段から俺を嫌な顔で見ていたよ」

先輩の道具を足でどかしたことはないが、先輩が近くにいるのにスパイクの土を叩《はた》いたりしたから、失礼の度合いで言うなら隆之介以上かもしれない。

「あの頃の俺は、自分がチームを勝たせてやっているんだ、俺に文句を言う選手などいないと好き放題に振る舞っていた。そんな時、一人の先輩が叱ってくれたんだ。おまえへの信頼というのは、数試合打たれたくらいでは崩れない。だからこそ、俺たちをガッカリさせるような姿は二度と見せないでくれ、と言って」

檀野の役割を担《にな》うのが、このチームでは山路なのだ。その規範となる先輩が未熟な若手と同じようにカッカしてどうする、そう願いを込めて、瞳を動かし睥睨《へいげい》する。だが里志の願いなどどこ吹く風で、山路の眼窩《がんか》の奥にある目は嗤《わら》っていた。

「あいつはそんなタマじゃないですよ」

「なんだよ、タマじゃないって」

「コーチは俺にその先輩の役割をさせたいのかもしれませんけど、俺が言ったところで聞く人間じゃないってことです」

「そんなことはないだろう。まして山路は高校の先輩でもあるんだし」

「そうしたしがらみが通用しない男なんですって。若手同士で飯を食ってる時にも、山路なんて威張《いば》ってるけど、あと二、三年で衰えていなくなると、悪口言ってるそうですから」

「それが事実だとしたらひどいけど、俺の前では素直に聞いてくれるぞ。ヤングブラッズでは一、二を争う優等生だ」

「本当に聞いてるんですかね。陰では、コーチなんて選手が活躍しないとクビになるだけと、ほざいてるんじゃないですか?」

言っているとしても、それは上から目線で好き勝手なことを命じてくるコーチに対してであって、里志に対してではないはずだ。

「山路が言っていることが事実だとしたら、それこそ俺の指導の問題だ。これからは先輩を敬《うやま》うように教育していく」

「違うんだよな」

口端の微笑がコーヒーに落としたミルクのように広がっていく。

「なにが違うんだよ」

「隆之介って高校の時から結構活躍していたのも知っていますよね。甲子園には出られなかったけど、西東京大会の決勝まで行って、プロ向きのピッチングをしていた。だけどドラフトにはかからなかった」

「身長がネックだったんだろ。一六〇センチ台のピッチャーはなかなか指名されないから」

それでいて制球力や変化球でかわしていくのではなく、ストレート中心の組み立てで抑えるのだから稀有《けう》な存在と言える。

「独立リーグでも一年目から主戦として投げていたんです。でも二年目もドラフトにかからなかった。その時、あいつ、俺のもとを訪ねてきて、先輩、なんとかプロに入れるようにスカウトに言ってもらえませんかと頼んできたんです。でも俺は、おまえには無理だと答えました」

「山路も隆之介の体格ではプロで通用しないと思ったのか」

「体格は関係ないですね。あいつくらい小柄なのはそうはいないですけど、右だと厳しくても、左なら活躍しているピッチャーは最近いますし」

「じゃあ、どうしてだよ」

「隆之介の器を俺が認めていないからです」

到底《とうてい》納得できない理由を挙げた。そこで一つ、隆之介が山路を嫌悪する理由を得心した。一人で一人前になった気になるなと言った山路に、隆之介は入る時も自力、クビになる時も誰も助けてくれないと反論した。あの言葉は自分が助けを求めた時に、おまえには無理だと、山路に突っ撥《ぱ》ねられたことが起因しているのだ。二人には隆之介がプロ入りする前から確執《かくしつ》があった。実力不足だと相手にもしてくれなかった山路を見返すことも、隆之介の闘争心に繫がっている。

「器なんてものは成長とともに変わってくるだろ。その成長を促《うなが》すのが、立場であり地位だ。高校や独立リーグではどうだったかは知らないが、プロ野球選手となれば自覚も出てくる」

「だからそういう問題ではないんですって。コーチはあいつを評価しすぎです」

「暴力事件でも起こしたのか。後輩へのしごきか？　いじめか？　このチームでは、そんなことは絶対にさせないぞ」

その質問は聞き流された。もっと救いようのないことを言ってくる。

「あいつはプロ野球選手として人間性に問題がある。それだけは言っておきますよ。それは今年、あいつがセーブ王になったとしても変わりません」

「山路がどう思おうが、隆之介がスカウトの低い評価を覆《くつがえ》してプロでトップクラスまで伸《の》し上がったのは事実だ。さっきも言ったが、俺も同じような未熟者だったが、注意されてからはチームメイトに認められる選手になろうと努力した。その時はプロ七年目だから、もう二十九歳だった。隆之介はまだ二十三だ。俺より早く人間的にも一人前にさせるから、山路もそうした偏見《へんけん》はやめてくれ」

「偏見ね」

鼻から息を吐く。しばらくうつむき加減で、薄笑いを浮かべていた山路がおもむろに顔をあげ、視線をぶつけてきた。

「コーチ、申し訳ないですけど、俺が登板しているゲームに、あいつの助けは要りませんから」

「隆之介ではなく、九回も大浦を使えと言うのか」

「コーチが隆之介を抑えに決めているんだから、あいつを起用するのは勝手です。ただ俺は、たとえ百三十球を超えても、百五十球に差し掛かろうが、マウンドを降りる気がないというのは、頭に入れておいてください」

「交代を拒否するって言うんじゃないだろうな。そんなことは許されないぞ」

「そんなことはしませんよ。交代を告げられたら素直にマウンドを降ります」

そこまでの我儘《わがまま》は言わなかった。

当然だ。監督がアンパイアに交代を告げたら、選手はベンチに下がらなくてはならない。

こんなことを言う山路に落胆した。エースがこの態度では、後ろを任されるリリーフ陣はたまったものではない。

山路は一軍デビューした時からずっとローテーションの一角を任され、先発しか経験がない。だから後ろを投げるブルペンの気持ちが分からないのだろう。

リリーフは先発ピッチャーの勝ち星を守らなくてはならない。自分が打たれたらすべてを帳消しにしてしまうという、重い責任を背負ってマウンドに上がっている。

勝利して勝ち星がつくのも、スポットライトが当たるのもほとんどは先発だ。

リリーフは日陰役で、どんな状況だろうが与えられた場面で全力で戦っている。その気持ちがどうしてエースである山路に分からない。

里志が沈黙したせいか、山路はさらに調子に乗った。

「さっきだって見ましたか、あいつがシャワーを浴びにいくのに、バスタオルを巻いていったのを」

「あんなたくさんの選手が集まっていたんだ。全裸は恥ずかしいだろ」

「あいつはいつもあの格好で、シャワーに行きますけどね」

「俺だって他の選手がいる前を裸で歩いたりはしなかったよ」

メジャーリーグのクラブハウスにはマスコミ、それも女性記者もいたため、バスタオルを巻くだけでなく、必ずユニホームを来てシャワールームから戻った。

「おまえは、隆之介は普段は粋《いき》がっているけど、実は気が弱い、そう言いたいのか」

山路のことを初めて「おまえ」と呼んだ。それが気に障ったのか、山路は鼻根《びこん》に皺を寄せた。

「なんだか、いくらコーチと話していても嚙み合わないような気がしてきました」

「それを言うなら俺も同感だ」

「正直、失望しましたよ」

売り言葉に買い言葉になっていた。

里志にも、今は山路との間に生じた溝《みぞ》を修復しようという気持ちは残っていなかった。

「失望してくれて結構だ。だけど俺はこれからも隆之介を使う。山路がまだいける、クローザーの助けなど必要ないと思っていても、おまえの調子を見極めた上で、代え時だと判断すれば隆之介を出す。それがチームの勝ちパターンだからだ」

「どうぞご勝手に」

山路は肩をそびやかして、ロッカールームへと戻った。

17

関係者以外立ち入り禁止と書かれたガードフェンスの前で記者たちが待っていた。

「二見コーチ、なにがあったんですか」

一人の記者から言われた時はごまかそうと思ったが、それはできなかった。

「山路と新田が殴り合いの喧嘩をしていたそうですね」

秋山が知っていたからだ。里志が山路と話している間に選手を取材したのだろう。

「殴り合いじゃないよ。議論してたんだ」

「議論するのに摑み合いにはならないでしょう」

「エキサイトすることはある。こういう負け方をしたら選手は心の整理がつかない」

「二見コーチが若手ばかり贔屓《ひいき》するから、投手陣に亀裂《きれつ》が生じたと言う選手もいましたけど」

スポーツジャパンの女性記者が嫌なことを言う。

「俺は贔屓なんかしていない」

否定したが、秋山が女性記者の援軍に回る。

「それは一理あるんじゃないですか。少なくとも先発よりリリーフの味方だし。そのリリーフは大浦を除けば、若手ばかりだし。あっ、失礼、ヤングブラッズでしたね」

茶化してきた。里志は冷静な心を失いかけたが、比較的、中立な立場の記者が質問してきた。

「選手とは話し合ったのですか」

「とりあえず山路とは話したよ。彼も、熱くなってしまった、すみませんと謝っていた」

謝ったわけではないが、そう言っておく。山路は納得しないだろうが、彼のためにもその方がいい。

「新田投手とは」

「彼とも明日話し合う」

「どうして、新田くんだけ明日なんですか」

「今日は逆転負けを食らって熱くなっている。頭を冷やしてからの方がいいだろう」

そんな言い方をするから隆之介を贔屓していると誤解を生むのだ。

俺は本当に選手を平等に扱っているのか。若手及びリリーフ陣、とくに里志のコーチとしての評価を間違いなく上げる大飛躍を見せた隆之介だけを違うフィルターで見ていないかと、自問自答した。

そんなことは絶対にないと、心の中の自分が言い返してきた。ある一人だけを優遇すればチームはとっくに分裂し、優勝争いなんてできなかったはずだ。そのような指導者は、コーチ失格だ。

「悪いけど、今日はここまでにしてくれ。明日は時間をとって話すから」

そう言って記者から離れた。

駐車場まで一人で歩いていく。仄暗《ほのぐら》い通路で脳裏に浮かぶのは、山路の態度だった。

確かに最初に山路が怒ったのは無理もないことだ。セイバーズが今季、鉄壁のブルペンを作ることができたのは、隆之介はもちろんだが、大浦の貢献度が高い。隆之介の前の八回を投げ、シーズン半ば過ぎまで毎回、三人でピシャリと抑え、キャリアの浅い隆之介が投げやすいように流れを引き込んでくれた。その大浦のグラブを足でのけた。

里志に当てはめるなら、檀野に同じことをしたことになる。ともに戦う仲間へのリスペクトに欠ける行為は絶対に許されないし、同じブルペンとして、三失点した大浦も自分と同じように傷ついていることを隆之介は察するべきだった。

ただし今日に限って言うのであれば、隆之介が気づかないのも、いや気づいたとしても大浦の投球を不満に思った気持ちも分からないではなかった。

大浦が打たれなければ、隆之介が緊急リリーフをすることもなく、点は取られなかった。

山路はエースとして隆之介の行動が目に余った。だが口で注意すれば済む話であって、いきなり摑みかかることはない。今日の二人を比較するなら、山路の方が未熟に感じた。

それにこの日の山路は、里志への言動からして常軌《じょうき》を逸《いっ》していた。いくらなんでも自分が登板したゲームに隆之介を投げさせないでくれはない。山路という男はもっとチーム全体のことを見られる男だと思っていただけに、あのセリフが一番のショックだった。

駐車場に入った。自分の停車位置である奥へと進むと人影が見えた。

車の陰に隠れているわけではなく、萩下美雪が立っていた。またか。今度という今度は堪忍《かんにん》袋《ぶくろ》の緒《お》が切れた。

「あなた、球場での待ち伏せ取材はやめろと言ったろ」

山路と言い争った興奮が鎮まっていなかったせいか、滅多に出さない大声をあげた。怒鳴ったところで彼女の表情は変わらない。ただ前回のような太々《ふてぶて》しさは感じなかった。

「警察が、檀野さんが殺されたと発表しました」

「なにか捜査に進展があったのか」

思いもしなかったことに頓狂《とんきょう》な声を出す。

「このことは内緒にしてほしいのですが、檀野さんが殺された時間帯に、アパートから二人の男が出てきて車に乗ったところを目撃した証人が見つかったんです。同じ証人をうちの社も見つけ、そのことを夜回り取材でぶつけたため、警察もうちに書かれるなら発表しようと決めたようです」

「どうして目撃者探しにここまで時間がかかったんだ」

「週に一度、三キロほど離れた自宅から、檀野さんのアパートの前を通るコースでランニングをしている人だったので」

「出てきた二人が檀さんを殺したのか」

「現時点では重要な容疑者としか言えません。二見さんはその男たちになにか心当たりはありませんか」

「どうして俺にあるんだよ」

あまりにも馬鹿らしい質問に呆れた。だがすぐに一人浮かんだ。

「もしかして檀さんと交流していた坂崎っていう元組員がその一人なのか」

言ってからそれは違う気がした。坂崎にはアリバイがあると栗田刑事は言っていた。

「坂崎ではないと思います」予想通りの答えを述べた彼女は、「その坂崎も今は行方不明になっています」と続けた。

「どういうことなんだ。まさかその男も危険な目に遭っているってことか」

彼女の顔を見た。しばらく視線がぶつかった。

「おそらくは」

彼女は眉をひそめてから小声で呟いた。

18

昨夜はなかなか寝付けなかったが、普段通り七時半には起きた。シーズン期間中、ナイトゲームがあった日の就寝時間は午前二時くらいになるが、目覚まし時計なしでいつも同じ時間に目覚める。翌日がデーゲームだと起床は六時になるため、その時はさすがにアラームをセットするが。

顔を洗って、いつもは朝食の支度に入るが、昨夜の萩下記者が話していた内容が気になってテレビをつけた。

先週九月二十三日に自宅で死亡が確認された元プロ野球選手、檀野晋さんが殺害された可能性が高いとして警察が捜査に乗り出したというニュースは、八時からの情報番組の前半に流れた。

檀野の経歴についてはさらっと流しただけで、ほんの短いものだった。

故人だからか、先発投手を漏洩した件にも球界を追放された件にも言及しなかった。また関連が疑われる坂崎という元暴力団組員が行方不明だということは報じられなかった。

次のニュースに移ってから朝食の支度に入る。九時には家を出るつもりなので、急がなくてはならない。

今日もサラダが中心だ。手でちぎった数種類の野菜をボウルで洗って皿に移すと、チャイムが鳴った。まだ八時十分。宅配便にしては早すぎる。

インターホンの画面を覗くとショートカットに白いシャツの女性が映っていた。インターホンに応えることなく1LDKの短い廊下を歩いて玄関扉を開けた。

「ずいぶん早い時間の訪問ですね、栗田刑事」

画面に映っていたのは栗田だけだったが、サンダル履きでドアを開けると、栗田の背後にいた男性刑事が前に出てきた。前回とは異なり、小柄で頭を丸めたベテランだった。長袖シャツの上からでも分かるほど胸板が厚い。

「早い時間にすみません。規則正しい生活を心がけている二見コーチは、九時には出かけられると思ったので」

どうして面識のない男性刑事が里志の生活習慣を知っているのか、気味悪さを覚えた。生活を乱されるのが迷惑だと萩下に話したから、彼女から聞いたのか。こんな時間から家に来られたら、その正しい規則からして狂ってしまう。

「出発するまで外で待っていてくれたら良かったのに」

「車では今回は時間が足りないかもしれませんので。今日は他にもお伺いしたいことがありまして」

「そう言われたら中に入れるしかないですね。本当はお帰り願いたいところですけど、どうぞ」

昨日の萩下の話を聞いてから刑事がやってくるのは薄々予感していた。ただ来られたところで話せることはなにもない。

「単身赴任なもので、スリッパもありませんが」

彼女の視線に里志は自分の着衣が気になった。

「パジャマのままでしたね」

いつもならこの時間は食事を終えて着替えているが、今朝はニュースに夢中になっていたので少し予定に乱れが生じている。

「寝る時はちゃんとパジャマなんですね」

「当たり前じゃないですか。ゲームのない日は、夕食を食べ終えたらシャワーを浴びてパジャマに着替えます。俺はメリハリのない生活は嫌いですから」

「私も同じです。休日の昼間は周りからだらしなく見られないような服装をしますが、夕方になると楽な部屋着に着替えます。私の場合は夕方五時くらいに鳴る、すぐ近くの学校の下校のチャイムが合図ですが」

栗田が話を合わせてきた。そこまで几帳面《きちょうめん》ならあなたもピッチャーですかと訊こうとしたが、捕手だと話していたのを思い出す。

「寝癖もついていますけど」

栗田に言われ、里志は頭に手を当てる。後頭部の毛が撥《は》ねていた。

「寝起きですから、寝癖もつくでしょう」

「男性の一人暮らしにしてはきれいにしてるんですね」

最後尾から台所に入ってきた男性刑事が物色するように見回していた。いっそう不快な気分になる。

里志はダイニングの自分の席に戻り、対面する椅子を顎でしゃくった。

「好きなところに座ってください。今、ちょうど食事中なので食べながらでいいですか。九時過ぎには家を出ないといけないので。ここにはお茶もコーヒーもないですが、水で良ければ出しますけど」

「いいえ、結構です」栗田が言ってから、男性刑事が「コーヒーも飲まないんですか」と尋ねてきた。

「コーヒーもジュースも飲みません」

「ジュースって炭酸ってことですよね」と栗田。

「果汁百パーセントのジュースもです。果汁は肥満の大敵ですから」

「朝ご飯はサラダだけですか」

男性刑事が緑一色の山盛りの皿に目を配した。

「そうですよ。ほぼ毎日、朝はサラダを食べてます」

本当は冷蔵庫からメカブを出すつもりだったが、またいろいろ訊かれて、説明が面倒くさくなりそうなので、夕食に回すことにした。

「野菜を摂《と》るのは大事ですけど、コーチがそこまで無理する必要はないんじゃないですか。現役ではないのに」

「無理なんかしてませんよ。ずっとこの食事を続けてきたからそうしてるだけです。なにもそんなにみすぼらしいものを見るような目で見なくてもいいんじゃないですか」

「みすぼらしいとは思ってませんが、引退してからもここまで節制をしている人っていないんじゃないかと思って」

「刑事さんもスポーツをやってる感じですね」

「私は柔道《じゅうどう》をやっていました」

「木原《きはら》さんは、全日本体重別にも出場しています」

栗田が補足する。

「大昔のことですけどね。それも最高で二回戦までですし」

「その現役時代はどのような食事でしたか」

「寮で出されたものを食べていただけです。白飯は朝、夜ともに、最低三杯はノルマだったかな」

「炭水化物はエネルギーですから、糖質制限をする必要はありませんが、朝から白飯三杯は無意味ですね。体を大きくしたいのならタンパク質を摂るべきです」

「今だったらそうしてるでしょう。私がやっていたのはもう三十年も前なので」

「私も二見コーチほどしっかりしたルーティンがあったわけではないですけど、大学時代、朝はヨーグルトとコーンフレークばかり食べてましたよ」

栗田が続いた。

「乳製品とグルテンを摂るなんてもってのほかですよ」

「えっ、そうなんですか。いいと思って続けてたのに」

「乳製品は脂肪です。グルテンは血糖値を上げるため、それを下げようと脂肪を溜め込むインスリンが分泌《ぶんぴつ》されてしまいます」

「最近はグルテンフリーのシリアルもありますけど」

「そういうのは癖になるじゃないですか。グルテンフリーのコーンフレークを食べたら、そのうちフリーじゃないものも欲するようになる」

「あなた、もしかしてベジタリアン?」

木原という刑事が憐《あわ》れむような目をした。

「よく言われますけど違います。野菜は五十パーセント、豆と全粒穀物《ぜんりゅうこくもつ》を三十パーセント、残り二十パーセントは動物性タンパク質を摂っています。なにも俺の献立を聞きたくて来たわけではないでしょ。早く本題に入ってくださいよ。檀野晋が死んだのが、正式に殺人事件になったということですね」

「ご存じでしたか」

木原に確認される。

「さっき、ニュースでやってましたから。訊かれたところでなにも答えられませんよ。檀野さんがかけた電話を俺は取ってもいないし、檀野さんが親しくしていた坂崎なんて男も知らないし」

栗田に向かって言ったが、彼女がバツの悪そうな顔をした。

「そうですか。二見コーチは坂崎のこともご存じなんですね」

木原が手帳とペンを出した。余計なことを言うと、栗田の立場がまずくなりそうな気がして、いい説明ができないか考える。

「檀野さんが亡くなった後、勤めていた八王子のリサイクル会社に行ったんです。そこの社長の話に出てきました。大貫組にいた男だと名乗って電話してきたと」

「それを聞いてどう思われましたか」

萩下と同じことを訊いてくる。

「正直驚きましたけどね。檀野さんは二度と反社勢力とは付き合わないと、俺と約束しましたから」

「その坂崎って男、探偵事務所に勤めていたんですが、二見コーチのことも調べていたそうですよ」

「えっ、俺をですか?」

ちょうどサラダを咀嚼《そしやく》して飲み込んだところだった。クラック状の塩が喉の奥に入って咽《む》せる。二人に「失礼」と断り、横を向いて水を飲む。

「俺のなにを?」

まだ咳《せき》が出る。

「それを訊きに来たのです。なにか心当たりはありませんか。おかしな男から連絡があったとか」

「まったくありませんね」

「チームへの問い合わせは」

「それは球団から言われていませんから分かりませんが、どうして俺のことを調べようとしているのですか、そこからして理解不能です」

疑問を覚えた。前回は栗田が主導で、彼女だけが車に乗って、男性刑事は去った。だが今回は木原が主導で、彼女は補助役だ。階級が異なるのか、木原は栗田に対し、余計な口出しはするなと威圧しているように感じる。

「檀野さんと坂崎という男はどのような関係なのですか。元大貫組の組員と付き合うなんて、俺にはそこからして信じられません」

「二見コーチは誤解されていますよ。坂崎はもうヤクザではありません」

「檀野さんの人生を狂わせた大貫組に在籍してたんでしょ」

「脱ヤクザが社会に順応するのは大変なんです。職だってありませんから。檀野さんは坂崎が今の探偵の仕事に就いた時、祝福してあげたそうです」

「ますます信じられませんね」

「坂崎も檀野さんには悪いことをしたと後悔していたみたいですよ。これは坂崎本人からうちの捜査員が聞きましたから間違いないです」

そこまで言われて、檀野ならありうると考えを改めた。もとより寛容《かんよう》な人だった。自分を球界追放に追いやった組織の一員であっても、坂崎がそのことを反省していたら、檀野は許しそうだ。

　その坂崎は、今は行方不明だと萩下から聞いている。だがそのことも口にすると栗田に迷惑かかりそうなので訊かずに我慢した。

「だいたいどうして今頃になって自殺ではなく、他殺だと判明したんですか？　縊死だと聞いていたので、薬を入れた酒でも飲ませて、首つり自殺をしたように偽装したってことですか？　科学捜査の時代と言われているくらいですから、そんな偽装工作なんて一発で見抜けるんじゃないですか」

「我々は最初から自殺だとは思っていませんよ」

「えっ、そうだったんですか……」

　栗田の視線を感じた。記者から聞いたことは言わないでほしいと目で訴えている。

「では刑事さんはいったいなにを聞きたくて、うちに来たのですか」

「先ほども言った、坂崎がコーチを調べていたことに心当たりはないかということです。たとえば坂崎が会いにきてないか」

「だからないと言ったじゃないですか。それってもしかして、檀野さんが頼んだとでも言いたいのですか」

　木原は返事をしなかった。

「なるほどそれも坂崎が言ってるんですね。檀野さんから二見里志について調べるように頼まれたと。だったら坂崎って男を連れてきてくださいよ。俺がなにを調べたのか問い質《ただ》します」

木原はなにか言いかけて、口を噤《つぐ》んだ。連れてこようにも居場所が分からないのだからどうしようもないのだろう。待っていても納得できる返答はなさそうなので、里志は話を変えた。

「それより坂崎が勤務していた探偵事務所ってまともな会社なんですか。探偵といったっていろいろあるでしょうし、元暴力団組員を雇うくらいだから、ろくな会社ではないんじゃないですか」

目が反応した。里志が言った通りのようだ。

「まさか反社とか。でも反社では探偵事務所はできないか。認可が要るみたいだし」

「公安委員会に届け出が必要ですが、コーチはそんなことまでよくご存じですね」

「そう書いてある広告を見た記憶があるだけです」

木原はすっかり無口になった。だがそれは返答に窮《きゅう》しているわけではなく、里志の表情を確認しているように思える。

「もしかして俺も檀野さん殺害の容疑者なんですか。でしたら死亡推定時刻を言ってくださいよ。あいにくこのように一人暮らしで、外食もしませんから、証明できるかどうかは分かりませんが」

「その点は大丈夫です。ご心配なく」

そこはあっさりだった。その時間はゲーム中などでアリバイが証明されたのか。

「それなら朝早くからうちに来る必要などなかったんじゃないですか。お互い無駄な時間の消費でしょう」

「そうカリカリしないでくださいよ。コーチにとって都合の悪いことが出てくるわけではないんでしょ？」

「あるはずないじゃないですか」

「でしたら協力してください。プロ野球のコーチである前に、二見コーチも一市民なわけですし」

「充分協力してるじゃないですか。だいたいプロスポーツチームに所属している人間を疑うことじたい、ありえないですよ。金も名誉もすべてを失うのに」

「今はそうでもないんじゃないですか。スポーツ選手が殺人を犯したり、強盗に関わったりというニュースも耳にします。私は直接捜査したことはありませんけど」

「それって元選手でしょ？」

「殺人や強盗は、現役をやめた選手が金に困ってというケースでしょうけど、婦女暴行や幼児への悪戯《いたずら》は現役選手でもありますよね」

確かにそうした事件が過去に何度か発覚、そのたびに騒ぎになった。犯罪ではないが、最近は不倫や、交際相手に無理やり堕胎《だたい》を強要したなどと週刊誌に暴かれ、スポーツ界のイメージは悪くなる一方だ。

完全に木原という刑事に言い負かされた気分だった。この刑事、朴訥《ぼくとつ》そうに見えて結構弁が立つ。

「せっかく来てくれたんだから、檀野さんについて教えてくれませんか。勤務先の社長からは遠藤進という名前で働いていて、たまに子供に野球を教えていたと聞きましたが」

言われっぱなしで終わるのは腹立たしいと、どうでもいいことをつい口走った。早く追い返したいのに、おかげでまた話が長くなる。

「あなた、そんなことまで調べたんですか」

驚いたが、なにも望んで調べたわけではない。栗田が、いや萩下が意味ありげなことばかり言うので、調べないと気持ち悪くなっただけだ。シーズンも残りわずか、優勝が懸かった大事な時期だ。本音は野球に集中したい。

「一応、元チームメイトですからね」

言ってから自己嫌悪に陥った。「一応」と頭につけてしまうところが、自分の正義感の薄っぺらさだ。そんなことだから檀野からの最後の連絡も放置してしまった。

「檀野さんが子供に野球を熱心に教えていたのは事実です」

その質問には栗田が答えた。

「草野球に近い少年野球チームだそうですね」

「少年ではなく、少女野球チームです」

「女の子のチームだったんですか」

まったく考えていなかったので返答に窮す。同時にこの女性刑事の経歴を思い出す。

「栗田さんも一緒に教えていたとか。あるいは所属していたチームとか」

「いいえ、私は関係ありません。私は千葉出身ですし、八王子署に来てまだ半年しか経っていませんので」

話しながら食べたせいで時間がかかったが、ようやく山盛りにしたサラダがなくなった。グラスの水をすべて飲み干してから壁の時計を見た。八時半を回っている。

「そろそろいいですか。この格好で出かけるわけにはいかないので」

両手を開いて、パジャマの袖を揺らす。

「お忙しい中、申し訳なかったですね」

深い皺を眉間に寄せたまま木原が腰を上げる。木原はなにか言いかけたが、それより先に背後から栗田の声が届いた。

「ところでここ数日、チーム内で檀野さんについて訊かれたりはしていませんか?」

「おかしなことを言いますね。坂崎を使って俺の身辺を調べていたことは、今初めて知ったんですよ。坂崎が球団の誰かに尋ねていても、俺の耳には入っていませんよ」

「いえ、そういうわけではなく……」

「じゃあ、どういう意味ですか。そもそも檀野さんは野球界から処分を受けた立場です。余計な勘繰《かんぐ》りをされたくないと、誰も話題にすらしませんよ」

そう言いながらも会話に檀野が出た場面があったことを思い出した。マジックが点灯した試合後、仲間を売ったくせにと打撃コーチの堀米が喧嘩を売ってきた時だが、さすがにあれは関係ないだろう。監督を詐欺呼ばわりして、仲間を信頼しろと言った里志に、堀米は監督にいい顔をしようと喧嘩を仕掛けてきただけだ。

「ありませんね」

「なにか思い出したら教えてください」

「なにもないのに思い出しませんよ」

「でしたら次にそういうことがあったらでもいいです」

栗田が立て続けに言った。しつこいとうんざりしていると、木原が「くれぐれも今日のことは他言はしないようお願いします」と注意してきた。

「言うって、誰に言うんですか。俺がおかしな目で見られるだけです。無関係なのに」

「なにかあればご連絡ください。私の携帯番号を書いておきますので」

木原は出した名刺に携帯番号を書いた。

表には《八王子署　刑事課強行犯係　木原剛《つよし》》と書いてあった。

名刺を見つめていると、「俗にいう捜査一課です」と言ったから、木原が最初から殺人事件として見ていたことは間違いないようだ。

だとしたら萩下はなぜ、栗田だけが殺人事件と疑っていたようなことを言ったのか。

刑事にしても記者にしても、聞けば聞くほど里志の頭の中がかき乱される。

19

いつもと同じ時間に家を出たが、思いのほか道が空いていたことで、十分も早くハーバービュースタジアムに着いた。

十時でもいつも一番乗りなのに、それより早く来たことで、駐車場には車は一台も駐《と》まっておらず、球場内も森閑《しんかん》としていた。コーチ室に行くまでに清掃員を一人、見かけたくらいだ。

荷物を置いてウエイトトレーニングに向かうと、ドアの前に球団代表の白木が立っていて驚いた。

「おはようございます、二見コーチ」

「あっ、代表、おはようございます。こんなに早くからどうしたんですか」

球団代表は試合を行うチームの最高責任者だ。雨天中止の決定なども球団代表の責任で審判団に通達する。

ただし白木はいつも球場に来ているわけではない。

数年前、新型コロナウィルスの流行で観客数が制限されたり、各チームに感染者が出て試合が順延されたりして以降、頻繁《ひんぱん》に十二球団の代表者会議や理事会が開催されるようになった。そのため試合は副代表に任せ、白木はリーグや球団業務に専念している。

白木の顔を見るのは一カ月前にオーナーが観戦に訪れた日以来となる。

「もしかして代表は僕が来るのを待っていたのですか」

「はい。二見コーチは以前、ルーティンを大事にすると言っていたので、必ずこの時間に来て、ジムで運動されると思ったんです」

「ルーティン、ルーティンって、なんだか僕はロボットみたいでつまらない人間のようですね。ついこの前も知り合いから似た話をされました」

ルーティンの話が出てきたのは今朝の栗田刑事からだった。檀野の殺害について里志が疑われているわけではなさそうだが、家に刑事が来たことを話すと余計な心配をされるのでやめておく。

「つまらなくはないですよ。私は二見コーチのこうした規律正しいところを尊敬しています。なにせ久々だというのに私よりいいスコアで回ったんですから」

「なにを言うのかと思ったら、ゴルフですか。あれはたまたまですって」

「十八番ホールまでずっと観てましたが、全ホール完璧なショットでしたよ」

「完璧なのにスコアは九〇ちょっとなんですから、センスがないんですよ」

若い頃にオフシーズンの楽しみだったゴルフは、現役終盤になってからは、ほぼやらなくなった。シーズン終了後に一週間ほど体を休めただけで、翌シーズンに向けてトレーニングを開始するようになったからだ。

コーチになってからも同様で、今は選手たちがコーチや打撃投手など裏方を招待してくれる選手会主催のゴルフコンペにのみ参加している。そこでよく白木と同じ組になる。白木は年に十回ほどラウンドしているというのに、里志の方がスコアは上だった。

「ピッチャーの方がゴルファーに感覚が近い。それは動作に向かうルーティンがゴルフと同じだから……二見コーチに言われて、思わず膝を打ちました」

「よくそんな古いことを覚えていますね。その話をしたのは確か二年前ですよ」

――ピッチャーというのはいつも同じことをやってるんです。マウンドでの足幅も同じ。息を吸うリズムも同じ。同じように足を上げ、同じ場所から腕を出し、同じ位置でボールを離さないと気持ち悪い。理想はいつなんどきでも一ミリたりとも違わないフォームで投げることです。そうやってフォームを固めるという意味ではゴルフととてもよく似ています。

一ミリたりとも違わないフォーム、その言葉で思い出すのが山路だ。彼は腕の位置だけでなく、左足を踏み出す場所にも、リリースの瞬間に地面を擂《す》るように右足を回すラインにも乱れがなく、彼が投げたマウンドは芸術的と言えるほど美しい。

里志の説明に、白木は当初、「それなら野手も同じじゃないですか」と疑問を投げかけた。

――自分に合ったバッティングフォームを身につけ、体に浸透《しんとう》させないことには、一流になれませんし。

だが投手と野手とでは根本が違う。投手がボールを投げるという主導権を持っているのに対し、打者は来た球を打つという受け身の立場だ。高めなのか低めなのか。速球なのか遅球なのか。ヤマを張らない限り、順応性を持ってボールを待たなくてはいけない。当然、高めのストレートを打つのと、低めの変化球を打つのとでは、打撃フォームは異なる。

——なるほど打者は受け身なのですね。確かに打者とゴルファーでは、長い棒を振ってボールを打つという意味では同じでも、動いているボールを打つのと止まっているボールを打つのとではわけが違いますものね。

記憶を手繰《たぐ》り寄せた。そう言って納得した白木はその後、一人息子の話をした。白木の息子はピッチャーをやっていて、ボーイズリーグで活躍して都内の強豪校に進学したが、厳しい上下関係についていけずに退部した。

その時、大学に行ったらゴルフ部に入れと薦《すす》めていると聞いた。里志は「ピッチャーをやっていたのだからゴルフの上達も早いはずです」と激励《げきれい》した。

「息子さんはもう大学生ですよね。ゴルフ部に入ったんですか」

「付属校なので進学はできましたが、ゴルフ部には入りませんでした」

「そうだったんですか。それは父親として残念でしたね」

「子供の人生ですからね。好きにさせています」

そう言っただけで「それより昨日は大変だったみたいですね」と言われて、なぜ白木が球場に来たのか理解できた。

「山路と隆之介が揉めたことですね。すみません、大事なことを報告するのを忘れていました」

白木どころか辻原にも伝えていない。

「はい。マネージャーから、二見コーチが仲裁《ちゆうさい》に入ったと聞いたもので」

「幸い、お互い胸倉を摑んでいただけで殴り合いにはなりませんでした。僕がロッカールームに入る前にも他の選手が止めてくれていましたし」

今思えば二人ともよく手を出さなかった。一人はチームのエースだし、もう一人はクローザーだ。ケガをするような殴り合いをしたら大問題になっていた。

「摑み合いだけでも今は充分、コンプラ違反になりますよ」

「おっしゃる通りです。申し訳ございませんでした」

「コーチが謝ることではないです。原因はなんだったんですか」

「どうも隆之介が負けた腹いせで、床に置いてあった大浦のグラブを足でどけたようです。隆之介が八回から投げたのは初めてでしたし、肩がしっかり出来ていなかったのに、僕が交代のタイミングを誤ったのが、打たれた原因なのですが、彼も自分を抑えられなくなっていたようです」

実際は辻原が先走って交代させたのだが、ここで監督批判をしても仕方がない。

「新田くんが先輩に失礼なことをしたせいで、山路さんは怒ったわけですね。山路さんは大浦さんと親しいですものね」

球団代表となると上から目線で選手を呼び捨てにする人が多いが、白木は選手の呼び方も言葉遣いも丁寧だ。年齢は里志より三つ上で、グレイヘアーに精悍《せいかん》なマスクをして、落ち着いて見える。

「今年調子がいいのも、大浦が八回をビシッと抑えてくれているからです」

「それに山路さんは上下関係に厳しい」

白木は選手の性格もよく把握していた。

「山路と隆之介はご存じの通り、同じ高校出身です。ただ可愛さ余ってではないですが、隆之介に対しては少し厳しすぎる気がします。山路が隆之介の将来を考えて叱ってくれるのはありがたいですが、あまり感情的にならずに、もう少し鷹揚《おうよう》に構えてくれと言い聞かせました」

「コーチが話したことで、山路さんは納得されたのですか」

「それが……」

言葉が続かなかった。

山路からは、隆之介は人間性に問題があると言われた。確かにゲームセットと同時に相手ベンチを挑発するなどマナーがいいとはけっして言えず、まだまだ精神的には子供の域を出ていない。そのことを白木に言うわけにはいかなかった。間違いなく今オフの契約更改で年俸の大幅増が見込める隆之介が、こんな理由で昇給に歯止めをかけられたら可哀想だ。

ただ、ここまで言ってなにも言わないのでは白木が不審を抱くだけだと、別の話を伝えることにした。

「山路は、僕が若手に甘いと見ているようです」

「そんなことを言いましたか。監督や他のコーチから言われるなら分からなくもないですけど。コーチが若いピッチャーに人気があることへの妬《ねた》みではないですか」

里志がコーチングスタッフ内で浮いていることは当然、白木の耳にも入っている。白木は理解してくれている。

「監督やコーチの目には、僕が投手を過度に守っているように映るかもしれません。ただ僕としては来年、再来年のことも考えて投手の健康状態を管理しているつもりなんです。なにせ仙台では二見が退団した途端、ぺんぺん草も生えないと言われましたからね」

優勝した翌年は最下位に終わったことで、里志が前年に酷使したからだという声もあがった。実際は、監督や後任の投手コーチが無茶な起用をして主力を軒並《のきな》み壊したからだが、結果としてそれ以降、東北イグレッツは毎年補強を重ねているにもかかわらず四年間優勝から遠ざかっている。今年、セイバーズが好調なこともあって、五月の交流戦で仙台に行った時は「二見コーチ、仙台に帰ってきて～」と何人ものファンに嬉しい声をもらった。

「翌年以降を見据《みす》えた起用法はよく理解していますよ。二見コーチがいなくなった途端に投手陣がバタバタになるのは、私が一番、痛感しているのですから」

「そんなことないですよ。代表は責任を押し付けられたようなものじゃないですか」

優勝した翌年、東北イグレッツが最下位に沈んだことで、白木はGMを解任された。ただ白木の運が良かったのは、無職になることなくセイバーズに球団代表として呼ばれたことだ。

いや、運がいいのは里志の方だ。白木が、投手コーチは二見がいいと辻原に推薦してくれ、社会人野球のコーチをしていた里志は、たった一年のブランクでプロ野球のコーチに復帰できたのだから。社会人はボランティア同然だったので、経済的にもおおいに助かった。

「それで、新田くんとは？」

「隆之介とは今日の練習中にでも話すつもりです。昨日は熱くなっていたので、一度頭を冷やした方がいいと思いまして」

「コーチ自身が現役時代は抑えピッチャーでしたから、彼の悔しい気持ちも分かるのでしょう」

白木はそんなことまで里志の胸中《きょうちゅう》を理解してくれる。

「昨夜は眠れなかったと思います。悔しさは家に持ち帰るまで隠せればいいんですけど、若い時分はロッカールームで出してしまうんですよね。僕も若い時は似たことをして先輩に激怒されました」

「コーチがそうだったとは意外ですね。選手以上に自己節制している人なのに」

「現役時代から自分をコントロールしてるつもりでしたけど、悔しい感情はその上をくるんです。それになんだかんだ言っても若い時は力だけで野球をやっていました。自分の能力に限界があるのを知り、自分を律するようになったようなものです」

「最優秀救援投手になったじゃないですか、才能だけでは獲れないでしょ」

「それなら隆之介も今年、最多セーブ投手のタイトルを獲りますよ」

二位の東都ジェッツのクローザーとは大きく差をつけているから、相手が残り試合すべてでセーブポイント（セーブ数と救援ポイントの合計）を挙げない限り、隆之介を抜けない。

「去年は敗戦処理で投げていた新田くんが、リーグ一のクローザーになるとは、二見コーチの慧眼《けいがん》に改めてお見それしました」

慧眼と言うほどではない。クローザーに起用しましょうと監督に推薦した今年にしたって、隆之介の体力では一年間保《も》たないのではないか、対戦が一、二巡すれば攻略法を相手に研究されるのではないかと気を揉んでいた。七月のオールスターあたりまではプランB、プランCとして他の若手投手や、先発六番手をやっている外国人投手の抑え転向を用意していた。そうした心配は一欠片《ひとかけら》も必要なかったほど、隆之介は夏バテもせず、相手チームの研究をも凌ぐボールの勢いで、打者を圧倒してきた。

「僕より隆之介の方が才能はあります。だからといってこのままでいいとは思っていません。彼はまだピッチャーの本当の楽しみが分かっていません」

「楽しみとはどういうことですか」

話の流れからすると苦しみと言うべきところだ。それを楽しみと言ったことに白木は目を眇《すが》めて聞き返してくる。

「野球というのは、人間の本性がすごく出る競技なんです。コツコツ当てて三割を打つバッターより、少しばかり三振が多くてもホームランを打つバッターに誰もが憧れます。投手も同じです。変化球を駆使して打たせて取るタイプより、ばっさばっさ三振を取るピッチャーにみんななりたい。だから僕はコントロールをつけてほしいピッチャーにも、『球速が遅くてもいいから』とは言いません。頭脳的な投球とは、頭がいいけどどこか狡賢《ずるがしこ》い。一方、真っ直ぐで押すのは男らしい。子供の時には勉強ができるより喧嘩が強い方が、女の子にモテると思うじゃないですか。その感覚とまったく同じです」

言ってから、見るからに秀才タイプな白木に失礼だったと思ったが、白木は「僕もそういうワイルドさに憧れました」と苦笑いを浮かべた。「高校生の時には、白木くんは優しいけどごめんなさいと振られたことがありますから。新田くんはまさに力で押すタイプじゃないですか。小柄なのに大きな打者相手でも恐れもしない」

「そう言いつつも、男の見栄《みえ》だけではやっていけないのがプロの世界なんです。山路がいい例です。彼のストレートは一四五キロちょっとしか出ませんが、打者には隆之介の一五五キロと同等、時にはそれ以上に見えていることもあります。それは山路のピッチングがスモーキーだからです」

「スモーキーって、聞いたことはありますが、どんな意味でしたっけ」

知ったかぶりをせずに質問してくるのが白木らしい。

「簡単に言うと、ボールの出どころが見えないということです。足をあげて、腕をトップの位置に持っていくまで、彼は打者に見えにくいよう投球フォームを工夫しています。日本語に当《あ》て嵌《は》めるなら煙《けむ》に巻く、でしょうか。急にボールが出てくるようで、バッターはタイミングが取りにくいんです」

「そういう投球ができるようになったら、新田くんももっと野球が楽しくなると、コーチは言いたいのですね」

「おっしゃる通りです。他にも配球がそうです。持てる力でどのように組み立てれば確実に抑えられるかを計算したり、同じアウトに取るでも、打者を一番悔しがらせて打ち取ろうと考えたりする。そうすれば次の対戦でもバッターは前回の打席が頭に残って、まっさらな状態で臨めません。一試合で最低三打席は対戦するわけですから、山路クラスのピッチャーになると、序盤の走者なしの場面では、後々の対戦を考えて、打者の心理に尾を引くように餌《えさ》を撒《ま》きます」

「なんだかコーチと話していると、私の見る目がなかったみたいに聞こえて反省します。私はこのチームに三年もいるのに、山路さんがここまで凄いピッチャーだとは見抜けませんでした」

山路の真価を感じ取れなかったのも仕方がない。里志がコーチに就任するまでの山路は、十勝すれば十敗はする、貯金を作れないエースだった。

里志が就任した一年目は九勝十二敗で、貯金どころか借金が「3」。二年目の去年は勝ち星が先行したが十一勝九敗だから、二つ貯金しただけだった。

貯金を作れないのは、打線があまりに不甲斐《ふがい》なく点を取れなかったからだが、去年までの山路自身は、コーチやアナリストを今ほど信頼しておらず、強打者に対して無理に勝負しにいって勝てるゲームを落としていた。

今季は先日の勝利で十五勝五敗としたので貯金は「10」、このままいけば最多勝どころかMVPやベストナイン、沢村《さわむら》賞にも選出されるだろう。ただ先発ピッチャーが優先される沢村賞は別として、MVPやベストナインの票は隆之介にも入り、二人は肉薄するかもしれない。

そうやって頭の中を整理すると、昨日山路が反抗的だったのは、里志に非があったように思えてきた。

「山路だけを注意して、隆之介と話すのは翌日にしようとしたのが、そもそものボタンの掛け違いに繋がったのかもしれません。二人一緒に呼んで、注意すべきでした」

「それができたら理想でしょうけど、山路さんにも自分さえ良ければという一面がありますからね」

意外なことを聞かされた。毎年の契約更改交渉では、チーム改革をしてくれ、うちの練習施設は他のチームより劣《おと》っているなどと必ず注文をつけてくるらしい。時には他の選手を引き合いに出して「あいつの査定は低すぎる」とまで……それでいて自分の給料が上がれば、チーム改革も他の選手のことも関係なくサインするから、査定担当のフロントは「また山路のいつもの作戦だ」と白けているとか。

「そんな話、初めて聞きましたよ」

我《が》の強い選手であるのは間違いない。交代を命じたゲーム後、どうして俺を代えたんですかと抗議を受けたことがこの三年間で幾度かあった。就任当初は「コーチはちゃんと俺のピッチングを見てくれていますか」と不満を吐かれた。

「今年は文句のつけようがない成績ですけど、これまでは他球団のエースと比較すれば見劣りしました。それでいて彼には、リーグトップクラスのサラリーを払っています。その契約をしたのは私の前の球団代表ですけど、それも山路さんがFA移籍をちらつかせて、チームの顔がいなくなるからとオーナー指令が出たせいなんです」

「ピッチャーは子供の時から自分が王様だと思っていますからね。グラウンド上でも一人だけマウンドという高い位置に立っているので、自然と王様気分になります。勘違いしすぎて、裸の王様になると大変ですけど」

庇《かば》おうとしたつもりが、結果的に山路批判になった。

「山路が隆之介を嫌う理由も分かってきました。長くチームの顔だと言われてきた山路の立場が、隆之介の台頭によって変わろうとしているのですから」

実際はそこまで行くにはまだ数年かかると思っていた。白木には「そうなるでしょうね」と肯《こう》定《てい》された。それには里志が拍子抜けした。

「代表は、来年には山路がうちのピッチャー陣の中心ではなくなると思っているのですか」

「はい。それは新田くんの活躍とは関係なしに考えていたことですが」

「どういう意味ですか」

「実は去年トレードに出そうかと考えました。山路さんの成績ではコストに見合わないと」

「トレードですって？」

「実際、数球団にオファーをしました。年俸が高いと、どこも二の足を踏んでいましたが」

「放出していたら、うちで頼れるピッチャーがいなくなっていましたよ」

聞いていて身の毛がよだった。

今季チームが喫《きっ》した大きな連敗は四月と五月の四連敗が最大、その二つとも山路が止めた。二番手の福井は十二勝八敗とキャリアハイの成績を残しているが、山路ほど安心して任せられる域には達していない。

防御率は山路が二点台前半なのに対し、福井は二・九点台。ある程度のゲーム数を投げて、二・五点以下なのは山路、大浦、隆之介の三人だけである。

「山路さんのチームだったセイバーズが、いずれは新田くんのチームへと、世代交代の時期が訪れるのは間違いないでしょう」

「それは否定しませんが、代表はまさか来年は山路と契約をしない気ですか」

「契約延長は話し合ってみないことには分かりませんが、これだけの成績を挙げたのですから、山路さんは相当高い年俸を言ってくるでしょう。それならFA宣言して、出てってくれても構わないと考えています」

そう言われて昨夜の自分がした行動から後悔が薄れた。いずれいなくなるのなら、無理に山路に擦り寄ることもない。

ただしシーズン中に山路の登板はまだあるし、クライマックスシリーズ、日本シリーズも軸となって活躍してもらわないといけない。来年の話とはいえ、山路がいない投手陣をどう組み立てれば勝てるのか、想像がつかない。

「いずれにしてもこんな大事な時期にエースとクローザーが喧嘩したら大変なことになります。この後の処理は二見コーチにお任せしますからどうかよろしくお願いします」

「はい、ご心配おかけしました」

これで終わりかと思ったが、違った。

「檀野晋さん、亡くなったそうですね」

「代表もニュースをご覧になりましたか」

そう言ったところで、栗田刑事が、里志の住所を白木代表から聞いたと言っていたのを思い出した。

「すみません、球団に問い合わせがあったそうですね」

「部屋で縊死していたと聞いたのですが、今朝のニュースで殺人事件と知り、びっくりしました」

「実は今朝も刑事がうちに来ました。今回が二度目です」

「二度もですか。コーチは処分後も、檀野氏と付き合いがあったのですか」

一瞬答えに迷った。

返答が遅れたことで穏《おだ》やかだった白木の表情に不審さが宿った。

嘘《うそ》はつきたくないと「それはコーチになってからという条件でいいですか」と尋ねた。檀野が永久追放になってから、里志が現役を引退してコーチになるまでタイムラグがある。白木はそこに突っ込むことなく「コーチになってからの関係で構いません」と答えた。

「それならまったくないです」

「ではなぜ警察が」

「檀野さんは亡くなる前日、僕に電話をかけたそうなんです。檀野さんとは数年間、交流がないし、登録していない番号だったので僕も出なかったのですが」

「会っていないのに、電話がかかってきたのですか」

「どんな用件だったのか、亡くなった今となっては謎《なぞ》のままですが」

電話に出ていれば用件が分かったばかりか、相談にも乗れた。だが殺されずに済んだかまでは事情が分からない以上は言えなかった。

白木には、檀野が元大貫組の坂崎という男と交流していて、警察の調べでその坂崎が里志のことを調べていたようだとも伝えた。白木にあまり驚いた様子はなかった。

「実は、伝えようか迷っていたのですが、その坂崎という男、球団にも電話をしてきましたよ」

「本当ですか。どんな用件で」

「二見コーチと檀野氏には、今も付き合いがあると言っていました」

「坂崎が元暴力団組員だとは」

「はい、そう言っていました。元大貫組だと」

「警察が言うには、坂崎はそんな電話はかけていないと否定しているそうです。球団にかけてきたのは本当に坂崎なんですか」

「その男とは面識がないので私には本人なのか判別がつきません。ただそれだけ言って電話を切られたので」

その点もご心配をおかけしましたと謝罪した。

「檀野氏とは付き合いがなかったのですから、謝ることはありませんよ。でも気持ち悪い話ですね。球団にかかってきた電話は、どうせアンチからの悪戯《いたずら》電話だと私は相手にもしませんでしたが、マスコミにまで同じ電話をかけられたら、おかしな憶測を生みますし」

「マスコミにもかけていますかね」

「今のところはないと思います。聞いていたら私のもとになにかしら質問してくるでしょうし」

意味深なことだけを言って切ったことからして、八坂リサイクルへの電話と同じだった。そこで急に引っかかりのようなものを覚えたが、里志のことを心配してくれる白木にこれ以上の心配はかけたくないと、「檀野さんとは電話どころかメールもしていませんので、それだけは信じてください」とはっきりと伝えた。

「大丈夫ですよ、私の二見コーチへの信頼は揺るぎないものですから」

白木の言葉からはコーチ内で孤軍奮闘している里志への励ましまでが伝わってきた。

「代表なら、檀野さんが問題を起こした時、僕がどのように関わっていたかご存じだと思いますが」

「週刊誌に出ていた噂ですね。私はあの頃、球団職員として暴力団対策を行っていましたから、よく存じています。大阪ジャガーズのフロントにも連絡を取って、どのような経緯《けいい》で檀野氏の黒い交際が発覚したのか聞きましたし」

そうだった。当時、東北イグレッツの総務部門にいた白木は、十二球団で結成された暴力団等排除対策協議会にも入っていた。とりわけ地方ゲームを興行主として取り計らっていた裏社会との関係を断絶するために作られた組織だった。

「お二人は仲が良かったと聞いていただけに、耳を疑いましたが」

疑問を持たれてもやむを得なかったが、白木は「仲間なのに告発したのは、まさしく二見コーチらしい正義感なのでしょうね」と述べた。

実際は里志が正義感を振りかざしたわけではない。だがここで説明するとまた余計な心配をかけてしまうと、「はい、そんな感じです」とだけ返事をした。

「分かりました。檀野氏の件はすべての事情を把握でき、安心できました」

「僕も話せて良かったです。いいえ、本当はもっと早く伝えるべきでした。申し訳ございません」

「巻き込まれただけなのですから、謝らなくてもいいですって。それより今は新田くんですね」

「はい、隆之介とも今日きちんと話します。彼はうちのチームを引っ張っていく存在になるわけですから、もう少し大人になる必要があります」

「新田くんは、私がドラフト下位で見出《みいだ》した選手だけに、そう言ってもらえると嬉しいです」

本来、球団代表の仕事にスカウティングは無関係だ。が、白木が仙台でGMとしてチーム編成を任されていたことから、セイバーズにおいても白木が中心となってスカウトの意見をまとめている。

白木の就任以降、いい若手が数多く入団した。その中で大当たりだったのが、一昨年のセイバーズの最下位指名だった隆之介だ。

他のスカウトは育成ドラフトでいいのでは、と意見したそうだが、白木は「すぐに使えるかもしれないから」とドラフトでの指名を主張したらしい。

「代表こそ慧眼ですよ。隆之介の伸びしろが見えていたわけですから」

「伸びしろなんて希望的観測には科学的根拠もなく、そんな不確定要素で選手を獲らないでくださいと私に怒ったのは、他ならぬ二見コーチでしたけど」

「そんなことありましたっけ?」

惚けたが記憶には残っていた。仙台のコーチになって一年目のことだ。まだ白木が自分の味方だと気づいておらず、ひねくれた対応をした。

「コーチのおっしゃる通りです。伸びしろなんて人の願望でしかありません。それなら今の実力でプロで通用するかどうか、それを見極めた方がいい」

「それを代表は実践されているじゃないですか。毎年必ず一人、二人は使える選手を獲得してくれます」

「そうした即戦力重視のドラフトができるのも、我がチームにはピッチャーの気持ちを大事にして、持てる才能を可能な限り引き出せるコーチがいるからです。よそではダメだけど、うちでは活躍できるかもしれないと考えますから。さすがにドラフト一巡目はスター性のある大物狙いになってしまいますが、下位指名では、大エースにはなれなくても、うちのチームで力になれる選手を積極的に指名していこうとスカウトには言っています。すべては最高の投手コーチがいるおかげです」

そこまで言われるとこそばゆくなって、謙遜《けんそん》することもできなかった。

白木は明日の十二球団代表者会議の資料整理があると言って、スタジアムを後にした。

どうやら昨日の選手同士の騒動や、檀野の事件がマスコミに発表されたのを知り、心配して朝早くから球場に来てくれたようだ。

20

前日に選手同士の揉め事があったのだから、チームのムードは悪くなると思ったが、それは杞《き》憂《ゆう》に終わった。

先発陣が中心のチームメジャーは、トレーニングコーチが組んだメニューを何ごともなかったかのようにこなした。

ヤングブラッズもいつにも増して明るかった。それは隆之介がムードメーカーを買って出てくれたからだ。

「コーチって今も栄養学を勉強してるじゃないですか。それってなにがきっかけだったんですか」

食事について質問を受けたのは、それが初めてだった。

「大学の時に監督が本を読めってうるさかったんだ。しかも感想文まで書かされた。最初は小説を読んだけど、小説の解釈なんて人によって違うから、つまらんで終わるだろ。それだったら監督の興味がある野球に関係する本を読もうとして、トレーニング論から始まって、栄養学に行きついたんだよ」

「牛乳を飲まないのは脂肪だから分かりますけど、コーチが遠征先のホテルで卵を食べないのはどうしてですか」

隣で体育座りしていた名倉《なぐら》という先発六番手の若手が質問してきた。コーチの食事になど関心がないと思っていたが、気にしてくれていたらしい。

「俺が牛乳も卵も摂《と》らないこと、誰に聞いたんだ」と尋ねると、名倉は「内堀トレーナーからです」と答えた。

「コレステロール値が高いからだな。選手の頃は卵白だけは食べてたよ。俺は何回か肘《ひじ》を痛めたことがあるんだけど、卵白の主成分であるたんぱく質は、筋肉損傷などのケガの回復にいい」

「飲み物はなんですか。スムージーですか」

「隆之介、よくそんなお洒落《しゃれ》な飲み物知ってるな」

「それくらい知ってますよ。原宿《はらじゅく》で飲んだし」

「原宿というところが田舎者《いなかもの》丸出しだぞ」

周りの選手にからかわれる。

「今は作るのが面倒くさいから飲んでないけど、現役の頃はバナナにアボカドやセロリを入れて飲んでたな。当時は植物繊維を壊さないスロージューサーは結構な値段がした」

「それ、飲みてえ」

何人かが声をあげる。

美味《おい》しいものだと思い込んでいるようだが、甘味のあるものはバナナだけ、それも少量だったので、飲みやすい青汁程度の味だった。

「それより隆之介、昨日は日記の提出日だったけど、きみからだけは送られてなかったぞ」

不本意な形で降板させられて、自責点が「4」もついたのだ。日記を書く気も起こらなかったのだろう。

「完璧に忘れていました。今晩には必ず提出します」

隆之介は頭を掻《か》きながらペコリと頭を下げた。

ベテランも若手も雰囲気はいつも通りだったが、一人だけ別だった。

それがこの日、ブルペンで投げる予定の山路だ。

ブルペン入りする日の山路には決まったメニューがあり、他の投手陣とは離れた場所で内堀トレーナーのサポートを受けながら、ストレッチをしている。

里志と同じように彼にも特別のルーティンがある。

酒は結構飲める口だが、ゲーム前夜はもちろん、投球練習をする前の日は、キャンプ期間中だろうがアルコールを口にしない。

その分、ブルペンに入る回数が他のピッチャーより少なく、前任の投手コーチとはよく対立したそうだ。

こうした点も山路がフロントから自己中心的な選手だと見られ、白木がトレードを考えたと吐《と》露《ろ》した要因になっている。山路のルーティンは他にもあり、登板直前は一人で個室にこもって動画を見る。マウンドに登る時も降りる時も、必ず右足でファウルラインを跨《また》ぐ。

里志も現役時代、似たようなことをしていた。

グラウンドは神聖な場所であり、白線が不浄《ふじょう》との境目だと思っていた。だから線を踏むなどもってのほか、また土の球場ではフェアグラウンドは極力汚さないよう、人のつけた足跡の上を歩いた。ここまでいくとルーティンというよりゲン担《かつ》ぎだが。

ミーティングが終わると、ヤングブラッズの面々はチームメジャーと同じ練習に加わった。開脚して体を伸ばしていた山路が、遠くから里志を見ていた。

その視線に気づいた里志は山路に分かるように大きく頷き、「隆之介」と呼んだ。

「はい」

隆之介が駆け足で戻ってくる。

「ちょっと話があるんだ、あっちに行こう」

右中間フェンス方向に歩き出す。

「昨日のことですね。みっともなかったと反省しています」

フェンスまで辿り着くと、彼は呼ばれた理由を察して謝った。

「グラブを足でどけるのは、野球選手として以前に、人として問題があるぞ。道具は野球選手の命の次に大事なものだし、道具を雑に扱う選手は一流にはなれない」

現役の頃、怒りに任せてグラブを投げていた自分のどの口がそんなことを言えるのだ、心の中の囁きに耳を塞《ふさ》いで隆之介の顔を見つめる。若い子らしく眉毛は細くしているが、目は純粋だ。

「俺は、選手にはあまり努力しろと言わないことにしている。プロに入ってきたんだから、私生活はどうあれ、全員が野球には真摯《しんし》に向き合ってきた努力家だ。だけどもその努力だけではどうにもならないのがまた現実なんだ。なにせプロ野球には毎年各チーム六人から十人、合計すれば百人ほどの新人が入ってきて、それと同等数の選手が野球をやめるしかなくなる。そうした厳しさの中で長くプレーしてきた選手は、毎年、そのふるいに掛けられて生き残ってきた選手だ。彼らは様々な面で磨かれている」

「大浦さんがそうだと言いたいんですね」

「その通りだよ。大浦には、長くプロ球界で生き残ってきたという実績と、いくつものスランプを乗り越えた経験がある」

山路にしてもそうだ。ここで名前を出すのは、せっかく素直になっている隆之介の気持ちを乱す気がして躊躇《ちゅうちょ》した。

「実はうちには娘が二人いるんだ。二人とも小さな頃はやんちゃで女の子より男の子と遊んでいた。運動もやっていたし。下の娘は野球チームだったけど、上の娘は臍曲《へそま》がりでサッカーだった。二人ともあまり運動神経がいい方ではなくて、中学に入った頃には冷めてしまったけど、下の娘は高校で野球部のマネージャーになった」

「女の子なのに野球とサッカーをやってたんですか」

急に話の展開が変わったことに戸惑った顔を見せた隆之介だが、それでも表情を戻してきちんと話を合わせてくる。

「育児というのは大変で、実はそうなったのは親のせいだったという問題がいくつもあるんだよ」

「問題ってなんですか」

「二人とも小さい頃から嫌なことがあるといじけたり、自棄《やけ》になったりして、俺はそのたびにそういう態度は良くないと叱ったんだ。そんな時、妻に言われたんだよ。子供たちがすぐに態度に出すのは、あなたを見てるからだって」

「えっ、コーチもそうだったんですか」

「妻に言われた瞬間に反省したくらい、その通りだったよ。俺は元から許せないことがあると、それが他人のことだろうと怒りをぶちまけていたのだから、周りとしては迷惑な話だよな」

そこまで言うとあの夜の沙紀の厳しい顔まで過《よぎ》る。当時の野放図《のほうず》な自分を反省しながら述懐《じゅっかい》する。

「なによりも妻に言われたことがショックだったよ。それまでは、俺の機嫌《きげん》が悪いと食事や風呂などの支度だけして部屋に引っ込むなど、よくできた妻だと思っていた。実際は我慢してたんだな。おそらく俺がムッとして帰ってきて、ため息をついたり、わざと大きな音を立ててドアを開け閉めしたりするたびに、なんでこんな人と結婚したのかと後悔してたんじゃないかな」

メジャーリーグへの移籍が決まった日、沙紀からアメリカに一緒に行かなくていいかと言われた。愛想《あいそ》を尽かされたと感じたのは、あの時の言葉が棘《とげ》となって、心の奥底から抜けなかったからだ。

「奥さんに言われて、コーチはどんな行動に出たんですか」

好奇心旺盛《おうせい》な顔で隆之介が訊いてくる。

「どうしてそんなこと訊くんだ？」

「だってコーチがなにもせずに引き下がるとは思えないので」

それは少し買いかぶりすぎだと思いながらも説明した。

「娘たちを呼んで言ったよ。きみたちはお父さんを見てガッカリしてんじゃないかって。二人とも返事をしなかったから当たりだった。お父さんはこれからは結果を人のせいにしないことに決めた。だから二人も嫌なことがあっても友達を怒ったり、お母さんに八つ当たりしたりはしないでほしい。そうしたらきっと友達はもっと増える、恥を忍んでそう話した」

「子供にそんな難しいことを言ったんですか」

「雀《すずめ》百まで踊り忘れずと言うじゃないか。いいことを覚えるのは早い方がいい」

隆之介には難しい言葉だったかと思ったが、ちゃんと伝わっていた。

「僕もまだルーキーみたいなものですからね。プロで長く活躍できるように、すぐカッとする性格を改善するように努力します」

里志の経験を、彼は自ら昨夜の自分の姿に重ね合わせた。

「悔しさなんてものは簡単に消えないと思う。だけどそれは一人になった時に出せばいい。そうやって怒りを我慢しているうちに、周りが心配してくれるようになるから」

里志にとってはそれが家族であり、檀野だった。

「そうだ、隆之介、昨日みたいに思うようなピッチングができない時、帽子の裏に自分を落ち着かせるきっかけになる言葉を書いたらどうだ？」

「えっ、嫌ですよ、それって高校生みたいじゃないですか」

「高校の時はなんて書いたんだ」

「『努力』でしたね。三年生の時は『絶対に負けない』だったかな。どうしても甲子園に行きたかったので。決勝で〇対一で敗れてしまいましたけど」

「いい言葉だけど、ちょっと自分にプレッシャーをかけすぎだな」

「だったらなにがいいんですか」

「そうだな。たとえば《隆之介、おまえはいい男》とか」

「それって誰が言ってるんですか」破顔する。

「みんなだよ。ファンもそうだし、隆之介の彼女もそうだ。付き合ってる彼女くらいいるんだろ」

「いませんよ。今は野球に集中ですから」

まだ一人に決めたくないのかもしれない。他の選手との会話で、隆之介が食事に女性を呼ぼうとしているのを耳にした。若い頃は仕方がない。女性にモテたいというのも、スポーツ選手のモチベーションの一つだ。

「そのメッセージもコーチ得意の客観視ってやつですよね。自分で自分に言い聞かせるのではなく、誰かが僕にアドバイスを送ってくれているという体《てい》で心を落ち着かせるという」

「隆之介もやっと、主観と客観を理解してくれたか」

「そりゃ二年間言われてますから」

「遅すぎだけどな」

彼は、へヘッと照れる。

「コーチは現役の時になんて書いていたんですか」

「俺か？　恥ずかしいから訊くな」

「まさか《一球入魂》とかじゃないですよね。ダサすぎですよ。あっ、コーチがいつも言ってる《変化球は低く、ストレートは大胆に》ですか」

いい言葉だが、そのアドバイスに効果があると感じたのはコーチになってからだ。

「俺が書いていたのは《深い川は静かに流れる》だった」

キザすぎて顔が引きつった。ただ隆之介からは「かっけー」と言われた。

「どういう意味ですか」

「なんだよ、意味が分からずにカッコいいと言ったのか。分別《ふんべつ》のある人や思慮《しりょ》深い人は、ゆったりとしていてやたらに騒がないというたとえだ。逆に大人の心が形成されていない人ほど騒々しい」

「ピッチャーはつねに背中を見られているというのと同じですね。昨日の俺は浅いどぶ川でした」

「いいや、隆之介の川はいつも澄《す》んでるよ。川幅はそんなに大きくないけどな。なにせ一七〇センチの小さな巨人、小さなサウスポーだから」

「いいですよ、ちゃんと一六九センチと言ってくれて。本当は一六六・九ですけど」

自虐的《じぎやく》ではなく、誇らしげに聞こえた。

この自信が隆之介の持ち味だ。だからその背の低さがマウンド上では欠点どころか、低いところから速いボールが出てくるギャップという長所になる。

昨日のように仲間を不快にさせる行為はあってはならないが、今の段階で彼の性格まで丸くして優等生にすることはない。川の喩《たと》えと同じで、上流からゆるやかにするのではなく、中流、下流にかけて、次第に悠然と流れていくよう育てることが大切だ。

「俺の話が分かったのなら、隆之介がすべきことは分かってるよな。ゲームが始まってからじゃない、ゲーム前にすべきことだ」

「大浦さんに謝っておけということですね」

「その通りだよ」

山路にもだぞ、と言いかけて、やはりやめた。山路には言いにくいだろう。それこそ時間をかけて修復させるしかない。

「じゃあ今日も頼むぞ、もう気持ちは切り替えてると思うけど」

「任せといてください」

登板数は増やしたくないが、今日に限っては投げさせたい。昨日の負けの感触のまま何日も過ごすより、早く結果を出して、いいイメージを上塗りさせた方がいい。

人工芝を力強く蹴って投手陣の輪の中に戻っていく隆之介のユニホームの上着が、ズボンからはみ出ていた。そのことを指摘すると、彼はすみません、と謝って上着を直した。ユニホームを乱すことなく着るのは野球の基本で、煩く言う指導者は多い。

再びファウルグラウンドに目を向けた。

山路は立ち上がって、内堀が左右に投げたボールをサイドステップしては捕る、反復横跳びの練習をしていた。彼が里志を見た。それは一瞬だったが、呆れているように見えた。

隆之介に注意したつもりだったが、彼が思いのほか素直だったので、談笑しているように見えたのだろう。

21

この夜のゲームでは、先発したドミニカ人のオリベが五回二失点とゲームを作った。打線が早いイニングから点を取り、四対二とリードしてゲームを進めた。

六回はヤングブラッズの一人で大卒三年目のサウスポー篠原、七回からは勝利の方程式であるハドソンを登板させる。

七回裏に相手の守備が乱れ、セイバーズは難なく二点を追加した。

四点差になったことで、八回もヤングブラッズの一員で、第二の隆之介と期待している右の小《お》野寺《のでら》を起用する。緊張してマウンドに上がった小野寺だが、五球で三者凡退に抑えた。楽な場面ではあるが、これで彼は五試合連続無失点となった。

ブルペンから出てきた時は緊張していたが、ワンアウトを取ってからは自信を持って一五〇キロを超えるストレートと落差のあるフォークボールを投げていた。すでに僅差《きんさ》でリードしているゲームの六回に投げさせている正津や篠原同様に、彼も来年は勝ちパターンで投げさせられるかもしれない。

いつもならこのまま九回も小野寺を続投させ、大浦と隆之介は休ませる。今日はそういうわけにはいかない。

「監督、九回は大浦でいきましょう」

八回裏の攻撃中に里志が伝えると、辻原の目が点になった。

「このまま小野寺でいいんじゃないのか。大浦はここのところ不調だし」

「数試合打たれただけじゃないですか。大浦のおかげでうちのチームは首位争いしているようなものですよ」

里志の説明に、今度は隣の石川ヘッドコーチが口を挿《はさ》んでくる。

「二見コーチは四点差以上ついたゲームではブルペンを休ませるべきだと言ってるじゃないですか。なら今日は大浦も休ませましょうよ」

「明日は休みですし、投げたところで明後日《あさって》からの連戦に問題はありません」

「無理して投げさせることもないでしょう。大浦本人だって昨日の今日とあって、投げたくないだろうし」

このコーチはまったくピッチャー心理が分かっていない。

里志は石川を無視した。

「監督、今日、大浦を投げさせておかないと、あとで使えなくなって後悔するかもしれませんよ」

脅しではない。心のリカバリーに関わる問題だ。

「分かった、だけど逆転されたら二見コーチの責任だぞ」

しかめっ面《つら》で辻原が言い捨てる。

「分かってます」

投手が大浦に代わったとアナウンスを聞いて、スタンドの観衆からもどよめきが聞こえた。相手ベンチも不振が続いているピッチャーが出てきたことに喜んでいるように感じた。

大浦には、試合前から「必ず場面を用意するから準備しといてくれ」と伝えていた。

自軍のベンチにすら歓迎されていないのを本人も感じているのだろう。百戦錬磨《れんま》の大浦もいつになく硬い表情でブルペンから出てきた。マウンドでアンパイアから手渡されたボールを捏《こ》ねながら待っていた里志は、そのボールを大浦のグラブに入れる。

「大浦の力で、うちの勝ちパターンを戻してほしい。だからといって特別なことをしなくていいぞ。走者がいるわけでもないし、大浦なら楽勝だろ」

「ブルペンでは調子は悪くなかったので、今日はしっかり抑えます」

力強く頷いた。

大浦ほどのベテランにしたって、ここ四試合で三試合リリーフに失敗し、ぐっすり眠れた夜はないのではないか。

それでも投げたいという欲求が高まっているのは今だ。その溢れる思いを最大限に利用して結果に変えることが、心の安定にも繋がる。

「大丈夫だよ。心配なんかしてないから。だけどアウト二人でいい。申し訳ないが、最後の一人は隆之介で行くから」

「当然です。彼がうちのクローザーですから」

自分の役目を分かっている大浦は不満も見せない。

昨日の登板では球が上ずっていたのでどんなボールを投げるのか気掛かりだったが、振り返ることなくベンチに下がる。

先頭打者に対し、大浦はスリークォーターから右打者の内角にシュート、外角にスライダーと、ストライクゾーンを広く使った丁寧な投球で追い込むと、最後は得意のシンカーで遊ゴロに打ち取った。次打者は初球のシュートで詰まらせ、三塁へのファウルフライであっさりとツーアウトとする。

「監督、隆之介で行きます。交代をお願いします」

「二見コーチ、いくらなんでも監督に失礼だぞ」

一コーチが監督に指示しているように聞こえたのか、石川ヘッドに注意された。里志は「ここは投手陣の正念場なんです」と辻原の目を見つめた。

事前にアウト二つと言い渡しているとあって、マウンドには内野手五人が集まり、監督が交代を告げるのを待っている。

辻原はグラウンドコートを脱ぎ、里志の顔も見ることなくダッグアウトを出た。里志もあとに続いた。

「ピッチャー、大浦に代わりまして、新田」

アナウンスにまたスタンドがざわついた。ファンも前日の敗戦を忘れていない。

「大浦、ナイスピッチングだった。助かったよ」

礼を言ってボールを受け取る。

下がっていく大浦と入れ代わりで隆之介が小走りでやって来た。

「隆之介が締めないと、うちのゲームは終わらないからな」

彼のグラブにも里志がボールを入れる。だが顔は強張《こわば》っていて、返事も上の空だ。

ヤングブラッズのミーティングではリラックスしていたが、あれも強がっていたのだ。

汗を拭《ぬぐ》おうと隆之介は左手でツバ広の帽子を取った。帽子は脇に挟み、長めの髪の毛を後ろに流し、被り直した。

ツバの裏が見えた。

深い川は静かに流れる――。

里志が現役時代に使っていた言葉を真似たのだ。神経が張り詰めている中、さっそく実践してくれたようだ。

「隆之介、ピッチャーの傷を治す薬は何か知ってるか」

「いいえ」

スパイクの爪先《つまさき》で足場を固めようとしていた隆之介が顔を上げた。

「人は歳月だというけど俺は違うと思う」

「どういうことですか」

「日にち薬ではピッチャーの傷は癒《い》えないってことだよ。本人の力で苦境を打開して、自信を重ねることで、かさぶたを作っていくしかない」

「そうですね。四点差なのに投げさせてもらえて感謝しています」

「あれっ、四点差だったか？　俺はてっきり三点差かと思って隆之介を出したのに」

スコアボードを見てからおどけた。内野手の何人かが笑っている。

「セーブはつかないけど、たまにはいいだろ？」

「セーブは次の機会にもらうからいいです」

出てきた時は波しぶきを上げるほど激流だった彼の心は、ようやく鎮まったようだ。

今はどの競技でもアンガーマネージメント（怒りの管理法）が求められるが、ピンチに登板するリリーフ投手には、恐怖心に打ち勝つためにも怒ったくらいの気持ちで構わないと里志は思っている。ただし熱くなりすぎて自分を見失わないようにさせるのがコーチの役目だ。

ベンチに戻って眺めていると、投球練習を終えた隆之介が織田のサインに何度か首を振った。

大丈夫か。息が合わず、カリカリしだしていないか。

ようやく頷いた。セットポジションから足をあげ、右足で踏み込んで左腕を振る。

スローカーブだった。

真ん中だったが、意表をつかれた打者は手を出さず、ストライクのコールを聞いてから思わず打席を外した。

打者は目を白黒させてベンチを見ている。おそらくスコアラーに不満を言いたいのだろう。新田隆之介にスローカーブがあるなんて、事前のミーティングで聞いていないと。

打者以上に面食らったのが里志だ。カーブを習得しようと練習していたのは知っていたが、まさかこの場面で投げるとは。こいつ、いったいどういう心臓をしているのだ。

二球目は一五五キロのストレートだった。ほぼ真ん中だったが、初球との緩急差《かんきゅう》もあり、打者は完全に振り遅れてバックネットを越えていくファウルとなった。

ツーナッシングと追い込むと、一球、高めのボール球を挟んで、最後はフォークで三振に取った。

隆之介は左手を突き上げ、荒ぶるほどの雄叫《おたけ》びを上げる。

引き揚げてくる選手を監督の後ろで出迎えた里志は、最後に戻ってきた隆之介に「今年一番のピッチングだった」と絶賛した。

「コーチ、それは大袈裟ですよ。四点差で投げられたんだから。気持ち的には楽勝でしたし」

「マウンドに来た時は怒ってたろ」

「はい、ブルペンでは冷静に冷静にと念じてましたけど、グラウンドに出て、マウンドにコーチや先輩たちがいるのを見てたら、そんな優しい気持ちだとまたやられそうな気がして。コーチから怒りを我慢しろと言われたのに、すみません」

「いいんだよ、それが二試合続けて悔し涙を呑んだクローザーの本心だ。ヘラヘラ笑ってマウンドに来られたら、バックを守る選手がガッカリする。だけど驚いたのは初球のカーブだよ。俺も心臓が止まりそうになった」

「打者が自分の球に慣れてきているような気がしたんで、オダケンさんには一応、サインに入れておいてくださいと前から頼んでおいたんです。一球目のサイン交換してる時に、よし、ここで一丁試してみるかと思いつきました」

「あの場面で決めたのか」

「はい、前にコーチからも、一球でも打者の頭の中にない球種を見せておくと、それがいつまでも相手の記憶に残って、無意識に警戒すると聞いていたので」

そうなのだ。一四三試合という長編小説のようなプロ野球は、途中で伏線を張っておくことが大事だ。その伏線を次以降の対戦で回収すればいいし、なにもしないのに相手が警戒してストレートに振り遅れてくれるかもしれない。それこそが「変化球には目的がなくてはいけない」だ。

盛り上がっていたのは里志だけで、他のコーチは白けていた。

「まったくいい気なもんだよ。自分が監督になったつもりかよ」

堀米打撃コーチが聞こえるように悪口を吐いてダッグアウトを出ていった。

記者に囲まれていた辻原は、里志と目が合うと露骨《ろこつ》に顔を歪めた。

チームに良かれと思ってやったことだが、監督の立場を軽視した身勝手な越権行為だと取られ、里志の立場は一段と悪くなった。

それでも今日は仕方がない。智に働けば角が立つ、情に棹《さお》させば流されるのが、投手コーチだ。勝敗の行方の六割を支配すると言われている投手陣を預かっているのだ。自分が正しいと思う方法を選択していくべきだ。

コーチ室に戻ろうと、アナリストルームの前を通ると、「よし、やった」と声が上がった。

「なにごとだよ」

里志が中を覗くと、アナリストの稲本が万歳《ばんざい》したまま顔を向けた。

「レッズ、二点リードしていたんですが、九回にクローザーが崩れて、逆転サヨナラ負けになったんです」

「それはラッキーだな」

相手の敗戦を喜ぶのはスポーツマンシップとして褒められたことではないが、今のセイバーズには、相手の負けは一勝に値《あたい》する。自力だけで勝てるほどの実力はまだないので、苦しみは一試合でも少ない方がいい。

「これで最後のレッズとの三連戦が楽になりましたね」

「稲本ちゃん、そんなに甘くはないよ。もうひと山あると思っていた方がいい」

「コーチの前でこんなはしゃいじゃいけませんね。いつも一喜一憂《いっきいちゆう》するなと言われているのに」

「大いに喜んでくれよ。俺もここまで戦ってきて感情を出すなって言うほど、空気が読めない男じゃないから」

直接対決が残っているためマジックの再点灯はないが、大浦と隆之介の二人から不安を取り除くことができたのは意義がある。

肘をアイシングしていた大浦がトレーナー室から出てきた。

「大浦、お疲れさん。おかげで隆之介も立ち直ることができたよ」

「見てましたよ、完璧でしたね」

「あいつも若い。山路からは冷ややかな目で見られたけど、また同じようなことがあれば、俺が注意するから許してやってくれ」

「山路さんはまだ怒ってますけど、僕は気にしていないので、今のままで大丈夫ですよ。あれだけ粋がってしまうと、頭では分かっていても素直にはなれないでしょうし」

「あれっ、隆之介は謝ってきてないのか」

てっきり謝罪したものだと思っていた。

「い、いえ、謝りましたよ。気にするなと言っときました」

大浦は後輩を庇って嘘をついた。

だが大浦の言う通りだ。戦っている間はそれが正しいことだと分かっていても、考えた通りの行動は取れない。

隆之介は先輩の前で多少悪ぶることで、戦う意欲と恐怖とのバランスを取っている面もある。真面目《まじめ》になるのは戦うための鎧《よろい》を脱ぐことに値し、弱さを露呈《ろてい》してしまうと心が警告ランプを点滅させる。

大浦が怒っているなら隆之介を呼んで注意したが、気にしてないのなら、ことを荒立てる必要もない。

22

十月に入った。試合のない今日もいつもの時間に起床した里志は、ベランダで体を動かしてから朝食作りに入った。昨夜は全粒粉《ぜんりゅうふん》パスタを使ったペペロンチーノを食べたので、今朝は緑黄色野菜のサラダのみだ。

塩とオイルをかけたが、それだけでは味気ないので、野菜室の底に残っていた芽が出かけたタマネギを出し、八分の一ほどを刻んで、トッピングする。こうすると歯ごたえが出て、味の変化を楽しめる。

食後は、山路と隆之介の揉めごとのせいで二日間溜めていた日記を書く。

時間を置いたら意味がない、熱がこもっているうちに書かなきゃと自分を窘《たしな》めながらも、二人が喧嘩になりかけたこと、山路の言い分に失望し不快感まで覚えたこと、そして翌日に大浦と隆之介が復活し、大浦からはベテランらしい大人の対応を見せられたことなどを「二見」を主語にして書き綴《つづ》っていく。結構な量になったが、一時間もかかることなく書き終えた。

さて問題はこの後の時間の過ごし方だ。

試合当日はデータを見たり、練習を見たりして気を紛《まぎ》らわせられるが、シーズン終盤ともなると一人暮らしの休日は時間を持て余す。

オフシーズンならスポーツのコーチングや心理学の本を読むし、京都まで出かけて、内堀のトレーニングを受ける。マットがあるジムではスパーリングもでき、ストレス解消にはもってこいだ。

シーズン前半には、現代野球の主流になっているセイバーメトリクス（野球統計学）が今年のチームにも該当するのか、投手のみならず打者の成績をも数式に当て嵌《は》め、どれくらいの信頼度があるのか調べる。

一般的なセイバーメトリクスの公式に加えて、稲本が相手チームの状態や球場の大きさなどに合わせて作った指数も用いる。どのような成績の選手を組み合わせればもっとも失点を抑えられるか。今は劣っていても、この先対戦を続けていけばどれだけ上回れる見込みがあるか。セイバーズのアナリストチームが得意としているのは、未来を読むデータだ。これらの数値を把握しておくと、ピンチでパニックに陥った選手を落ち着かせる有効なアドバイスができる。

野球をやっていなければ理系に進みたかった里志は、数字を足したり掛けたり割ったりしていく作業は時間を忘れるほど夢中になれる。

ただ、長いペナントレースのゴールが見えてきたこの時期に、そうした細かい作業をやる気にはなれなかった。

首位にいるくらいなのだから、アナリストチームが出してくれるデータが正解なのだし、なにも自分が新たな仮説を立てて検証することはない。もしそれがアナリストの数値と異なれば、心のどこかで彼らを疑い出す。

疲れているせいか、ジムに行って、汗を流す気にもなれなかった。

それでもせっかくの休日なのだ。なにか気分転換になることでもないかと思案していると、使ったタマネギをラップに包んだまま出しっぱなしにしているのが目に入った。

よし、今から夕食を作ろう。

冷凍庫を確認すると、精肉店で挽《ひ》いてもらった脂身《あぶらみ》のない豚ロースが残っていた。レンジで解凍する。作るのはキーマカレーだ。

みじん切りにしたタマネギを、擂《す》ったニンニクと生姜《しょうが》とともに、中火よりやや弱めの火加減で炒《いた》める。

料理をしていると頭の中が空っぽになり、いいリフレッシュができるのだが、今日はなかなかそういかなかった。

昨日の山路の冷めた視線が脳裏から離れなかったからだ。

自分は投手陣という船を、大波小波に揺られながらも無事に航海させてきたと思い込んでいたが、実際はそうではなかった。ベテランvs若手、あるいは先発vsリリーフ、うちの投手コーチはその片方だけに肩入れしている、少なくとも山路からはそう思われている。

セイバーズのコーチに就任した時から、チームを変える鍵になるのは山路だと思ってきた。他球団にいた時からエースの自覚があるピッチャーだと見てきたが、本物のエース——山路が投げるだけで今日は勝ちゲームだと野手が余裕を持って打席に臨める、あるいは山路がいるからセイバーズは連敗しないとライバルチームが悲観するような選手になってほしいと期した。

去年も一昨年《おととし》も彼はエースだったが、里志が望む域まで達していなかった。

それは三十代半ばという年齢のせいかもしれないと諦めかけていたが、今季はまさしく正真正銘のエースへと成長を遂げた。このチームは来年以降もきっとうまくいく、そう胸を撫《な》で下ろしたのだが、少し彼を買い被り過ぎていたのかもしれない。

隆之介の活躍とは関係なしに、来年のセイバーズは山路のチームでなくなっている。そう話した白木の言葉が頭の中で反響する。

白木も自分に見る目がなかったと反省した。今年の山路の活躍を見れば、誰もチームの顔が変わるとは思わない。だが山路自身はどうだろうか？　自分はそろそろ終わりだと疑って見られている、そう感じていたのでないか。

里志は三十三歳でメジャーに移籍し、マイナー落ちしてからは毎年、いつクビになってもおかしくない状況に追い込まれた。それでも自分のことなど誰も知らない異国だったため、田舎の独立リーグでも開き直ってプレーできた。

国内だったら気持ちは違っただろう。自分の方がまだ使えるのに、若手に切り替えられるのではないかという焦燥感《しょうそうかん》、なによりもプライドだ。若手の活躍を素直に喜べなかっただろうし、アドバイスを求めてきた若手に親切に教えたかどうかも分からない。

いや、どこでプレーしようと自分はいいチームメイトではなかった。あのバッターはホームランを打った次の打席、同じ球種は狙ってこない。追い込まれてからチェンジアップを待つぞ。スライダーを投げる時は三塁線を締めた方がいい……。ゲームを見ながら気づいた点はいくらでもあったが、仲間にアドバイスしたことは皆無に等しい。思った通りに打たれたとしたら、やっぱりなと顔の緩みを隠した。チームスポーツだというのに、自分さえ良ければいいというひどい選手だった。

改めて考えると、山路が若手に話しかけにいったり、打たれた選手を慰めにいったりしている光景は年々減っているように思う。

そんな山路をチームの大黒柱としてふさわしくないと非難すべきなのか、それとも一人のプロ選手の本能として理解してあげるべきなのか。正直、判別がつかなかった。

今、心配すべきことは今シーズンのことだ。投手コーチとの信頼関係が壊れたこの状態で、山路はこれまで通りの結果を出してくれるのか。

先発ピッチャーは、ヘルシーな状態を維持できるよう中六日以上は空けて回してきたが、レッズの猛烈な追い上げに遭っているシーズン終盤、そしてCSや日本シリーズに向けて、今後は中四日の短い間隔で投げてもらわないとならない。

その時、山路はコーチの指令に従ってくれるのか。俺の体なんか壊れても構わないとうちのコーチは思っている……少しでもそうした猜疑心《さいぎしん》を持ってしまうと、ピッチャーは無理してまでマウンドに上がらないし、投げたとしても意識的に力を抜く。

いいかん、いかん。山路のことを心配しながらも一番ナーバスになっているのは自分ではないかと、かぶりを振って白紙に戻した。

仙台で優勝した時も、うまくいっていたのに、シーズン最後に二位チームに逆転優勝されるのではないかと余計なことばかりを考えて、神経をすり減らした。

選手としてジャガーズで優勝した年はもっとひどかった。

マジックが点灯して優勝が近づいてくるとともに不眠症になった。

胴上げ投手になったことで忘却していたが、優勝が決まった日は球場に到着してからずっと地に足がついていないようで気持ちが落ち着かず、ブルペンでは何度もトイレに行った。名前がコールされ、リリーフカーから降りた時には膝が震えていた。

それでも打者に一球投げるとアドレナリンが出てきて、絶対に打たれるはずがないと自分を信じて投げることができた。

あの快感を隆之介にも経験させたい。隆之介だけではない。たとえその日に出番がなくても、セイバーズの勝利に貢献してきた全選手たちに。

もちろん山路にも。セイバーズの十八の貯金のうち、十五勝五敗と十も作ってくれたのは山路なのだから。

そうだ、これくらい楽な気持ちでいればいい。選手はコーチの背中を見ているんだぞ。弱気の虫は今日をもって消せ――里志は自分に言い聞かせた。

二十分以上炒めて、タマネギの色がようやく変わってきた。ここで焦《こ》がしたら元も子もないと、中火と弱火の間を左手で操作しながら、ヘラでうまく返していく。これだけで手首のスナップが鍛えられる。

タマネギが完全に飴色《あめいろ》になったので、解凍した挽肉《ひきにく》を入れ、クミンシードとコリアンダー、赤唐辛子《とうがらし》、それとターメリックを入れて、タマネギと混ぜ合わせる。ワインを煮詰めてアルコールを飛ばせば完成だが、その前にやることがある。

一旦火を止め、台所の引き出しに入れてあるスパイスボックスを出した。ケースにはクミンシードやコリアンダーなどが入れてあるが、一つだけ殻付きのものが入っている。

カルダモンというスパイスで、噛んだ瞬間は苦みが強いが、その後にミントのような爽《さわ》やかな強い芳香《ほうこう》があることから「スパイスの女王」と呼ばれる。

里志は鯖《さば》のスープカレーも作るが、それにも大量にカルダモンを入れる。一日スパイスに漬けた鶏のモモ肉のカレーにも使う。要するにカルダモンさえ使えば、どんなカレーも本格的に様変わりするのだ。

長さ一センチほどの乾燥した楕円形《だえんけい》の実を、すり鉢で擂《す》って殻を割り、そこから爪で一つずつ割って、黒褐色《こっかっしょく》の小さな種子を取り出す作業は結構骨が折れる。

気の短い人なら放り出しそうな地道な作業だが、里志は好きだ。これを続けていると無心になれる。

ただこの日は違った。チームの心配事が消えると、次に檀野のことを思い出した。

人生を棒に振る経験をしたのに、檀野はどうして再び元暴力団組員と付き合っていたのか。今は堅気《かたぎ》の身になっていたとしても、そんな男に就職祝いなどするか。

その坂崎は、リサイクル会社に電話して、檀野と交流があると示唆《しさ》した。さらに球団にも、里志と檀野にいまだ付き合いがあるという嘘の密告をした……。

だが当の坂崎は八坂リサイクルへの電話を否定し、今は行方不明らしい……。

そこまで考えると気が変わった──。


「ここのバターチキンはインド料理でも南部地方のものなので独特だけど最高の味だ。もし辛《から》いのが好みならチキンヴィンダルーをおすすめするよ。ヴィンダルーとは南インド独特の辛いカレーで、ポルトガルのワインとニンニクを使用した豚肉料理に由来するんだ。大航海時代の影響を受けているのはなにも日本だけではないってことだな」

一方的に蘊蓄《うんちく》を並べる里志をよそに、紺《こん》のカーディガンにデニムとスニーカー、いつもの黒の手提《てさ》げかばんではなく、ポーチを袈裟《けさ》掛《が》けにして現れた中央新聞の萩下美雪は、無反応で広げたメニューを眺めている。

普段後ろでまとめている髪は、真ん中分けにして下ろし、肩ぐらいまでの長さがあった。

休日だったようだ。彼女は八王子から横浜線と東急東横線《とうきゅうとうよこ》でおよそ一時間かけて、里志が指定したみなとみらいにあるインド料理店にやってきた。

「こんな時間に夕食ですか。まだ四時ですよ」

「少し早いけど別にいいだろ。俺が電話した時、あなたはまだランチを食べていないと言ってたじゃないか」

「朝の十時に昼食べたかと訊かれたら、十人中十人が食べていないと答えると思いますけど」

里志はすぐに会いたかったが、彼女の方が正午から警察署に免許の更新に行く予定があるというのでこの時間になった。

「人にはバターチキンやチキンヴィンダルーを薦めておいて、自分はひよこ豆のキーマカレーですか」

メニューを眺めていた彼女は目を細める。

「肉類の摂取を二十パーセントと決めている俺は、オフの日に徹底的に肉を食いたいと、ここ数日、野菜多めの食生活だったんだ。キーマの方が肉が多いからな」

「そういう栄養バランスって、同時に食べないと意味ないんじゃないですか。野菜の食物繊維やビタミンが体内に残る量は限りがあると聞きますし」

「堅物《かたぶつ》だと言われる俺より堅いことを言ってると友達をなくすぞ。ひよこ豆もうまいけど、バターチキンの方が絶対にうまいって。うちの妻を連れてきた時も、絶賛してたから」

「いいえ、私も二見さんと同じひよこ豆のキーマカレーにします」

彼女は聞かず、二人ともキーマカレーを頼んだ。

「でもどうしたんですか。これまで冷たくあしらっていたのに、急に私に電話をくれるなんて」

彼女は腕組みしてから里志の顔を見つめた。

「冷たくあしらったわけではないだろ。球場で待ち伏せするのは、他の記者に禁じてる手前、やめてくれと注意しただけだ。あなただけ特別扱いしていると番記者に思われると、彼らも黙っちゃいなくなる」

「俺は規則正しい生活を大事にしているんだって叱《しか》られましたけど。こうして記者と食事をするのも、二見さんの規則に反しているんじゃないですか」

「言ってることが違うと非難するなら、あなたにだって心当たりはあるんじゃないか。なにが刑事の一人がこれは問題があると言っている、だよ。あなたがあらぬことを言ったせいで、俺は栗田刑事のみが事件性を疑っていると勘違いしたじゃないか。八王子署の木原という刑事は、最初から殺人事件と見ていたと話していたぞ。どうしてあんな嘘を言ったんだよ」

「それは……」彼女は目を伏せた。「栗田さんが必死に捜査していたのは事実です」

「殺人事件だと思ってたなら、他の刑事だって必死に捜査してただろ」

そこに彼女の分だけ先にカレーが来た。

「先に食べてくれ」

「いいです。二見さんのが来てから食べます」

「時間がかかるんだ。ここのシェフは不器用で一人前ずつしか作れないから」

何度も通っている里志には、ギーというバターオイルではなく、ココナッツオイルを使ってくれるので、同じものを注文しても二度手間になる。使っている具材が違うと言うと、里志のだけ特別メニューだと思われそうなので、適当にごまかした。

「食材が違うんですね」

　里志は固まった。

「あなた、人の心を読む能力でもあるのか。スピリチュアルとか」

　そうこうしているうちに里志のカレーもやってきた。

「やっぱり当たってましたね。ライスもトマトも入ってないし」

　この記者にごまかす方が面倒だと、トマト以外に乳製品も入っていない、油も違うと明かした。キーマカレーとは関係ないが、他にナス、ピーマン、キノコも敬遠していると。

「徹底した食事管理ですね。現役復帰でも狙ってるんですか」

「戻れるわけがないだろ。膝は悪いし、肘だって痛くて、まともなキャッチボールもできないんだから」

「コーチとして、選手の規範となるような生活をしているんですね。だけど二見さんは、選手に同じことをしろとはけっして言わない」

「どうしてそう思うんだ」

「今の若い子は正しいことでも、押し付けられると嫌になってしまいます。それより選手がいつか気づいて、彼らの意思で真似してくれる方が、やり始めた時に強い意志となって継続できると」

　淡々《たんたん》と話す萩下の話に里志は聞き入った。

「野球に興味がないのにたいした分析力だ」

二十代半ば、それも野球音痴《おんち》だと自称する女性記者にそこまで言われるのは、驚きしかなかった。

「たぶん私にはスピリチュアルな能力があるんですよ」

グロスを塗った唇を緩めてから、彼女は「いただきまーす」とカレーをスプーンですくって食べた。

里志もせっかくの数日に一度のタンパク質摂取の機会を無駄にしたくないと食べることに集中した。

萩下の皿に載っているターメリックライスがない分、カレーの量は倍にしてもらっている。単にライス抜きで二人前を頼んだだけだが。

「おいしい。他のお店でもキーマカレーを食べますけど、二見さんが推《お》すだけあります」

遠慮なくスプーンですくっては口に放り込んでいく萩下の皿は、またたく間に半分ほどに減った。服装のせいもあるが、今日の彼女には、里志の記者アレルギーも反応しない。

「ところでさっきはうまくはぐらかされましたけど、私を呼び出した理由はなんですか。美味しいカレー屋さんを紹介したかっただけとはとても思えませんけど」

きれいに食べ終えてから萩下が訊いてきた。里志はとうに平らげていて、気の早いインド人店員が皿を片付けていた。

「あなただっていつも大事な用件を言わずに俺のもとに現れるじゃないか。俺が用件もなくあなたを誘っても同じことだ」

「私にはいつも訊きたいことがあるからです」

「その割には大事なことは言わずに、隠しているような気がするけど」

「それは……職務上の守秘義務がありますので」

他の記者が相手なら、都合のいい時だけ守秘義務なんていう逃げ口上を使うなとうんざりするところだ。しかし彼女にはどうしても話せない理由があるように思えてならない。店員がシュリカンドという名のカルダモンが香るヨーグルトを一人前だけ持ってきた。

「二見さんのは？」

「言っただろ。俺は乳製品は摂《と》らないって」

彼女が食べ始めたところで、切り出す。

「今日はあなたに頼みがあって呼んだんだ。俺が他の記者とは絶対にしない食事に誘ったんだから聞いてくれるよな」

「中身にもよりますけど、なんですか」

「坂崎和雄が勤めていた探偵事務所ってどこにあるか知ってるか」

「知ってますが、それがどうかしましたか」

ヨーグルトをすくうスプーンを持つ手を止めて、萩下は顔を上げた。

「場所を教えてくれないか。刑事は事務所の名前すら教えてくれなかったから」

実際は質問もしていない。尋ねたところで捜査上の秘密だとか、プライバシーだとか、なにかしらの理由をつけて教えてくれないに決まっている。

「知ってどうする気ですか？」

「檀さんとのことを訊くんだよ。あなたが言っていたように、本当に檀さんが坂崎と親しくしていたのか。そして坂崎は裏社会から間違いなく足を洗ったのか。所長ならそれくらい知っているだろう」

「二見さんが檀野さんを殺害した犯人を捜すとでも言うんじゃないでしょうね」

「それは本職の刑事に任せるよ。ただ檀さんは二度と反社の連中とは付き合わないと、俺と約束した。いくら坂崎が既に足を洗っていたとしても、檀さんが坂崎と親しくしていたことが俺には信じ難いんだ。俺の脳は一度疑い出すと気が散って、残りゲームに集中できない質《たち》なんだ」

「気持ちはわかりますが、一般の人が余計なことはやめておいた方が」

「一般の人って、探偵事務所に相談に行くのは一般人だろ。その事務所には、一般人が近寄ってはいけない問題でもあるのか」

「それは……」

急に歯切れが悪くなったから、予想していた通り、まともな探偵事務所ではないようだ。

「だいたいあなたが余計なことを言ってこなければ、俺は檀さんが死んだという事実だけを知り、なにも思い悩むことはなかったんだぞ」

「それは申し訳ないことをしましたけど」

自殺と聞いても、すんなり受け容れることはできなかっただろう。それに萩下が来なくても、刑事はやって来た。

「事務所の名前を教えてくれるだけでいいんだ。住所はネットで検索すれば出ているだろうから。なっ、頼むよ」

胸の前で手を合わせた。彼女はうつむいていた。報道していない内容を第三者に教えていいか熟慮しているのだろうが、彼女はもはや、取材内容を里志に明かし過ぎている。

「その探偵事務所はあなたの取材源ではないんだろ？　別に栗田刑事に訊いてもいいんだよ。だけど栗田刑事は元柔道選手の木原というベテランが密着マークしている。その坂崎って男の話、萩下記者からも聞いたと話したら、栗田刑事はまずいって顔をするだろうな」

「そういう脅しみたいなことを言いますか？　スポーツマンらしくないですけど」

「全然脅しじゃないだろう。俺に話すか話さないか、どっちが栗田刑事が困るかを、あなたに相談しているだけだ」

「充分脅しじゃないですか」

「だとしてもスポーツマンがフェアだというのはファンの願望だよ。アスリートたちはつねに、フェアとアンフェアのギリギリの境界線で戦っている」

「分かりました。そこまでおっしゃるのでしたら案内します」

「えっ」

「私が一緒に行くことでなにか問題でもあるとか？」

できれば一人で行きたかったが、そう言われたら断る方が怪しまれる。

「分かったよ。食べ終えたのなら早速行こう。ここは俺が誘ったのだからこっちに出させてくれ」

「いいえ、そういうわけにはいきません」

彼女が財布を出した。

記者として決めたルールなのだろうと、里志はお金を受け取って二人分を支払った。

23

坂崎が勤務する探偵事務所は東京都新宿区、ＪＲ新大久保《しんおおくぼ》駅前の雑居ビルにあり、横浜からは車で一時間近くかかった。秋の早い日はすでに沈みかけ、黄昏《たそがれ》が迫っている。

三階のテナントの窓にはコルクス探偵事務所という名とともに、窓一杯に《浮気・行動調査秘密厳守》という文字のシールが貼られている。萩下の話では、所長は川瀬輝敏《かわせてるとし》という名前らしい。

「萩下さんはその川瀬という所長を取材したことはあるのか」

通りの反対側にサファリを停め、萩下に尋ねる。

「電話はしましたが、会ってはいません。ですが顔は知ってます」

「どういうことなんだ。探偵が面割れしたら仕事になんないだろ」

「これは絶対に内緒にしといてくださいね」

「もちろんだよ、萩下さんに案内してもらったことからして誰にも言わない」

「警察で写真を見せてもらったんです」

「まさか暴力団関係者なのか。刑事は違うと言ってたぞ」

カレー店での萩下の話し振りから、まともな探偵事務所ではないとは思っていた。だが探偵事務所を開業するには公安委員会に届け出が必要だから、裏社会の人間は探偵になれないはずだ。

「暴力団認定はされていませんが、警察のデータベースでヒットしたそうです。川瀬には、暴力団組員とともに一般人に暴行を加えた前科があります」

「それって大貫組か」

「いいえ、宗谷《そうや》会なので関係はありません」

「組員と一緒に逮捕された前科があるのなら、ほぼほぼ暴力団組員じゃないか」

「暴排条例が施行されてから、逆に関係者が地下に潜る傾向となって、警察にも現在、どの人間がどの組と付き合っているのか、正確な情報が入ってこないようです。川瀬は暴力団認定をされていませんが、反社、もしくはそれに近い可能性はある。そうしたこともあって私も電話での取材にしました」

「なるほど、電話の方が安全だと栗田刑事がアドバイスしてくれたんだな」

それについて萩下は口を噤んだが、川瀬がどう答えたかは話してくれた。

「川瀬に訊いたところで、檀野なんて男は知らない、坂崎の名前を使って檀野さんの職場に電話なんか俺はかけていない、と白《しら》を切られました」

里志はただちに返事ができなかった。

「どうしましたか、二見さん？」

「驚いた、萩下さんも坂崎の名前を使った人間が、ここの所長だと思ったのか」

「そうでないことには、元暴力団員などと名乗る必要性がなくないですか？　私は可能性があると踏んだだけで、川瀬だと決めつけたわけではないですが、二見さんがそう思ったのはなぜですか」

「檀さんが坂崎という男と一緒に、俺のことを調べていたと刑事から聞いたからだよ。その坂崎って今は行方不明なんだろ？　いつから行方不明か分からないけど、調査の中身まで坂崎が警察に明かすわけがない。だけど勤務先の探偵事務所の上司にならと話すと思ったんだ」

「それだけで、川瀬が坂崎の名前を騙《かた》った理由にはなりませんけど」

「あなただってそう思ったんだからいいじゃないか。今のところ、坂崎が調査内容を明かせるとしたら川瀬しかいないわけだから」

警察は檀野からの連絡がなかったかを執拗《しつよう》に訊いてくるくせに、坂崎についてはなにも尋ねてこない。坂崎ももはや殺されていると警察は見ているのではないか。

里志はもう一度、三階の探偵事務所を見た。シールが貼られていない窓もあるが、中を覗くことまではできない。

「川瀬を疑っているのでしたら、余計に会うのは危険ですよ」

「別に危険ではないだろう。前科はあったとしても、今は駅前に堂々と事務所を構えている探偵事務所の所長なんだから」

「粗暴な人間です」

「粗暴って」

「一般的な常識など通じない人間だということです」

それも栗田刑事からの情報なのだろう。

「暴力を振るってきたら警察に届ければいい」

実際は届けるわけにはいかない。勝手な行動をして立場が悪くなるのは里志の方だ。

「それに訊いたところで無駄だと思いますけど」

「萩下さんは、どういう訊き方で、坂崎の名を使って電話をかけたのはあなたじゃないのかと訊いたんだ」

「回りくどい質問になりましたが、川瀬には通じました。そんなことは誰もしていないし、する意味が分からないと馬鹿にしたように大笑いされて。川瀬という男、すべてにおいて雑なんです。最初に電話した時も川瀬が出て、坂崎は滅多に会社に来ないと言われました。でしたら私の電話番号を教えるので坂崎さんに伝えてほしいと頼んでも、またかけてくださいとけんもほろろでした。坂崎の名前を使ったのではないかと疑いをかけて以降は、私が名乗った途端にブチ切りです」

そうこうしているうちに坂崎も行方不明だと栗田から知らされたらしい。そうなるとますますこの川瀬という所長が怪しい。

「申し訳ないですけど私は八時にはここを出ないといけないんで、それまででお願いします」

「なんだ、今夜デートでもあるのか」

それは悪いことをしたと思ったが、彼女は「仕事です」と答えた。

「休日じゃなかったのか」

「休みですよ。でも夜回り取材はします。捜査の最中ですから」

「それじゃあ休みにならないじゃないか。今の時代はきちんと休みをとらないと労基がうるさいんじゃないのか。新聞記者は許されるのか」

「取材はあくまでも私の意思です。そんなことを言ったら、野球選手だって労働時間を守ってないんじゃないですか」

確かに休みは十二月、一月の二カ月だけ。オフの期間にもミーティングなどがある。キャンプ中、休みの日だって乞《こ》われれば練習に付き合うし、シーズン中も休日のほとんどは遠征先への移動に充《あ》てられる。

「俺たちは個人事業主だ。会社員ではない」

「法律はどうあれ、そういうのは会社員は働いたらいけないと逆差別するみたいなものです」

「逆差別って、そんなつもりで言ったわけじゃ」

「さっきの、今夜デートでもあるのかっていう質問も、今はアウトですからね」

「いや、あれは……」言葉が怪しくなったので「ごめん」と謝った。

「それに私のは自主取材です。スポーツ選手が家で腹筋とかトレーニングしているのを咎《とが》められたりはしませんよね？」

「あなたは本当に理屈っぽいな」

「それに、二見さんは選手の自主性に任せている、だから若い選手とうまくやっていると栗田刑事に聞きましたが」

「俺が求めているのは自主性ではなく主体性だよ。ただ自発的に練習するのではなく目的を持ち、自分の行動に責任を持ってやってほしいと思っている」

「私がしているのは、それこそ主体的な行動です。間違った取材をすれば自分が責任を負うわけですから」

彼女は強い目を向ける。理屈っぽさにうんざりしていたのを通り越して、感心の域に入る。こんな熱心な選手がいたら超一流として大成するんじゃないか。それくらいの熱量を感じた。

「わかった。八時を過ぎたら萩下さんだけ先に帰ってくれ。明日球場で落ち合おう。川瀬がなにを話したかはその時に話す」

「そういうわけにはいきません。二見さんになにかあったら、ここに案内した私の責任になります。なので私と一緒に帰っていただきます」

「なにも起きないよ。あなたたちがやってる取材と同じだ」

「信用できません。帰ってくださいと言っても残りそうなので、私を八王子まで送ってください」

「八王子なんて遠すぎだよ」

「遠すぎなところから呼んだのはどこの誰ですか」

そこまで言うなら仕方がない。

「じゃあ待ってるのは時間の無駄だから、萩下さんが電話してくれないか」

「電話？　私がですか？」

「事務所にいるならアポイントを取って早く会った方がいいだろ」

「自分ですればいいじゃないですか」

「もし川瀬が関わっているなら、二見里志という名前を出した途端に怪しむじゃないか」

「偽名を使えば」

「俺はそうした卑怯《ひきょう》な手は使いたくないんだよ」

里志の声を知っている可能性があると憂慮《ゆうりよ》したからだが、それでは彼女だけを危険に晒《さら》すことになる。

「萩下さんは偽名を使ってくれ」と補った。

里志は彼女が袈裟掛けにしているポーチを見た。萩下は視線を追いかけてきたが、スマホは取り出さなかった。

仕方なく里志がズボンのポケットから自分のスマホを出し、コルクス探偵事務所と検索する。ホームページが出たので、電話番号をタップした。

耳には当てずに膝のところで握ったままだ。スピーカーモードにしていたわけではないが、呼び出し音はよく通り、〈はい、コルクス探偵事務所です〉と女性の声がした。そのタイミングで手にしていたスマホを萩下に渡す。

「えっ」

体をびくつかせてから、彼女は受け取ったスマホを耳に当てた。

「川瀬所長はいらっしゃいますか。私、前に相談した萩下という者ですが。はい、知り合いの男性のことでご相談した。そうです、彼氏の問題で。はい、急遽《きゅうきょ》、川瀬さんに伝えておきたい情報を思い出したので。いえ、電話でなく直接会って説明したいんです。見せたいものがあるので」

萩下は苗字《みょうじ》以外、何食わぬ顔で嘘を並べた。

「では何時頃お戻りですか？　それくらいに伺わせていただきますが。はい。ありがとうございます」

礼を言って電話を切った。

「あと十分くらいで帰ってくるそうです」

「ありがとう、助かったよ」

スマホを受け取ってズボンの尻ポケットにしまう。

「本当におかしなことはやめてくださいよ。私もこんなことをしたのが会社に知られたら、処分を受けますから」

「スピリチュアルな能力があると思ったけど、そうではないようだな」

「危険なことはしないって約束してくれますね」

「当たり前だよ。萩下さんを巻き込まないために、電話してもらったんだから」

瞬《まばた》きもせずに見つめていた彼女の目が緩んだ。

五分もしないうちに事務所の真横にタクシーが停車し、大柄な男が出てきた。

「あの男ですよ」

萩下が指差した。ヤクザと一緒に逮捕されたと聞いたので、どんな品のない奴かと思ったが、白シャツにグレーのパンツを穿《は》き、やや猫背《ねこぜ》で歩く普通の男だった。背は高く、体格はそれなりにいい。

ダッシュボードのグローブボックスを開け、手にしたオークリーのサングラスをかける。

「萩下さんは車から出るなよ。駐禁切符を切られたら俺も困るんで」

「やっぱりなにかする気ですね」

「しないって。曲がりなりにも俺は、優勝争いをしているチームの投手コーチだぞ」

車を出ると、左右を見て車が来ていないのを確認してから、駆け足で道路を横断した。

雑居ビルに入った時には、川瀬はスマホを眺めながらエレベーターを待っていた。エレベーターは五階で停まっている。

真後ろについた。川瀬は後ろを振り返ることなく、スマホをズボンのポケットにしまった。

「川瀬さんですね」

「あん？」

川瀬が顔を向けた時には、里志は彼の右手首を摑んで捻《ひね》りあげた。さらに左手が出てこないように左肩を強く握ってホールドし、鉤形《かぎがた》に曲がった奥へと押していく。

「痛《いて》っ、なにするんだ」

手を解こうと体を揺らしながら訊き返してきた。一八〇センチはありそうだが、見た限り体重も筋肉量も里志の方が上だ。腕を背中に反《そ》らして固めたからには、この状態からやられる心配はない。

「あんたが川瀬さんかと訊いてんだよ。答えてくれよ」

奥のドアは半開きになっていた。川瀬を摑んだ手が外れないように気を付けながら、足で蹴り上げて、ドアを開けた。

外はゴミ置き場になっていた。通りからまったく見えないわけではないが、エントランスにいるよりは目立たない。

「そうだよ、川瀬だよ」

ドアが閉まる音が聞こえたところで川瀬が認めた。

「あんた誰だよ」

「二見だ」

「二見ってあの」

そう言って里志の顔を見ようと首を回した。

里志は腕をさらに捻って、体の向きを変えさせなかった。別に顔を見られても構わないが、反撃を食らわないためには完全に背後のポジションを取り続ける。スパーリングで内堀からそう指導を受けた。

「プロ野球のコーチがなんの用だよ」

「あんたの部下の坂崎と、殺された檀野晋との関係を知りたいんだ。あんた、全部知ってんだろ」

「昔からの知り合いだっていうこと以外は知らないよ」

「昔からってどういう意味だよ」

「坂崎が大阪の大貫組にいた頃って意味だよ。あんただってそこまで言えば分かるだろ」

先発漏洩事件に関わっていたと言いたいのだろう。

「分からないな。どうしてそんな二人に今も付き合いがあるんだ」

「知らねえって。昔のネタで脅してたんじゃないのか」

「誰が？」

「だから坂崎がだよ」

押し問答を続けている間も川瀬は体をくねらせて腕を解こうとするが、里志ががっちりと握っているものだから、どうにもできない。

「違うだろ、川瀬さん。坂崎はそんなことをしてない。あんたが脅してたんじゃないのか」

「なんで俺が脅さなきゃいけないんだ」

「あんたが坂崎の名を使って、いろんなところに電話した。この俺まで巻き込もうとした」

「どうしてあんたまで出てくんだ」

「なにも考えずに答えるな。それって知ってますって認めてるようなものだぜ」

里志はさらに力を入れて締め上げた。腕がおかしな方向に曲がっていき、川瀬が悲鳴をあげる。

「伝えるのを忘れてたけど。俺はブラジリアン柔術を学んでんだよ。あんたの肩の関節くらい簡単に外せるぜ」

ブラフも入っている。誰の関節も外したことはない。

それでも、どうすれば関節が外れるか、その構造は教えてもらった。床に仰向《あおむ》けになった状態で、片腕を関節の可動域ギリギリまで攻められた経験もある。一番我慢した時の痛みと比べたら、川瀬が感じている痛みはたいしたものではないだろう。

地面に倒さないと関節技はかけられないが、倒す過程で反撃される危険性はある。傷害の前科を持つならず者相手に、リスクを負うことはない。

「俺じゃない。俺は関係ない」

「いや、あんただ。坂崎が行方不明なのもあんたが絡《から》んでるんだ」

肩越しに川瀬の顔を見る。痛みで顔を歪めていたが、里志と目が合うと川瀬の方が視線を逸らした。

「もしやあんたが檀さんを殺したのか？　大丈夫だ、俺はあんたが殺したとは警察には言わないよ。それより檀さんは誰の、どんな都合の悪い秘密を知ったんだ。それを知られたから、あんたは檀さんを生かしておけなかったんだろ」

今はどんな内容か想像もつかないが、なにかを知った檀野は、そのことを里志に伝えようとした。里志は電話を取らず、その後殺された――。

「俺が殺《や》ったなんて決めつけるな。俺は無関係なんだから」

「あんた、このままだとあと十秒で脱臼《だっきゅう》するぞ。骨が勢いよく皮膚から飛び出るんじゃないか」

「やめろ。やめてくれ」

「正直に教えろ、あと五秒だ」

さらに力を入れていく。川瀬のうなじに汗が浮き、腋汗《わきあせ》が滲《にじ》んでいる。

「あんたの方こそ、知ってんだろ」

「どういうことだ」

「二見コーチに伝えたと言ってたぞ」

訳の分からないことを言われて混乱する。

「言ってたって、誰が言ったんだ。坂崎か、それとも檀さんか」

「二見さん、なにやってるんですか」

聞こえた声に顔を向けると、萩下がビルの脇に立っていた。

「そこにいたらあなたの仕事に支障《ししょう》が出る。その場から離れろ」

声を出したところで川瀬の左肩が動き、摑んでいた左手が離れた。さらに右手から捻っていた腕がすり抜けていく。体を翻《ひるがえ》した川瀬から左パンチが飛んできて顎に当たった。重たいパンチだった。視界に銀紛が飛ぶ。

完全に体の向きを戻した川瀬から今度は右ストレートが飛んできたが、それは腕でガードした。この男、相当喧嘩慣れしている。里志も反撃に出ようとしたが、死角から蹴りが出てきて、ふくらはぎに痛みを感じて膝を折った。

靴底で胸を蹴られ、その勢いでコンクリートに頭を強く打った。

川瀬が乗りかかってくる。

「喧嘩です。誰かぁ、誰か止めてください」

萩下が大声で叫んでいた。

声を出して駆け寄ってくる人の足音とともに、川瀬が逃げていくのを薄らぼんやりと感じた。

不覚にも地面に倒された時に脳震盪《のうしんとう》を起こしたようだ。見当識《けんとうしき》が完全に戻ったのは自宅に戻ってきてからだった。

「萩下さん、俺はどうやって帰ったんだ」

夜の十時に電話をかけてきた萩下に尋ねた。

〈驚いた。覚えてないんですか〉

「救急車が来たのはなんとなく記憶にあるんだけど」

〈救急隊員に事情を訊かれた二見さんは、通りの前で知らない人間にぶつかって、因縁《いんねん》をつけら

れたと話していました。そして平気だと言って、一人で車を運転して帰っていきました。運転、大丈夫でしたか〉

「こうして家にいるんだから大丈夫だったんだろうな」

〈よく事故らずに済みましたよ。だいたい私を放っておいて〉

「それは済まないことをした。俺の説明で救急隊員は納得してくれたのか」

〈大学生の三人組が、今帰った人が一方的に殴《なぐ》られていたと証言していましたから〉

嫌な予感がした。人が助けにきてくれた感覚はあったが、あれは大学生だったのか。しかも三人も。

「大学生たちは俺がセイバーズのコーチだと気づいていたのかな」

〈どうですかね。二見さんだとはひとことも言ってませんでした。サングラスをかけていたから分からなかったんじゃないでしょうか〉

思わず長い息を吐く。野球に詳しい人でなくて良かった。

〈それより今からでも病院に行った方がいいと思いますよ。記憶が欠落しているということは、脳に衝撃を受けているでしょうし〉

「大丈夫だよ、こういうのは慣れてるから。野球でもピッチャー返しが頭に当たったり、デッドボールを受けたこともあるし」

頭に打球を受けた経験は一度もない。今も頭はずきずき痛むし、殴られた顎も腫《は》れているため、痣《あざ》にならないよう氷で冷やしている。

「それより萩下さんはどうして車から出たんだ。あれほど車から出るなと言ったのに」

〈そりゃ心配になるじゃないですか。エントランスにいなかったから事務所に行ったのかと思ったら、ビルの外に人影が見えたんです。近づいたら二人が揉み合いになっているし〉

「揉み合いじゃない。俺が一方的にヤツの体を押さえていた」

〈余計に問題です〉

「萩下さんが声を出さなければ、俺が殴られることはなかったんだぞ」

〈それでしたら二見さんが傷害で訴えられなかったことを、私に感謝してください〉

「俺は殴りはしなかったよ」

〈同じことです。私に電話をかけさせたのも、最初から外で待ち伏せする作戦だったんですね〉

その通りだ。もし事務所にいたら別の方法で外に呼び出していた。

「それより川瀬はおかしなことを言ってたぞ。なんだっけ」

ばらばらに分断された記憶の断片が脳内で繋ぎ合わさった。

「あっ、そうだ。俺に対し、あんたの方こそ、知ってんだろ、二見コーチに伝えたと言ってたぞ、って。萩下さん、その意味、分かるか」

彼女は〈いいえ〉と答えた。

それまで淀《よど》みなく会話が続いていたのに、その返事がくるまでは少しの時間を要した。

里志は十一時にはベッドに入った。

疲れているのに眠れない。やはりダメージを受けているようで、後頭部が痛くて仰向けで寝られない。慣れない横向きで寝たせいか、何度か寝返りを打った。

萩下が声を出さなかったら、一発もパンチを食らうことはなく、川瀬が口走った言葉の意味も問い詰められた。

しかし、萩下を責めるわけにはいかない。萩下が助けを呼ばなければ病院送りになるほどやられていた。

そもそも自分はなぜ、暴力事件に発展するような危険な行動に出たのか。

朝起きた時はそこまでする気はなかった。ところがカルダモンの殻を剝《む》いているうちに、檀野のことを思い出し、事件の真相を知りたいという衝動に駆られた。

なにせ坂崎の名前で檀野の会社に電話をした男は、球団にまで連絡を寄越《よこ》したのだ。その電話の主が探偵事務所の所長ではないかという勘《かん》は、十中八九当たっていた。

檀野を殺したのも今のところ川瀬である疑いが高い。いったいなにが理由で、そこまでの残《ざん》虐《ぎゃく》な事件に発展したのか、それがさっぱり分からない。明日からのゲームに集中するために取った行動だったが、余計にもやもやした。

考え込んでいるうちにまどろみに落ちたが、眠りは浅く、途中、何度か目を覚ました。

それでも四時に時計を確認して以降は記憶がなく、夢を見ることもなくいつもと同じ午前七時三十分にアラームの音で目覚めた。

寝汗をかいていたので、シャワーを浴びる。顔をボディーソープで擦った時に、痛みが沁《し》み、改めて昨日の迂闊《うかつ》な行動を反省した。自分が川瀬の手を固めているところに、警察官が通りかかっていたら、人生を棒に振るところだった。

萩下にも迷惑をかけた。彼女には探偵事務所の名前を聞いただけでなく、電話までかけさせた。立派な共犯だ。事務所の名前だけ聞き、撒《ま》いてでも一人で行くべきだった。

バスタオルを頭にかぶせて全身を拭いていき、鏡を見た。

ボクシングで言うチン、「下顎」が赤黒くなっていた。

球場に行く途中でコンビニに寄り、ファンデーションを買って塗った方がいいかもしれない。

24

トレーニングルームで内堀トレーナーにストレッチを手伝ってもらっていると、マネージャーが入ってきた。

「二見コーチ、監督が呼んでいるので監督室まで来ていただけますか」

「もう監督が来てるのか?」

辻原が来るのはいつもなら一時頃だ。まだ十時三十五分、ヤングブラッズ、そして彼らに刺激を受けた野手が筋トレで汗を流している。

「どうしたんですかね、監督がこんな時間に二見コーチを呼ぶなんて」

「なんとなく嫌な予感がするけどな。一昨日の試合のことだよ」

「四点差あるのに大浦さんと新田くんを使ったことですね」

内堀は言い当てた。あの時間、内堀はベンチ裏で死球を受けた選手の手当てをしていたが、彼もアナウンスを聞いて驚いたのだろう。

「僕はコーチらしいと思いましたけどね。過去にも、前の日に滅多打ちにされた篠原くんを同じピンチの場面で投げさせたことがありましたよね。相手は四番バッターだったような」

「内堀くんは記憶力がいいな」

あの時は前の夜に打たれた打者に回ってきた中盤のピンチで、篠原を出した。マウンドに小走りで来た時は、顔は蒼《あお》ざめていた。とても地に足がついていなかった篠原のグラブに、里志はボールを入れて呟いた。

――野球の神様は気まぐれだけど、努力している選手は見捨てないんだよ。昨日の試合後、見たくもない打たれたビデオを観てなにが悪かったのかを確認している篠原に、俺は感心した。大丈夫だ。今日は神様が味方をしてくれるから、思い切り腕を振っていこう。

アドバイスに魔法の言葉などない。だが自分は信頼されているという安心感を得られると、モチベーションは上がり、恐怖心は消える。

当時は辻原との関係も今ほどではなく、ゲーム前には「篠原を立て直して、投手陣の層を厚くしないことには、シーズン終盤を戦っていけません」と説明し、了解を得た。

ただし登板は予定通りと平気な顔をしていた里志も、ダッグアウトの定位置に立ってからは心臓の動きが早くなり、手帳を持つ手も汗だくになった。いくら信頼が大事といっても、同じ相手に二度やられては、選手を見る目がないとコーチの能力を疑われる。

篠原も必死だった。フルカウントから際どい球を二球ファウルで粘られた時は、歩かせても仕方ないと思ったが、最後は勢いのあるストレートで、ボール球を振らせた。いつもはピンチを切り抜けても平然としている里志が、真っ先に「やった！」と声を上げた。

「一昨日は感心しましたよ。二人の自信を取り戻させようとしているコーチの意図は分かりましたけど、優勝がかかった時期ですから、よほど腹が据わってないとできませんよ」

内堀は汗をかいた里志にタオルを渡してくれた。

「一昨日抑えたからって、その前に打たれたことをなかったことにはできないんだけどな」

顔を拭いてからタオルを返す。

「それでも悪い記憶というのは心の奥に潜んでいて、予期せぬ場面で急にフラッシュバックします。嫌な思いを上書きすることは、野球に限らず人が前向きにさせるのに大切です」

「その通りだな」

体のできていない高卒選手を除けば、一年目から大活躍する選手もたくさんいる。

しかしその先も継続して活躍し、プロの世界に長く残れるかどうか、その分かれ目となるのは負傷した後だ。打者で言う負傷とは頭付近へのデッドボールなど文字通りのケガで、それが内角球への恐怖となって、その後のバッティングに影響する。一方ピッチャーのそれは、多くの場合、大事な場面で打たれたという心の傷だ。これはいつまで経ってもなかなか消えない。

心の傷の手当てがうまくいったこともあり、あれ以降、篠原が大きく崩れたことはない。ハドソン、大浦、隆之介とともに今や勝ちパターンで投げさせられる一員になりつつある。

「みんなが内堀くんくらい俺を理解してくれてると嬉しいけど。残念ながらそうではなさそうだ」

「一昨日の監督は仏頂面《ぶっちょうづら》でしたからね。記者会見も短く切り上げたみたいですし」

「今後勝手なことは二度とするなと釘を刺されるんだろうな」

「注意されても、コーチはまたやるんでしょうけど」

「俺は投手コーチだからな」

「理由になってませんよ」

「ハハ、そうだな」

本音を言うなら、すべてチームが勝つためにやっている。ピッチャー陣のためだけではない。

「じゃあ叱られに行ってくるよ」

うんざりした思いで監督室への長い廊下を歩く。話が通じない、独裁者のような監督だから、説明しても無駄だ。次からは事前に必ず監督に相談して、許可をもらいます。急には言い出しません。そう誓ってとにかく頭を下げようと決め、監督室のドアをノックした。

「二見です。失礼します」

ドアを開けると、椅子に座って腕組みした辻原は、頭から湯気を立てているようだった。

監督室には他にもう一人いた。腰巾着の石川ヘッドや堀米打撃コーチではなく、球団代表の白木だった。

「二見コーチ、今日から配置転換してもらう。斉田コーチと交代だ」

開口一番、辻原から予期せぬことを告げられる。

「ブルペンに回れってことですか」

信じられなかった。ブルペンコーチの斉田は里志より八つ年下で、二年前まで現役選手だった。去年はバッティング投手をやり、コーチは今年が一年目だ。

「降格ってことですか」

それを言ってしまえば自分の地位が斉田より上だと見ていたことになるが、どのチームでもベンチで投手交代を決めるコーチがチーフ役だ。次のピッチャーを準備させ、モチベーションを上げるブルペンコーチも重要な役割だが、投手陣に疲れが出ないように起用を控えたり、球数制限をしたりといった判断はブルペンコーチにはできない。

「監督は一昨日の試合の投手起用が気に入らないのですか」

尋ねたが、辻原は交代だと告げた以降は口を結び、なにも答えなかった。

「どうして、なにも言ってくれないんですか。理由を説明してくださいよ」

この場で辞めると言ってやろうか、それくらい頭に血が昇った。

「違いますよ、二見コーチ」

穏やかな声に里志は自分を取り戻す。部屋に白木がいたことすら頭から消えていた。

「なにが違うのでしょうか」

里志の理解者である白木がいながら、なぜこんな強引な人事がまかり通るのか。脳内が激しく掻き乱される。

「辻原監督が決めたわけではないということです」

「代表が決めたのですか」

「それに一昨日の投手起用が理由ではありません。昨日のことです」

「昨日って、まさか、それって」

「暴力事件だよ。俺も聞いて耳を疑った」

辻原が軽蔑した目で言った。

「どうしてそれを」

そうとしか言えなかった。救急隊員や通報した大学生にもバレていないと萩下は話していた。

「球団に連絡があったんです」と白木。

「連絡って誰が」

「名乗っていないので分かりません。ただ昨日、新大久保でセイバーズの二見コーチと男が喧嘩をしていた。最初に手を出したのは二見コーチで、途中から相手の反撃に遭って、救急車まで来たと。念のために警察と消防署に電話をしました。警察はそのような通報は受けていないと言いましたが、消防署からはその時間に新大久保駅前の雑居ビル付近から通行人による１１９番通報があったと教えてもらいました。救急車が駆け付けた時に倒れていた男は名乗らなかったが、背が高く、よく鍛えている中年男性だったと」

見られたのは川瀬に攻守逆転されてからだと思っていたが、そうではなかったのか？　それとも川瀬本人が球団に連絡したのか？　だとしたらヤツは逃げずにその場に残って、自分は被害者だと説明したはずだ。

誰が連絡しようが、白木が救急車が来たことまで知っているなら、言い訳はできない。

「騒動を起こしてしまったのは事実です。申し訳ございません」

姿勢を正して頭を下げた。

「喧嘩の理由はなんですか。本当に二見コーチが先に手を出したのですか？　いちゃもんでもつけられたとか？　だとしても手を出していいものではありませんが、理由を話してください」

「チームの一員としてあるまじき行為をしたのは事実です。それがすべてであって、理由は言えません」

「おまえ、代表にも話せないのか」

辻原が激昂《げっこう》したが、白木が手で制した。

「でしたら私もこれ以上は訊きません。どのような事情があろうが、手を出したのであれば問題行為であることは変わりませんので。私はこれまでも二見コーチの指導者としての資質を高く評価してきました。その思いは今も持っていますが、辻原監督と相談したところ、こんなことをしたコーチを、ベンチに入れるわけにはいかないという結論に至りました」

一瀉千里《いっしゃせんり》に言われ、里志はなにも言い返せなかった。白木が味方だとかは、このケースでは関係ない。クビにならなかっただけでも感謝しないといけないのだろう。表沙汰《おもてざた》になれば真っ先に責任を取らされるのは球団代表なのだ。

「ところで二見コーチって柔術を習っているんですってね」

「そんなことまで知ってるんですか」

もはや密告したのは川瀬しか考えられなかった。

「内堀トレーナーが格闘家ですよね。内堀さんから指導を受けているんですか」

「いいえ、独学です。動画で、見様見真似で覚えただけです」

内堀に迷惑がかかったら大変だと、嘘をつく。

「そういうことをやってるから、品がなくなって、下劣《げれつ》なことがしたくなるんだよ」

辻原が忌《い》まわしさを露わに吐き捨てる。

「格闘技に興味があるなら、余計に手を出してはいけませんね」

白木からも注意された。

「申し訳ございません」

もう一度謝罪をするが、恥ずかしくて声にならない。

「本当は謹慎《きんしん》処分にすべきことですが、幸いにもマスコミには知られていないようですし、今処分すると、余計な勘繰りを受けます。そこで監督と相談し、監督の温情もあって担当を替えるだけで済ませることにしました」

実際に辻原は顔も見たくないからクビにしてくれと言ったのではないか。それを白木が説得してくれたのだろう。

「ですが、この後、マスコミが知って騒ぎになった場合は、覚悟しておいてください」

「分かっています。自分でも軽率《けいそつ》な行動だったと深く反省しています」

今度ははっきりと声に出して詫《わ》びた。

「あえて理由を聞かないのは、私たちが二見コーチを信頼している、その証だと理解してください。今は野球以外のことに関心を持たないように。立場を自覚して、野球に集中してください」

「はい。監督にもご心配をおかけしてすみませんでした」

辻原にも向き直って謝罪した。表沙汰になれば、責められるのは辻原も同じだ。

チームが大事な時に俺はなにをやっているんだ。改めて自分の行動を恥じた。

25

里志はジムには戻らずコーチ室にこもった。

稲本がデータを用意してくれていたが、数字を追いかけたところでなかなか頭に入らなかった。

午後一時半から臨時のコーチミーティングが開かれ、今日から投手コーチが入れ替わることが辻原より発表になった。

こんな土壇場《どたんば》での交代など普通はありえないのに、事前に辻原から聞いていたからか驚くコーチはいなかった。ただ一人、斉田だけは怯えたように目が虚《うつ》ろだった。

突如としてベンチ入りを言い渡され、この優勝のかかったタイミングで起用ミスをしないか心が引けてしまっているのだろう。彼はミーティング終了後も椅子から立とうとしなかった。

「斉田コーチ、頼んだよ」

里志は斉田の背後に回って両肩に手を置き、軽くマッサージした。

他球団を自由契約になった斉田は、高校の先輩である辻原に拾ってもらい、現役最後の一年をセイバーズで過ごした。引退後は打撃投手を経《へ》て、一軍のブルペンコーチに就任した。まだ三十七歳だから、相当な期待をかけられての抜擢だ。

辻原に恩を感じているが、他のコーチのように辻原と一緒になって里志の陰口を言うことはない。

分からないことがあると里志に質問してくれる勉強熱心な男だ。アナリストルームにもしょっちゅうやって来て、試合中に覚えた疑問がデータ上でどう表れているのか、稲本に尋ねている。

「今までブルペンでやってきたことをベンチでやればいいだけだよ。コーチが選手にしてやれることは一つ、信頼して送り出すことだけだ。それはブルペンからベンチに持ち場が変わっても変わらないから」

「責任の重さが違いますよ。どのタイミングがベストなのか。僕には経験がありませんし、継投に失敗したら代わったリリーフだけでなく、代えられたピッチャーも傷つくでしょうし」

コーチに大事なのは自分の采配《さいはい》に酔うことではない。選手との信頼関係を一年間維持できるか、そのことまで斉田はよく理解していた。

調子が悪いと交代させ、戦力にならないと判断すると心を鬼にして二軍に落とさなくてはならない。落とされた選手や、自分が思った場面で使われない選手は、コーチに不満を抱《いだ》く。そうした負の感情を、組織内で最小限に留めてフルシーズンを戦う。よいコーチというのは悪玉菌と善玉菌ではないが、そうした不満分子をもチームに溶け込ませ、相乗効果を生ませる。けっして選手を腐ったミカンにはしない。

里志にしても東北イグレッツでの一年目はうまく機能させることができず、選手のハートを摑めなかった。今だってまだ完璧には程遠い。今、そんな難しいことを斉田に言えば余計に自信を失うと、考えを巡らせた。

「現役の頃からいつも思ってることがあるんだよ。長いシーズンを戦うのに最高の起用法なんていらない。いつも普通であることの方が大事なんだよ」

「平常心で、よりベターの選択をするってことですか」

「どっちがベターかなんて、結果が出てみないことには分からないよ」

実際は投手交代までの短い時間で、自分の目とデータとを照らし合わせ、続投か交代かを決断する。正解もあれば失敗もある。だが失敗を恐れたら、実績のある選手に無理をさせてまで使い続けることになる。

「普通にしていれば、野球というのは巧打者相手でも三割しか打たれないんだよ。それなのに野手出身の監督やコーチは、ピッチャーを細かく繋ぎ、おかしな守備シフトを敷いて、せっかく七割もあるアウトの確率を悪くするだろ。確率の裏付けがあるのだから、投手コーチは、自分が送り出した選手を信用することが一番の仕事なんだ。そしてピッチャーには、いつものピッチングを頼む、七割抑えてくれれば充分だと伝えておく」

実際には、三割打たれるということは十一〜十二安打されるわけだから、大量失点になる。

しかし相手打線に三割打者など数人しかいない。近年は投高打低が顕著《けんちょ》で、今年は十二球団中八球団が、チーム打率二割四分未満だ。

つごう六年間投手コーチをやっている里志でさえもナーバスになっているのに、普通にやれと言われたくらいでは激励《げきれい》にはならないと思ったが、暗鬱《あんうつ》としていた斉田の表情が晴れてきた。

「ありがとうございます。今のお話で少しプレッシャーから解放されました」

数字を出した効果はあったようだ。やはり野球というのは数学のスポーツだ。

26

練習開始後、いつもはヤングブラッズだけを集めるのだが、この日は十三人の投手全員を集合させた。

コーチの配置換えは斉田が伝えた。

「今日から俺がベンチで、二見コーチにはブルペンに入ってもらうことになった。目的はブルペンの強化だ」

斉田は動揺を与えないためにそう言ったが、選手に納得している様子はなかった。

隆之介や大浦らリリーフ陣は眉を曇《くも》らせた。ただ彼らは今後、ブルペンで里志と長く一緒にいるのだ。彼らより心許《こころもと》ない表情を見せたのは、福井をはじめとした中堅からキャリアの浅い先発陣だった。

里志はエースの山路の顔を見た。彼だけは素知らぬ顔をしていた。信頼関係が壊れたコーチがベンチから外れて清々しているようだ。

残りゲームで確実に勝ってもらうことはもちろん、クライマックスシリーズや日本シリーズでも、第一戦など落とせない大事なゲームは山路が先発する。ここでチーフ投手コーチが代わるのは、チームにとっては良かったかもしれない。

「ヤングブラッズは斉田コーチのもとに集まってくれ」

里志が言うと、すぐさま隆之介の声が返ってきた。

「それも斉田コーチがやるのですか」

「そうだよ。斉田コーチは俺より厳しいからな。隆之介みたいにいまだに日記を提出していないと許してもらえないぞ」

「あっ、すみません、すっかり忘れていました」

頭を掻く隆之介に、横にいた選手が「確信犯だろ」と指摘する。笑いが起きて、選手たちの動揺が少しは収まった。

配置換えを伝えられた斉田は、練習開始までに、いつも里志がやっている訓示を考えていたようだ。

「ブルペンでの調子が悪くて、実際に打者に対しても自分のピッチングができなかったとしても、カリカリするなよ。みんなが対戦するのはバッターであって、自分は戦う相手ではないんだからな。自分を早く味方にできたピッチャーが、苦しい場面では勝利することができるんだ」

最初にしてはいいことを言うなと感心した。

ここまで来たら理想はいらない。それぞれが最少失点に抑えて、次の投手に繋いでいくだけ。大丈夫だ、斉田なら務まる。近くにいたら彼もやりにくいだろうと、トレーニングコーチの元で練習を開始するチームメジャーの方へと歩いた。

「こんな時期にコーチをベンチから外すなんて、うちの監督は優勝する気あるんですか。俺が抗議してきますよ」

いつしか横に立っていた大浦が立腹していた。

「俺が監督のプライドを挫《くじ》くことばかり言ったせいだよ。俺の責任だ」

「コーチは悪くないでしょう。一昨日だって、俺や隆之介に自信を取り戻させてくれたのに」

「ブルペン担当だって大事な役目だよ。俺はフレッシュな気持ちでやるよ」

暴力沙汰が原因とは言えず、そう話しておく。

「まったく、この先が思いやられますわ」

大浦は苦り切った顔でランニングを始めた。

隆之介は、最初は目を吊り上げて怒っていたが、今は斉田と冗談を言い合ってうまくコミュニケーションを取っている。このあたりは怖いもの知らずの若さだろう。大浦のようにネガティブに捉えるよりは、前向きに考えてくれた方がいい。

優勝の二文字を感じてマウンドに上がるリリーフ陣が、そのプレッシャーに潰されかかった時、彼らの自信をメンテナンスするのが今後の里志の役目になる。

コーチは単なるアドバイザー、それも技術よりメンタル面の。コーチング哲学は、ベンチ担当でもブルペン担当でも変わらない。

時間を確認しようとバックスクリーン方向に目を向ける。まだファンが入場していない外野席の最前列に萩下美雪が立っていた。

里志はなにげなく近づいていき、大きく背伸びをしてからフェンスに背を向けた。

「なんだかあなたが来ると俺は毎回見張られているような気になるよ」

練習風景を見ながら声を出す。

「顔が腫れてないか心配でしたけど、大丈夫そうですね」

背後から普段より優しさを帯びた声がした。

「冷やしたから痣にはならなかったよ。頭の方も問題ない。あなたみたいに繊細でない分、頑《がん》丈《じょう》さだけが取《と》り柄《え》だ」

本当は顎を触るとズキリと痛みが走る。後頭部にも瘤《こぶ》ができている。

「二見コーチは大変だったんじゃないですか。配置換えになったとか」

「広報から発表になったか？」

「白木代表からです」

発表せぬまま、試合中にベンチにいる投手コーチが代わっていれば大騒ぎになるため、いち早く明かしたようだ。番記者は練習から見ているのだから、それで良かった。

「代表は理由をなんて言っていた」

「ブルペンを強化するということでした」

「その通りだよ」

「記者は誰も信用していませんけどね」

「彼らはどう思ってるんだ？」

「コーチと辻原監督は以前から仲が悪かった。だから監督の堪忍袋の緒がついに切れたのだろうと話していました」

「それも正解だよ」

「全員が鵜呑《うの》みにしているわけではないと思いますけど」

「誰が鵜呑みにしてないんだよ」

東西スポーツの秋山は、昵懇《じっこん》の辻原から真相を聞いているかもしれない。

「私なら疑ってかかると思っただけです。チームの大切な時期に、いくら監督と投手コーチがいがみ合っていたからって、そのコーチを外したら、優勝できなかった時に監督の責任になります」

「あなたスポーツに興味はないみたいだけど、組織の仕組みがよく分かっている。俺が見込んだ通り頭脳明晰《めいせき》なんだな」

「まぜっかえさないでください。川瀬とのことが原因ではないんですか」

「その通りだよ」

「やっぱり。どうしてバレたんですか」

「何者かが球団に連絡したらしい。俺が川瀬に伝えた話の内容まで代表は知っていたから、チクったのは川瀬しか考えられないんだけど」

「川瀬が、ですか」

「なんにせよ俺がしたことは最低だった。本来ならクビになっても仕方がなかったが、白木代表のフォローで首の皮一枚、残れたみたいだ」

背後からの声が途切れた。

一度だけ振り返った。フェンスの際《きわ》で彼女の顔がはっきり見えたわけではないが、心配してくれているのか憂《うれ》えているように見えた。

その時、一塁側のダッグアウトにいる番記者の集団の中で、秋山がこちらを向いていることに気づいた。

「萩下さん、あなた屈んでくれないか。ベンチの記者から見られている」

「は、はい」

声が遠くなったから、萩下が隠れたのだろう。

「俺は要らんことをした報《むく》いで大事な仕事から外された。自業自得《じごうじとく》だ。萩下さんにしたって、俺の誘いに乗せられて、危うく会社に叱られるところだったよな。本当に申し訳ない」

再び秋山と目が合った。完全に気づかれたようで、ベンチの前まで出て、こちらを指差しながら他の記者に耳打ちしている。

「これ以上はまずい。じゃあ、あとでな」

里志は右翼ポールから左翼ポールまでランニングしていた投手たちに交じって、萩下のそばから離れた。

27

ベンチコーチもブルペンコーチもピッチャーを守るという意味では同じだと思っていたが、やはり違っていた。

憂慮していたことがその夜のゲームでいきなり起きた。

先発した山路は立ち上がりに二点本塁打を浴びたが、その後は立ち直り、二回以降は一安打、四球が一つと危なげない投球だった。

五回裏の攻撃でセイバーズ打線が一点を返し、なお二死満塁で打順は九番の山路に回ってきた。

ワンヒットで逆転できるチャンスだが、山路はここまで六十二球しか投げていない。

それでも辻原のことなら代打もありうると、山路まで打順が回る可能性があると分かった段階で、里志はヤングブラッズの一人、右の正津に準備をさせた。

モニター画面にヘルメットをかぶり、手袋を嵌めて打席に立つ気満々だった山路が映った。

予想していた通り、辻原は代打を送った。

代打を告げられると山路は額《ひたい》に縦皺《たてじわ》を入れてベンチ奥へと引き揚《あ》げる。強張った顔にコーチも選手も声がかけられない。

代打に出た左バッターは初球を打ち上げ、セイバーズは同点に追いつくことができなかった。

エースが降りたことで、そこから先、停滞していた相手打線が息を吹き返した。

六回表に登板した正津が二点を失った。その裏にセイバーズ打線も二点を返し、三対四としたものの、七回、本来なら勝ちパターンで登板するハドソンも乱調で、連続四球で無死一、二塁のピンチになる。

ブルペンの電話が鳴った。

〈二見コーチ、次のピッチャーを準備させてくれますか〉

斉田がやや早口になっている。

「すでに篠原を準備させているから大丈夫だよ」

篠原はサウスポーだが左打者へのワンポイントだけでなく、右打者にも通じるシンカーを持っている。

また電話が鳴った。

〈大浦も準備させろと監督が言っています〉

「大浦って、まだ七回だろ？　しかも負けてる展開だし」

それでもここで断れば監督に文句を言われるのは斉田だ。里志は了解し、「少し早いけど、用意してくれるか」と大浦に頼んだ。

ハドソンは一死を取ったが、次の打者にはまたストライクが入らず、四球で満塁になった。優勝がかかってくると緊張するのは外国人投手でも同じだ。

また呼び出し音がブルペンに響く。やれやれと呆れながら里志は受話器を取る。

「大浦は投げ始めたばかりだからまだ無理だよ。出すなら篠原にしてくれ」

先回りして答えた。だが斉田が言ったことに耳を疑った。

〈監督がこれ以上失点したくないから、篠原と大浦と両方を投げさせて、調子のいい方を次に出すように言ってます〉

「調子がいいって、ブルペンで全力で投げさせろということか。そんなことしたらマウンドに行く前にへばってしまうぞ」

〈全力とまでは言っていません〉

「同じ意味だよ。肩慣らしで調子がいいかなんて計れない」

そう言って電話を切った。だが里志が啖呵《たんか》を切れば、間に入る斉田が困るだけだ。

これまで一年間ブルペンを担当してきた斉田も、ブルペンでの調子を計って次の投手を決めることがどれだけ理に適《かな》っていないか理解している。

肩が重いとか、今一つ体調が悪いとかは感じることはできる。だがその程度の違和感は、たとえば朝調子が悪かったのが学校に行った途端に元気になるのと同じで、マウンドでいくらでも変わる。ただし斉田の立場では監督に意見できない。

考えを改めて受話器を握った。

「斉田コーチ。二人を投げさせた結果、篠原の方が現時点では圧倒的に調子がいい、二見がそう言っていたと伝えておいてくれ」

〈ありがとうございます。承知しました〉

声に監督の機嫌を損ねなくて済むという安堵《あんど》が込められていた。

ハドソンはいい当たりをされたが遊撃正面のライナーで、スタンドの悲鳴がため息に変わった。

二死満塁で、篠原に交代する。篠原は左打者にスライダーをひっかけさせてセカンドゴロに打ち取り、それ以上の失点を許さなかった。

一点リードされた展開だったが、ブルペンに電話がかかってきたので言われた通り、大浦、隆之介と勝ちパターンの投手を出した。

だが打線の反撃はなく三対四で敗れた。

この日はレッズに試合がなく、ゲーム差は半ゲーム縮まった。セイバーズは残り四試合、そのうち三試合がレッズとの直接対決という厳しい日程となった。

なにも焦ることはないのだが、この日のような投手起用をされたら、ピッチャーはどこで自分が呼ばれるのか分からなくなり、集中できないだろう。

この一年間、せっかく意思疎通《そつう》ができていたのに、彼らはこの大事な時期に来て監督、コーチを信用しなくなる。投手コーチが代わった一試合目からこんなバタバタした起用となれば、先行きが案じられる。

帰り支度をして通路に出ると、カメラマンが待ち受けていた。耳に刺さるようなシャッター音が刻まれ、焚《た》かれたフラッシュに瞼《まぶた》が痛い。

それでも表情に出さないようにしていると、入れ替わるように記者たちが前に出てきて「二見コーチ、待ってくださいよ」と秋山に止められた。

「俺がブルペンコーチになったことについては代表から説明があったはずだ」

練習終了後にも記者が寄ってきたが、その時も「自分は監督の指示に従うだけ、大切な残り試合、マウンドを降りるピッチャーが安心してあとを任せられるようにブルペンを整備したい、それ以外の詳しいことは監督に訊いてくれ」と一方的に断ち切った。

あれやこれや配置転換の理由をまだ訊いてくるのかと思ったが、彼らの質問はそのことではなかった。

「今日のゲームの総括を話してくださいよ」

秋山が言った。

「斉田コーチに訊いてくれ。斉田コーチがベンチコーチなんだから」

「それはおかしいですね」秋山が首を傾げる。

「なにがだよ」

「我々は、二見コーチが個々の取材には応じない代わりに毎日囲み取材を受けると言うから、了解したんですよ。ベンチにいようがブルペンにいようが、毎日一回の取材を受けるのは約束ではないですか」

「ベンチ担当じゃないんだから話すことはないだろ」

「いくらでもあるでしょう。ブルペン担当だろうが投手コーチである事実に変わりはないわけだし、今日は出てきたピッチャーの何人かは調子がよくありませんでした」

確かに正津もハドソンも精彩を欠いたが、だからといって、この日のブルペンの混乱を説明するわけにはいかない。

「投げたピッチャーはみんなしっかり準備していた。残念ながら試合には負けたが、トータルでは四失点に抑えたのだから、投げた全員を称《たた》えてあげてほしい」

「こんな時期にブルペンコーチになったのは、監督とのコミュニケーション不足が理由ではないですか」

また質問が配置転換に戻った。夕刊紙の彼も辻原におもねる記者だ。

「監督がそう言ってるのか」

「それは……」口籠もった。

「確かに監督とのコミュニケーションが俺には欠けていたのかもしれない。だけども代表が言ったように、ブルペン担当も大事な役目だ。選手のコンディション作りをサポートして、チームの勝利に貢献したい、以上」

「以上って、そんな」

スポーツジャパンの女性記者が口を歪める。

「それだったら私たちだって約束を守れませんよ」

さきほどの夕刊紙の記者が続く。

「守れないって、どういうことだよ」

「個別取材もするってことです。駐車場で待ち伏せもしますし、二見コーチの自宅にも行きます」

完全な脅しだ。記者が家に来られるのは近所迷惑もあって避けたいが、そう言われて質疑応答を続けるのは、彼らに屈するようで気分が悪い。

「好きにしてくれ。どこに現れようが、俺は球場以外では答えないから」

振り向きもせずに歩を進める。

「我々番記者は無視して、全国紙の女性記者には一対一の取材に応じるっておかしくないですか」

秋山の声だった。やはり練習中に、萩下と話していたのを目撃されていた。

「彼女はいいですね、試合後の囲み取材にも来なくていいわけだから。全国紙だからですか、それとも若い女性記者だからですか。まさかルールに煩い二見コーチがそんな理由で一人だけ特別扱いしないですよね」

秋山は猥雑《わいざつ》な目で周りを見渡した。その中に萩下の姿はなかった。

「特別扱いなんかしていない」

里志は振り向いて秋山を見返した。秋山は細い目でニタついていた。

「では我々の質問にも答えてもらいますね」

「分かった。だけど簡潔にしてくれ。ゲームのことは、初めてのブルペンで頭の中がまだ整理されていないから」

「ゲーム以外の話を聞かせてください。檀野晋さんが殺された件です」

番記者から初めて質問された。

「亡くなったと聞いた時はびっくりした。チームメイトだったわけだから。だけど今はなにがどうなっているのか分からず混乱している。報道で知って驚いたということ以外は答えようがない」

いつ訊かれてもいいように準備していたので、動じることなく答えた。

「檀野さんが永久追放されたことに、二見コーチが関わっているという話もありますが」

「何のことを言ってるのか分からないな。もし秋山さんが週刊誌に書いてあった憶測記事に基《もと》づいて今の質問をしたなら、あなたを有能な記者だと認めていたのを変えなくてはいけない」

嫌味で返すと、秋山の眉に力が入り、中央に寄った。

「憶測ではないですよ。ちゃんと取材をしました」

「だったら誰に聞いたんだ。それを言ったら話すよ」

「それは……」自信満々に話していた秋山が言い淀む。代わりに彼と仲のいい女性記者が「取材源については我々は言えません」と援護射撃してくる。

「取材源は言えなくてもいいから、せめて証拠を示してくれ。いずれにせよ昔のことだし、檀野氏がコミッショナーから処分を受けたことに対する失望より、今は先輩選手の一人として世話になった恩の方が強い。俺は檀野氏の死を悼《いた》む気持ちでいっぱいだ」

使えるコメントが出てきたと思ったのか、彼らの質問は一時止んだ。それでも若い記者が「二見コーチは事件の早期解決を望むということですね」と頓珍漢《とんちんかん》なことを訊いてくる。

「当然だよ。そう思わない人間などいるのかと、あなたに訊きたいよ」

ムキになって言い返すと若い記者は黙った。

28

自宅でシャワーを浴びて、昨日、調理の途中でやめたキーマカレーを作った。

すでに一番手間のかかるタマネギの炒めは終えていたので、たいして時間をかけずにできあがった。食べ終えるのもあっという間だ。献立を急遽変更して、二日連続して肉を食べたので、今週一週間はタンパク質はお預けだ。

この日は午後三時試合開始だったため、食事を終えてもまだ十時前だった。三回コールして出なかったら切ろうと思ってスマホを握る。三度目のコールで沙紀が出た。

「あっ、起きてたか」

〈起きてるに決まってるじゃない。まだ十時前なのに〉

「そうだよな。仕事をしてたのか」

彼女はインテリア店の帳簿や買い付け品のリストなどをしょっちゅう持ち帰る。確定申告の頃は徹夜もする。

〈柑奈がさっき帰ってきたから、ご飯作ってたのよ。今、食べ終えて自分の部屋に戻ったところ〉

次女ももう大学生だし、こんな時間に帰ってきて、作ってあげることはないだろう。そう思いながら家庭を放りっぱなしの自分が言えた義理ではないなと聞き流す。

娘たちが何ごともなく大学生まで育ったのはすべて沙紀のおかげだ。どれくらいの成績で、今通っている大学にどれくらい満足しているのかも里志は知らない。子供の成長をコーチングするのが親の役目だとしたら、自分は間違いなく子育てコーチ失格だ。

〈どうしたのよ、里志くん、急に電話をして。もしかしてまたクビになるの〉

「どうしてそのことを知ってるんだ」

マスコミから配置換えの発表はあったが、沙紀は野球中継を観ないし、ネットニュースもスポーツには無関心だ。

〈やっぱり、当たりなんだ〉

フフッと笑い声が聞こえた。

「当たったのが嬉しいのかもしれないけど、決まったわけではない。どうしてクビになると思ったんだよ。もうすぐチームは優勝するんだぞ」

〈前の仙台の時もそうだったじゃない。優勝した年にクビになったし〉

そうだった。東北イグレッツが日本シリーズで優勝した翌日に監督から電話があって、「来年は三軍コーチになってくれ」と言われた。自分を必要とされていないと感じた里志は、「断ったらどうなりますか」と訊き返した。監督からは「それなら球団は契約しないんじゃないか」と言われた。ＧＭだった白木に電話を入れた。白木は「監督がどうしても二見コーチとはやりたくないと言うんです。あなたが三軍コーチで納得できないのであれば、退団されても仕方がない。二見コーチなら引く手あまただろうし」と済まなそうだった。里志から退団を申し入れた形になったが、クビだと思っている。

その時も沙紀は「しょうがないね」とさしてショックを受けていなかった。

〈別に辞めても大丈夫よ、里志くんは選手の頃から働き通しだったし、少しくらいうちでのんびりしてくれても〉

「沙紀が食べさせてくれるのか」

〈そこまで稼いでないわよ。まだ仕入れやテナント料だけで、私と順子《じゅんこ》さんの給料だって、ちゃんと出せていないんだから〉

順子というのは前の会社から一緒に独立した共同経営者だ。

〈少しは貯金もあるから、家でゆっくり過ごせばいいのよ。ジムに通いながら、たまに料理も作って〉

「台所を好きに使わせてくれるのは嬉しいよ。そうなると野菜中心のメニューになるけどいいか」

〈そればっかりは勘弁だな。でも野菜を摂りなさいって、普通は奥さんが言うセリフだよね〉

「野菜好きは女性らしさのポーズであって、実は女性の方が肉好きだって、俺は女三人の家族で知ったよ」

〈違うわよ、程度の問題だって〉

金の管理はすべて沙紀に任せているから、我が家にいくら貯金があるのかも里志は知らない。自宅のローンは完済したが、引退後のためにと現役選手の頃から沙紀がこつこつと貯めていた金は、燃え尽きるまで好きな野球をやらせてもらったアメリカでの六年間でおそらく底をついた。税理士とのやり取りを任せていた沙紀は、減っていくばかりの通帳を眺め不安に駆られていたに違いない。

里志は野球以外に興味はなく、飲み歩きもしないため、コーチになってからは年俸の大半は家に入れている。それでもシーズンが終わる度に、夫がクビになるのではと、怯えながら過ごしてきたのに、その精神的苦痛にまったく見合っていないと、愚痴《ぐち》を零されても仕方がない。だが沙紀の希望は一つ、私も自分で仕事がしたい、それだけだった。

〈どの世界でも同じだね。うまくいくと自分の手柄だと認めてもらいたい。だから評価されている人にやきもちを焼くんだよ〉

「俺、評価されているのかなぁ」

ふと不安になる。

〈評価されてるでしょう。でないとあんな弱かったセイバーズの投手成績がよくなるわけないし。セイバーズってエースの山路さんを除いたら、知らないピッチャーばかりだし〉

「沙紀の会社もそうなのか。順子さんとうまくいっていないとか」

共同経営者と揉めているのかと心配になった。

〈うちは二人で手を取り合って頑張ってる最中よ。でも前の会社では、そういう妬みもあったわ

ね。私に対してはなかったけど、順子さんは有能だったから、陰でいろいろ言われて傷ついていたし〉

「そうした事情があって独立したのか？」

〈あら、知らなかったの〉

「ごめん、考えもしなかった」

謝ってから自分の話に戻した。

「セイバーズでの俺の功績なんて小さなものだよ。たまたまここ数年、いい選手が入ってきて、その選手たちが順当に育ったおかげだ。白木球団代表をはじめ、スカウトや編成部の功績だな」

〈いいんだって、俺のおかげだって威張《いば》っておけば。どうせクビになるんでしょ？〉

そこまで聞いて、夫を励ましてくれていることに気づいた。

〈イグレッツでもセイバーズでもチームを三年で優勝させたんだから、また有能な二見コーチには声がかかるわよ〉

「もう投手コーチはいいけどな」

〈まさか監督になるつもり？〉

「なれるわけがないだろ。今までもそんな誘いはなかったし、それに投手出身は野手出身と比べて監督になれる可能性が低いし」

投手出身の監督もいなくはないが、よほどのカリスマ性があるか、長くチームを引っ張ってきた生え抜きのＯＢに限られる。

里志の場合、最初のチームは中部ドルフィンズだが、一軍で活躍することなく三年でトレードされたのでOB会にも参加していない。

次のジャガーズは優勝に貢献できたが、最後は無理言って海外移籍したため、あまりいい印象を持たれておらず、里志を監督にしようなんて頭の片隅にもないだろう。

〈それより聖奈の就職が決まったって。音楽関係の仕事をするらしいよ〉

「音楽関係ってクラシックのか」

教育実習で教職は向いていないと感じた、とは沙紀から聞いた。ピアノが好きで音大に進学したのだから、その道に進むのかと思ったが、沙紀から出てきた話は想像していたものとは違った。

〈ロックミュージシャンが所属している音楽事務所に入るんだって。大阪でライブがあった時にバイトしたのがきっかけみたいだけど、「マネージャーをするの？」と訊いたら、ライブのステージの設営や楽器の管理を任されるって〉

「聖奈がロック好きだなんて、初めて知ったよ」

次女の柑奈が夏フェスに行ったという話は聞いたが、長女がやっていたのはピアノで、練習していたのもクラシックだ。

「もしや彼氏がロックミュージシャンとか言うんじゃないだろうな」

〈あら、心配？〉

動揺したが、ひと呼吸して声を整える。

「相手が野球選手よりマシかな。なにせ俺の知り合いの女性は、新聞のドラフト候補にも挙がっていなかった彼氏がプロ志望で、就職活動すらしなかったのに、交際を続けてくれたのだから」

〈そんな人がいたんだ？　よっぽどの変わり者だね〉

沙紀は声に出して笑う。

四年になって初めて出場できた全日本大学野球選手権で好投して、スカウトの目を惹《ひ》くことができたが、大学二、三年時は肘の故障でほとんど投げていなかったから、監督やチームメイトは、里志がドラフトで指名されるとは想像していなかった。

それなのに大学一年から付き合っていた沙紀だけは「きっと行けるよ」と不安を微塵も見せることなく応援してくれた。

〈心配無用よ。聖奈に彼氏はいないんだって。好きなミュージシャンはいるけど、そのグループが所属している事務所でもないって〉

「それならどうして」

〈あの子、高校三年くらいから、しょっちゅうあなたの部屋に行って、あなたが集めた古いレコードを聴いてたのよ。夜はヘッドホンをしなさいって注意しても、夢中になってすぐ忘れて〉

小学校高学年から洋楽を聴いていた里志は、お小遣いを貯めてはＬＰレコードを買った。父親が結構なオーディオマニアだったことも影響している。中学生の頃にはＣＤにとって代わり、里志もＣＤで聴くようになったが、手持ちのレコードは捨てず、やがて自分でもレコードプレーヤーを買って再びレコードを集め始めた。

ＣＤの完成された音より、レコードの歪んだそれの方が、好きなミュージシャンのライブを聴いているように感じた。今のアナログレコードブームが起きるより、ずっと前からだ。

「聖奈が直接、俺に言ってきたらいいのに」

〈あの子、音大の高い授業料を出してもらったのに、それを活かせない仕事に就くのを申し訳なく思ってるみたいよ。だから興味もない教育実習に行ったんだと思う〉

「音楽事務所でも充分、ピアノの経験が活かされるだろ？　ロックだろうがクラシックだろうが、実際に経験してきた人間がいると、プレーヤーは安心してパフォーマンスできるわけだし」

〈さすが物分かりのいいお父さんね。感心、感心〉

「茶化すなよ、真面目に言ってるのに」

〈ごめん、じゃあ、聖奈には、自分からお父さんに伝えなさいと言っておくよ〉

「そうしてくれ。邪魔だから捨ててと沙紀に言われても、レコードを捨てなくて良かったよ」

〈なに言ってるのよ、それを言うなら、捨てないでいてくれてありがとうでしょ？　私にはいくらでも捨てるチャンスがあったんだから〉

「その通りだな、俺はほとんどその部屋を使ってないんだものな。沙紀の寛容さのおかげだ」

沙紀にも感謝しているが、娘が自分の意志で就職先を決めたことが嬉しかった。

はっきり物を言う次女の柑奈とは異なり、聖奈はあまり自分のことを語りたがらない。教育実習について訊いた時も、どんな学校で、どれだけ授業を受け持つのかなど、基本的なことを言った程度だった。実のところ、聖奈に教諭は向いていないと思ったが、それを言ったら悪いと、黙っていた。

沙紀との電話を終えたところで、次に萩下美雪に電話をした。長いこと呼び出し音が続いたがなかなか出ない。休日も夜回り取材に行くくらいだから今も取材中か。切ろうとしたところで彼女は出た。

「おい、萩下さん、どうしてゲームの途中で帰ったんだよ。おかげで他の記者から余計な勘繰りをされたんだぞ。あなたが忙しいのは分かるけど、それなら球場に来ないでくれよ」

帰りに番記者から彼女だけ特別扱いしていると指摘を受けたことを説明した。

〈すみません。別に他の取材があって帰ったわけではないんです。私もあのあと、いろいろありまして。球場に居づらくなって〉

「番記者たちに問い詰められたのか。勝手なことをするなと」

里志にも嫌味を言ってきたからそうなのだろうと思った。彼女からの返答はない。今晩の萩下は声に覇気《はき》がなかった。

「どうしたんだ。秋山によほど嫌なことを言われたのか」

〈秋山さんではないです〉

「じゃあ誰だよ。スポーツジャパンの女記者か」

しばしの沈黙が訪れた。やはりなにかおかしい。

「なにがあったんだ。まさか川瀬のところに俺を案内したことがバレて、会社に叱られたのか」

〈……………〉

「それとも白木代表からなにか言われたのか。川瀬から白木代表を伝って、二見コーチを取材に巻き込まないでくれと苦言を呈《てい》されたとか」

　言いながら、いずれも違うと思った。

　密告したのが川瀬だとしても、声をあげた女性が新聞記者とまでは気づいていないはずだ。彼女は電話でしか川瀬を取材したことがないのだから。

「なぁ、萩下さん、俺はずっと疑問に思ってるんだよ。あなた、俺に隠しごとをしているだろ。だいたいなにを求めて俺をしつこく取材してるんだ」

　警察署や刑事を取材しなくてはならないのに萩下は頻繁に里志の元を訪れる。檀野が里志になにか伝えたのではないか、彼女が固執《こしつ》するのはその一点だ。

「もしもし、聞こえているか」

〈はい〉

「あなたはなにを探ってるんだ。これまで俺に話したことのない事実があるなら話してくれ。俺は忘れているだけで、なにか思い出すかもしれない」

　連絡すら取っていない檀野とのことで甦る記憶などあるはずがないが、そう言って促す。

　そこまで言っても返答はなかった。もういいよ、そう言って切ろうかと思ったところで、萩下の声が届く。

〈すみません。私からは詳しく言えないんです。というより今日のことで、余計に言えなくなりました〉

「今日のことって、俺が球団から注意を受けたことか」

〈違います。二見さんとはまったく関係ありません〉

「川瀬が事件に関わっているとしたら関係するだろ?」

〈いいえ、川瀬輝敏も直接は関係ないです〉

直接と言った。そこが引っかかる。

「いい加減にしてくれ。話せないなら最初から余計なことを言わなきゃいいんだ。知らなければ昨日だって、川瀬にあんな真似はしなかった」

自業自得だと思っているが、腹が立ち過ぎて勝手に言葉が出た。

〈すみません〉

そこは殊勝だった。だが再び、〈ここでそのことを言うのは記者の倫理に反すると思うんです。ただでさえうちは一度下手を打ってるんで〉とモヤモヤさせることを言って、里志への迷惑はまったく顧《かえり》みない。

「下手を打ってるって、またあなたの悪い癖が出てるぞ。答えられないなら言うな」

口調が荒くなった。

〈二見さんの家からだと世田谷《せたがや》か杉並《すぎなみ》になると思いますけど、都内の図書館に行くことはできますか〉

「行けなくはないけど、図書館なら横浜市にもある」

〈横浜では神奈川版になるからダメなんです。都内版にしか出ていないので〉

「なぜ急に図書館なんだ」

〈行って新聞を調べてください。少しは私の言っていることが理解できると思います〉

「新聞なら今はネットで読めるだろう。日付を教えてくれよ、検索するから」

〈ネットでは読めないんです。古いものは消えてしまうので〉

「ネットは消えないいんじゃないか」

〈いいえ、消えます〉

言ったところで嚙み合わない。

〈知りたければ日付を言います。メモできますか〉

里志は慌てて探す。ペンは手元にあったが、メモになる紙が見当たらなかったので左手の甲に書くことにした。

「いいよ、教えてくれ」

〈九月十一日の中央新聞の朝刊、都内版です〉

「そこになにが書いてあるんだ」

尋ねたが再び彼女は沈黙に戻った。

「記事ったって、いろいろあってどれを読めばいいのか分からないだろ」

そうせっついた。昨日はカレーを食べながらお茶目な一面を披露《ひろう》した萩下だが、この日は最後まで裃《かみしも》を脱ぐことはなく、〈それではおやすみなさい〉と冷たい声で電話を切った。

あくる朝、図書館が開く九時前には都内の図書館の駐車場に車を入れ、並んでいた利用者の後に続いて館内に入った。

図書館など長らく来たことがないのでどこになにがあるのかが分からない。真っ先にカウンターに行き、パソコンを弄っていた女性職員に尋ねる。

「すみません。新聞ってどこに置いていますか。今日のものではなく、古いものを探しているんですが」

「データ検索もできますが、いつの新聞ですか」

「先月です」

「九月分でしたらまだそちらの棚の裏側に置いてあります」

指された場所に行き、探してみる。各新聞が一カ月分、バインダーで綴《と》じられていた。

毎朝新聞、東都新聞、東西新聞はあるのだが、肝心《かんじん》の中央新聞は見当たらない。

「中央新聞の九月分だけがないんですけど」

カウンターに戻って職員に尋ねる。

「そんなことはないはずですけど」

職員はカウンターを出てきた。親切に探してくれるようだ。

「いつもはここにあるんだけど」

彼女が探している間に毎朝新聞を確認する。確か萩下は都内版と言っていたから、毎朝新聞の都内版にも出ているだろう。

九月十一日の毎朝新聞都内版は、都知事の会見がメインだった。左端には交通事故と火事、下段の端に小さな記事を見つけた。

強制性交の疑いで大学生逮捕
警視庁八王子署は10日、強制性交容疑で、八王子市の大学生（19）を逮捕した。2カ月前の7月20日午前0時頃、自宅で十代の少女と無理やり関係を持った疑い。
同署によると、大学生は八王子市内の居酒屋で少女の飲み物に睡眠薬を入れ、朦朧《もうろう》とさせた状態で自宅マンションに連れ込んだ。2人はSNSを通じて知り合い、事件当日が初対面だった。
事件から3日後に女性が警察を訪れ、「睡眠薬のようなものを飲まされて性的暴行を受けた」と相談。店の防犯カメラの映像などから大学生が浮上した。大学生は「関係を持ったのは事実だが、合意の上だった」と容疑を否認しているという。

萩下の思わせぶりな言い方から考えられるのはこの記事くらいだった。

この記事がなんだというのだ。この事件が、檀野の死や元暴力団組員との付き合いに関係しているとは思えなかった。

「あっ、こんなところに置いてあった。ちゃんと元の場所に戻してもらわないと」

女性職員が嘆く。

「ありがとうございます」

礼を言って、中央新聞を受け取り、九月十一日の都内版をめくる。

紙面構成は全く同じだった。

都知事の会見、交通事故と火事、そして十代少女への暴行事件……。

念のために読み直すと、毎朝新聞とは絶対的な違いがあった。

十九歳なのに加害者が実名報道されていたのだ。

《八王子市の大学生、白木昴《すばる》（19）》

29

その日はいつもより一時間ほど遅く球場に到着し、コーチ室でアナリストが出したデータに目を通してから、斉田コーチ、稲本たちアナリストと、この日の対戦相手であるジャガーズ打線についてミーティングをした。

それが終わるとグラウンドに出て、斉田が指揮を執るヤングブラッズへの指導と練習を見守る。コーチ室で、一人でデータに目を通していた時から、頭はほかのところに行ってしまっていて集中できなかった。

ほぼ間違いなく逮捕されたのは白木球団代表の息子だ。

二年前が高二だったので、今は十九歳、白木が望んでいたゴルフ部には入らなかったが、付属校から進学したと聞いたから、大学生というのも合っている。

つまり萩下美雪は最初、白木昴の事件を取材していたのだ。

その取材途中で檀野が殺された。

彼女は、檀野が殺される前に里志に連絡してきたのではないかと聞いてきたが、このことだったのだ。どういう理由かは分からないが、檀野は旧知の坂崎と、この白木の息子が犯した事件について調べていた。

果たして檀野は、なにを伝えようとしたのだろうか。陰で里志を応援し続けてくれていたのだから、白木によってセイバーズのコーチになれたことも知っていたはず。まさか、未成年少女への暴行事件を起こした犯人の父親がいる球団でコーチなんかやるな、と忠言したかったのか。

白木には保護者としての責任があるが、今は十九歳ともなれば成人だし、親の仕事とは無関係だ。しかし檀野の死に白木の息子の事件が関係しているのであれば……いや、檀野が白木の息子とどう関わる？　今はこれ以上考えずに野球に集中すべきだと、一旦忘れようとしたが、禍々《まがまが》しさが完全に消失することはなかった。

グラウンドでの打撃練習が終わると、里志は真っ先にコーチ室に戻り、ロッカーからスマホを出した。着信はなかった。

この日、五度目の電話をかける。通話音が鳴るだけで取る気配もない。音が途中で止まった。

「もしもし」

〈メッセージをどうぞ〉

また留守電だった。むしゃくしゃした思いで切った。

すでに図書館の駐車場から留守電を入れていた。

――萩下さん、あなたが見ろと言ったのは白木昴という大学生が起こした事件の記事だな。白木昴って、うちの白木代表の息子なんだろ。だけど息子の事件に俺がどう関わってくるんだ、教えてほしいから折り返し電話をくれ。

ゲームが始まると三時間前後はロッカーに戻れないため、ショートメッセージを打つ。

《まもなく試合が始まる。電話ができない状況ならメールでもメッセージでもいいから連絡をくれ。俺は脳みそが溶けそうなほど混乱している》

ジャガーズの打撃練習が終わり、試合前のノックが始まる前に、もう一度、スマホを確認した。不在着信もショートメッセージも届いていなかった。

試合は福井が五回二失点に抑えた。その後は正津が三分の二イニング、篠原が三分の一イニングで六回を締め、七回はハドソン、八回は大浦がいずれも走者を出したが、無得点に抑える。三対二と一点リードした展開で、九回表、辻原がアンパイアに投手交代を告げるのが、ブルペンのモニターからも確認できた。

セイバーズでは呼ばれたピッチャーが、ブルペンに残るピッチャーからペットボトルの水を受け取り、それをひと口飲んでからブルペンを出ていくのが、仕来《しきた》りになっている。

隆之介はヤングブラッズの一員である小野寺からペットボトルを受け取り、ひと飲みした。

普段は、送り出す選手には「先頭打者は出さないように気をつけてな」などと声をかける。だが逆転負けを食らえばレッズとの直接対決が苦しくなる大事なゲームで、隆之介は投球練習の合間にも瞑想《めいそう》して集中力を高めていた。余計な言葉を投げかけて気が散漫になる方が心配だと、里志は声をかけずに見送った。

マウンドでアンパイアから受け取ったボールを持って待ち構えている斉田も、モニター画面で見た限りは「任せた」程度の短い言葉で引き揚げた。

ジャガーズは一番からの好打順だが、打者が得意とする危険ゾーンと、苦手にしているコースはミーティングで話している。

二戦続けて救援に失敗した心配が、完全に消えたわけではなかったが、隆之介は自信を持って腕を振っていた。

ストレートが走り、フォークもよく落ちた。先頭打者を空振り三振に取ると、次打者は浅い中飛、最後は外角いっぱいのストレートで見逃し三振に取り、四十一セーブ目を挙げた。

一応、追いつかれて延長戦になった時に投げる小野寺を準備させていた里志は、ゲームセットとともに「小野寺、お疲れさま、ありがとう」と言い、二人でベンチに戻る。

隆之介が仲間から祝福されていた。

ヒーローインタビューを受けていたのはこの日、すべての打点を挙げた四番のビュフォードと先発した福井だったが、チームみんなが、今年の立役者である隆之介が一番いい時の状態まで戻ってきたことを喜んでいるように見えた。

里志はまず、九回までを無失点で繋いだ正津、篠原、ハドソン、大浦を一人ずつ「お疲れさん」と称えていき、囲んでいた新聞記者から隆之介が解放されると「隆之介らしいパワーピッチだったな」と称賛した。

「ありがとうございます。久々にビシッと三人で抑えられました」

表情にまで自信が戻っている。やはりピッチャーの心の傷は日にち薬では癒えない。結果で治すしかないのだ。

「これで四十一セーブか。俺の現役時代のベストと並ばれたよ」

「コーチの最多が四十一だったんですか？」

「そんなに軽々しく言うなよ。俺は必死こいてその数字まで辿り着いたんだから」

「でしたら僕は残り三試合全部セーブを挙げて、四十四まで伸ばします」

レッズとのゲーム差は開いたが、セイバーズが明日、明後日試合がないのに対し、レッズは二日間ともゲームがあるため、また縮められる可能性はある。

ただしレッズが二連勝しても、最後の直接対決でセイバーズが一勝一敗一分け以上なら勝率で上回る。優勝には最低二試合、隆之介の力が必要だ。セーブ数を伸ばすと宣言した隆之介の言葉は頼もしかった。

辻原は選手たちに、二日間とも練習するとマネージャーを通じて伝えていた。普段は休むことが大事だという考えの里志も、それには賛成だった。体を動かすことで、選手は優勝争いのプレッシャーから少しは解放される。

二日間のブレイク前に隆之介が復活してくれたのがなによりだし、大浦やハドソンが無失点で切り抜けたのも大きい。

先発投手が五回まで全力を出して持ちこたえ、六回を篠原や正津、あるいは小野寺を繋いでどうにか凌ぐ。

七回からはハドソン─大浦─隆之介の勝ちパターンで逃げ切る。そうなれば打者も大量得点はいらない、一点でもリードすれば逃げ切れると、楽な気持ちで打席に立てる。

逆に後ろを投げる投手に不安があるチームでは、終盤までにリードを広げておかなくてはと打者は力んで大振りになり、好機を作っても得点に結びつけられない。

「コーチの最多セーブ数に並んだのだったら、記者にもそう言えばよかったな。師匠の数字に並んだといって」

マネージャーに呼ばれて離れていた隆之介が里志のもとに戻ってきて軽口を叩《たた》く。二連敗した時は、KOされてもそのイニングが終わるまでベンチに残るというチームのルールも守れず、ダッグアウト裏に引き上げたくせに。

「俺のこと師匠なんて思ってないくせに、よく言うよ」

「思ってますよ。未熟な僕をクローザーで起用してくれたんですから」

「未熟だなんて思ってもいなかったろ?　キャンプから今年は俺をクローザーに使ってくれと、ブルペンに入るたびに俺にアピールしてたじゃないか」

「バレてましたか」

隆之介は目を丸くしておどけた。表情は明るいが、寝不足なのか目は充血し、ここ数日、目の下にくまができているのを見かける。

「隆之介、夜はちゃんと眠れているか」

「えっ、まぁ、はい」

曖昧《あいまい》に返事を濁《にご》した。こうした一試合も落とせない展開になると、翌日のマウンドのことを考えて寝つきが悪くなる。どれだけ強気の選手でも心理状態は同じだ。

シャワーに行く時に必ずバスタオルを巻いていることを例に、隆之介は案外気が小さいと言いたげに、山路が冷罵《れいば》していた。こんな時期に堂々としている選手の方が、慎重さに欠けるようで里志は信頼できない。

「睡眠不足はナーバスになりやすい。寝るのもきみの仕事だぞ」

「はい」

注意したからといってなにか眠りにいいアドバイスをするわけではない。日々の生活の過ごし方もマウンドに立つ時と同じで、自分に合う方法を見つけて改善していくしかないのだ。自分の手で解決していける選手は息の長い活躍ができる。

隆之介と別れてコーチ室に戻ると、斉田が「二見コーチ、相談があります」と近寄ってきた。

「先発についてだろ?」

明々後日《しあさって》からのレッズ三連戦で誰に投げさせるか、もし自分がチーフ役だったとしても頭を悩ませている。

「はい。順番通りだと、宝田、名倉、オリベですが、さすがに名倉には厳しいと思いますので、もう最後ですし、順番を崩してでも山路を入れようと思っています」

二十九歳の宝田は十勝九敗と二年振りに二桁勝利をマークした。

オリベはシーズン途中から加入した新外国人選手で六勝三敗だ。ただしここ二試合は調子を崩し、早いイニングで降板している。

一方、今年のドラフト一巡目投手である名倉は、先発ローテーションに入ったのは六月からで、成績も五勝五敗、防御率四点台後半と、投げさせてみないと分からないレベルだ。

「そうなると宝田、オリベ、山路ですが、二連敗したらその時点でレッズに逆転優勝されるので、そのローテーションには不安があります」

里志も同感だった。

「山路を二戦目に行かせるべきだよ。彼はうちのエースなんだから。それに三戦目もオリベより、今日勝った福井だよ」

「それがベストですが、若い福井はまだしも、ベテランの山路が中四日を納得しますかね」

ルーティンを大切にする山路は、登板間隔の急な変更を嫌がる。雨で中止になった試合では翌日にスライドさせることなく、里志は二、三日後に投げるように調整した。しかしここまで来たらルーティンとか間隔とか、悠長なことを言っていられない。

「納得するもなにもうちのエースなんだ。二試合目に投げてくれと言ったら、山路だって行きますと言うよ」

決めつけて言ったが、それは斉田が伝えた場合の話だ。里志が言えば彼は機嫌を損ねて断るだろう。実際、山路とは隆之介と揉めた一件以降、まったく会話をしていない。

「一応、山路に中四日で大丈夫かと打診したんですけど、彼からはまだ何とも答えられないと言われました」

「そんな投げやりな言い方をしたのか」

「けっして投げやりではなかったですけど、本人も悩んでいるようでした」

「昨日は、五回六十二球しか投げていないんだぞ」

「そうなんですけど、今季はエース級との投げ合いになることが多かったので、疲労も蓄積してるんだと思います」

エースの仕事は勝ち星を挙げるだけではない。相手のエース級と投げ合って、相手の勝ちゲームを奪う役目もある。そうした里志の考えから、就任一年目から、山路には相手のローテーションに合わせて投げてもらった。

相手のエースにぶつけられるせいで、過去二年は山路の成績は伸びなかったが、そうした不満を山路から聞いたことは一度もない。

「トレーナーはなんて言ってる」

「内堀くんに訊きましたが、疲れがないといえば嘘になるけど、山路さんは自己管理ができるピッチャーなのでコンディションは問題ないと」

「それだったら山路が悩んだとしても、今回はエースの力が必要だ、二戦目に投げてくれと口説《くど》くべきだよ。最初の二試合を連敗して、エースを温存した状態で優勝を逃したら、チームだけでなく、山路本人も後悔する」

「そうですよね」

「なんだったら俺が言うけど。山路は今日も残っているのか」

「試合中に帰りました。大丈夫です。僕が明日の練習で山路と話して、納得させますから」

斉田からは投手起用を任されるベンチコーチとしての責任感が出てきた。安心した里志が私服に着替えて、コーチ室を出ると記者に囲まれた。

先日揉めたばかりの記者に里志は丁寧に応対した。隆之介についても、「今日で吹っ切れたと思う。疲れているはずなのに最後にこれだけ投げられるのはたいしたものだよ」と褒《ほ》めちぎった。

記者から解放された後、里志はもう一度だけ萩下に電話をかけた。

また留守電だった。

30

二日間の練習、初日は時間的には二時間ほどだったが、きつめのメニューで選手たちはたっぷり汗を流した。練習中にレッズが勝ったという報告がマネージャーから入った。何人かからは「あっさり負けんなよ」と敗れたチームに不満が出た。

初日の練習中、斉田が山路を呼んで話していた。斉田が一方的に話し、山路は厳しい顔を崩さなかった。難航しているのなら、里志も加わって諭《さと》そうと考えていたが、そこで会話が終わった。斉田が笑みを浮かべて戻ってきた。

「山路、二戦目に行くと言ってくれました」

「そうか、良かったよ。山路が難しい顔をしていたから、斉田コーチが苦労しているのかと思って、俺も行きかけたところだったよ。相当ごねたんじゃないのか」

「山路は最初から投げるつもりでしたよ。ただ、これは二見コーチの考えですかと訊かれました」

「俺の考え？　それに対して斉田コーチはなんて答えたんだ」

「二見コーチも同じ考えだと答えました」

「そうしたら山路は？」

「分かりましたと答えただけです。二見コーチの希望だと聞き、余計に意気に感じたんじゃないですか」

違う。山路はそのことが引っかかっていたのだ。里志が希望しているなら、むしろ言いなりになりたくないと。

翌日、十月五日の練習は軽く体を動かしただけで、二時間ほどで終えた。

レッズはまた勝ったが、最下位チーム相手に連勝は想定内だったようで、選手たちはとくに落胆していなかった。要は最後の直接対決で勝ち越すか、一勝一敗一分け以上で終えればいいだけ。選手も開き直っている。

山路がブルペンに入ったが、辻原も見に来たことで、話しかけるタイミングを逸した。中四日とあって、いつもの半分程度の球数で終えた。彼は里志を一切見なかった。

山路が隆之介と揉め事を起こした日、間に入った里志は山路だけを呼び寄せた。翌日には隆之介を呼び、きちんと注意したが、思いのほか長話になった。隆之介が最後は笑顔を見せたことで、山路にはコーチの指導が不平等であると感じた……。

これほどこじれるなら、隆之介のメンタルを回復させるのは別の機会にして、あの場は隆之介に対してもきつく叱るべきだった。

そうしていたら今度は隆之介がこじらせて、早期に復活できなかったかもしれないが。

六年コーチをやって、こんなことも解決できないとは……。自分の未熟さが嫌になる。

二日目の練習が終わると、一番に球場を出て、車を走らせた。

首都高、横浜新道を経由して、保土ヶ谷《ほどがや》バイパスから国道十六号線を北上していく。途中何度か渋滞したが、二時間ほどで八王子市内に入ることができた。

カーナビに、おおまかな目印は打ち込んであった。京王片倉《けいおうかたくら》駅だ。白木昴が一人暮らしをしているマンションがそのあたりにある。

この二日間、里志は信頼できる数少ないチーム内の味方である稲本や内堀に、白木の息子について尋ねた。

二人ともなにも知らなかったが、稲本が事情通のスカウトから聞き出してくれた。

――代表の息子さんの名前は、昴というそうです。

――その昴くんって一人暮らししているのかな。

――井上《いのうえ》スカウトによると、代表は実家の近くに資産運用目的でマンションを持っていると言っていましたから。そこに息子さんが住んでいるんじゃないですかね。学校がそのあたりにあると言ってました。

――マンションの場所も聞けたか。

――事情通の井上さんでも住所までは分かりませんでした。京王線の片倉駅近くの国道沿いだと言っていましたよ。

地図で調べたところ京王片倉駅の近くに国道十六号線が走っていた。それだけでも大きなヒントだ。

――悪いな、稲本ちゃん、面倒なことを頼んで。

――問題ないですけど、代表の息子さんがどうかしたんですか。

――それは今度説明するよ。ありがとう。

十六号を走ると京王片倉駅が近づいてきた。車をパーキングに入れる。

じめっとした湿気を帯びた風を感じながら、国道沿いの住人に聞き込みを始める。白木の息子が住むマンションは苦労することなく見つかった。

逮捕当日、捜査車両が数台停まっていて、パーカーのフードで目許を隠した若い男が手錠をつけられてマンションから出てきた。そう教えてくれたのは買い物に行こうとショッピングカートを引いていた六十代くらいの女性だった。

女性は里志がプロ野球のコーチだとは知らず、「記者さん?」と尋ねてきた。

「中央新聞です」

咄嗟に嘘をついた。これが東西スポーツやスポーツジャパンならバレた時に大問題になるが、萩下なら許してくれるだろう。そもそも彼女が電話に出ないから、自分で調べるしか術《すべ》がなくなったのだから。

「私も人だかりができているのを窓から見て、なんの騒ぎかと思って外に出たのよ。そうしたら男の子が手錠をかけられて警察の車に乗せられていくんで、もうびっくり。やじうまがたくさんいて、車道も見物渋滞になってて」

「奥さんはなんの事件かは分かっていたんですか」

「ううん、その時は全然。テレビでもやらなかったし。だけど翌日に新聞に未成年の少女が暴行されたって書いてあったので、今度は恐ろしくなったわ」

「記者も来ていましたか」

「いなかったんじゃないかな。テレビも来ていなかったし。車は三台停まっていて、私服刑事はいたわよ。女の刑事もいたし」

それは栗田ではないか。

「奥さん、すごい記憶力ですね」

「なにがすごいですね、よ。まだ一カ月くらいしか経ってないじゃない」

逮捕されたのは新聞報道によると九月十日。今日が十月五日だから正確に言うなら二十五日前だ。

「奥さんの家にも警察が事情を聴きに来ましたか」

「来たわよ」

「なにを訊かれて、なんと答えたのですか」

「犯人の男の写真を見せられたけど、その若い男じたい見たことはないと言ったらすぐ帰ったわよ」

里志は落胆したが、彼女が思い出したように続けた。

「そこの信号を渡ったところにあるアパートに住んでる坂井《さかい》さんが、事件があった翌朝、犯人が被害者の女の子をタクシーに乗せたのを見たって話したみたいよ。坂井さんから直接聞いたわけではなく、坂井さんがそう言っていたと人づてに聞いたんだけど」

「坂井さんというのは女性ですか」

「男性、私くらいの年代」

この女性と同じくらいなら記憶も確かだろう。礼を言い、信号を渡ってそのアパートへと向かう。一階手前の部屋に坂井と表札がかかっていた。

ブザーを押そうとしたところ、ありがとうございましたと女性の声が聞こえ、ドアが開いた。出てきた人を見て、里志は驚きで体が固まった。

「萩下さん、どうしてここに？」

「二見さんこそなぜ」

「あなたが電話に出てくれないからだよ。この三日間、俺は何回も電話をかけたんだぞ。留守電にも入れたのに、どうして折り返しの電話をくれない」

強い口調で責めると、彼女は俯《うつむ》いた。


国道十六号線沿いにあるファミリーレストランに入った。

萩下は白いブラウスにややワイド気味のネイビーのパンツとパンプスを合わせ、髪を後ろに結んだいつもの仕事のスタイルだった。ただいつものような気の強そうな表情は隠れていた。

「すみません。折り返しの連絡もせずに。その理由は……」

彼女は言い淀む。

「逮捕された白木の息子が無罪になったからだろ」

里志が機先《きせん》を制し、考えていたことを言った。

「どうしてそれを」

切れ長の目を大きく見開き、彼女にしては珍しくはっきりした感情を見せた。

「一昨日が逮捕されて二十三日目だよな。逮捕から二十三日の間に警察は起訴するかしないかを決めなくてはいけないということを、警察小説で読んだのを思い出したんだよ」

「すごいですね。記者志望で入社してくる新人でも、二十日間の勾留《こうりゅう》期間のことは知っていても、二十三日のことまでは知らないのに」

「たまたま覚えていたんだよ。二十三日のうち、あとの三日がなんのための期間なのかはよく知らないけど」

先ほど聞き込みをした女性が一カ月前と言ってくれなければ、一昨日が二十三日目とは考えなかった。

「細かいことですけど、警察は逮捕から四十八時間以内に検察に送致し、検察は送致から二十四時間以内に裁判所に被疑者の十日間の勾留を請求します。途中で一度だけ勾留延長できますからつごう二十三日間、白木代表の息子を取り調べたことになります。ですが、検察は裁判にかけて、罪を償わせることを断念しました」

十九歳と微妙な年齢のせいなのか、それとも捜査が難航しているのを知っていたのか、萩下は里志の前では白木昴の名前を一度も出さなかった。それでも里志が食い下がったことで新聞記事のヒントをくれた。

念のためにネットも検索したが、記事は見つからなかった。不起訴や無罪になることもあって、新聞社のデジタル記事は時間の経過とともに消える仕組みになっているのかもしれない。

「萩下さんは有罪で間違いないと思っていたから実名報道したんだろ。それが無罪だと知りショックを受けた。俺に図書館に行けと教えてくれた時からして元気がなかったし、翌日から電話に出なくなったのもそのせいだな?」

　自主性と主体性の違いについて話した時を思い出す。間違った取材をすれば自分が責任を負うと述べた。あの時の彼女の言葉には強い決意が滲み出ていた。

「私がショックを受けたのは事実ですけど、二見さんの説明は一つだけ違っています。無罪ではなく、不起訴です」

「起訴されなかったのだから同じことではないのか」

「不起訴には三つあります。嫌疑《けんぎ》なしと嫌疑不十分、そして起訴猶予《ゆうよ》です。嫌疑なしというのは疑いはなかった、すなわち捜査ミス同然で、無罪。嫌疑不十分は犯罪の成立について十分な証拠がなく、起訴しても有罪に持ち込めないと検察が判断した時ですから、推定無罪の原則から言えば嫌疑なしと同じように無罪と取られても仕方がありません。ですが最後の起訴猶予は罪を犯したことを裁判で証明できるけど、示談《じだん》が成立していて加害者も深く反省しているなどの諸事情を総合考慮して、検察が起訴を見送るという判断です」

「今回はその最後の起訴猶予だったんだな」

「はい」

「それでもあなたの予想が違ったのは事実だろ?」

　彼女は目を伏せてから、無理して口角をあげた。

「二見さん相手には強気な振りをしてもごまかせそうもありませんね。私は必ず起訴されるはずだと確信していました。でも悔しいのは、警察も同じだと思うので」

栗田の心内を慮《おもんぱか》っているのか。確かに不起訴を決めたのは検察だろうが、それも警察の調べが甘かったからではないか。

「よその新聞はなぜ実名報道しなかったんだ。十九歳だからか。成人年齢は十八歳に引き下げられたよな」

毎朝新聞にも東都新聞にも東西新聞にも、被疑者の実名は書かれていなかった。

「私だけが被疑者に余罪の疑いがあると摑んでいたからです。大きな事件になると思いました」

「余罪ってなんだよ」

「近隣の昭島《あきしま》署管内と立川《たちかわ》署管内で去年の十二月と今年の一月、同じようなことがあったんです。今回と同じ大学生とSNSでやりとりした女性が、酒に酔った状態で、無理やり性的関係を結ばれたと」

「余罪が二件もあるなら、なおさら不起訴になった理由は分からないな」

「一件は警察に相談に来たけど、被害届を出さなかった。もう一件は警察に受理されなかったそうです。二人とも成人女性で、マッチングアプリで知り合い、その日のうちに誘われて大学生の家に行ったこともあり、被害届を出すほど強く主張できなかったみたいです。受理しなかったのは警察の怠慢《たいまん》だと、私は思っていますが」

「記事には十代の少女と書いてあったけど、今回の被害少女は何歳だったんだ」

「十六歳、高校一年生です」

なるほど、それで警察もようやく重い腰を上げたのか。

「前の事件の女性たちはどうしたんだ。被害届ってあとからでも出せるよな」

「そこは加害者の親が出てきて、示談に回りました」

「親って、白木代表か」

「はい。二人の成人女性には被害届を出さないでくれと、そして今回の十六歳の家族には被害届を撤回《てっかい》してほしいと頼んで回ったようです。示談を申し込みながらも、一方で白木代表は私の取材に、息子の説明を信じている、関係は合意の上だったと言い張りました」

「そこに檀さんと坂崎という探偵が関わってくるんじゃないのか。なにかの理由で一連の被害者女性たちの側に立って調査していて、息子の犯罪を認めろと白木代表に迫ったとか」

檀野から「息子に罪を認めさせないなら里志に明かす」と迫られた白木は、その場しのぎで適当なことを言った。二見コーチには伝えたと言ってたぞ——川瀬が口にした意味深な言葉も、これで合点《がてん》がいく。

「檀野晋さんが白木代表と会ったかどうか、現時点では確認できていません。ですが檀野さんが今回の十六歳少女の事件を調べていたのは事実です」

「余罪のほうではなく、今回の事件だけなのか。それはどうしてだ」

「少女が、檀野さんが教えていた野球チームの選手だからです」

「そういうことだったのか」

おぼろげに点在していた白木と檀野の関係性がそこで繋がった。自分の教え子であるなら檀野はいっそう黙っていないだろう。

「少女は被害に遭った三日後に、勇気を振り絞って警察に行き、被害届を出しました。ですけど事件のことを思い出したら感情が決壊してしまって、具体的な供述はできなかったそうです。しかも両親が取り下げようとして」

「娘が被害に遭ったのに、どうして親が取り下げるんだよ。世間体《せけんてい》を気にしたのか」

「マッチングアプリを使ったことや、未成年なのに飲酒したことが関係しているのだと思います。少女は警察に行った後、すぐに病院で検査を受けましたが、被害を受けてから三日経っていたため、体液などは体内から検出されませんでした。ただし白木昴のマンションには、海外サイトで購入した睡眠剤ベンゾジアゼピン系のデートレイプドラッグがありました」

「少女にも、二人の成人女性にも、白木の息子は飲み物に薬を盛ったと言いたいんだな」

「はい、少なくとも私はそう思っています」

彼女だけではない、警察もそう判断した。

「そうした事実を檀さんが少女から聞き出したのか」

「檀野さんは当初、少女が被害に遭ったことを知りませんでした。未成年なので二日目から自宅での聴取になりましたが、親が同席するせいか、少女は捜査員にはほとんど喋らなくなったそうです。被害に遭ってから野球の練習を休んでいたため、檀野さんが少女のスマホに連絡を入れました。そこで少女はすべての事情を明かしました。檀野さんは、そんな男は絶対に許せない、ここで許したら平気で同じことをして、他の女性が被害に遭うと訴え、親が反対しようが絶対に被害届を取り下げたらいけないと諭したようです」

筋を曲げることが嫌いな檀野らしい行為だ。そんな檀野から正義の男と言われたから里志も嬉しかったのだ。

「そこから檀さんの調査が始まったんだな。白木昴の犯行で間違いないと、檀さんが摑んだのか」

「いいえ、檀野さんはあくまでも少女の聞き役で、聞いた内容を随時栗田さんに伝えていました。居酒屋店員の証言や防犯カメラの映像から白木昴はすぐに捜査線上に上がりましたが、白木昴は少女が目を覚ましてからは優しくなり、翌朝には帰りのタクシー代も渡して車に乗るところまで送っています。そうしたこともあって、強制性交等罪で立件できるのか警察は慎重になり、逮捕に至るまで時間を要しました」

事件が起きたのは七月二十日、ちょうどオールスター期間中だ。逮捕は九月十日だから、そこから一カ月半以上も時間がかかっている。

「萩下さんは、そうした白木昴の供述に納得できなくて、さっきの坂井さんの家に取材しにきていたんだな」

「坂井さんは、白木昴のマンションから出てきた少女が笑っているように見えたと警察に証言しました。その朝、少女には前の晩に盛られた薬が残っていて、とても笑える状況ではなかったはずだと問い質したら、笑っていたように見えたのは気のせいだったかもしれない、ただとても無理やりに性的関係を結ばされたようには見えなかった、と言い直しました」

「もしや白木代表が買収したのか？」

「白木代表とは会っていないと言い張っていますが、私は白木代表らしき人が、坂井さんの家から出てきたという目撃談を取っています」

「最低の話だな」

息子を庇うばかりか証言まで捻《ね》じ曲げようとするとは、どこまで卑劣《ひれつ》なのだ。これまで里志の味方になってくれ、チームを強くするためにはどうしたらいいか必死に考えていた白木のイメージが、この一件ですべて覆った。

「でも不起訴に終わった一番の理由は、二見さんが川瀬の事務所に行った日、親の説得に応じて少女が被害届を取り下げたからです。強制性交等罪は親告罪ではないので、被害届がなくても立件できますが、実際は被害届なしで起訴されることはあまりありません。取り下げた理由は……二見さんなら分かりますよね？」

「檀さんが殺されたことだな」

「はい。少女もひどくショックを受けています」

自分が相談したことで檀野は死んだと、責任を感じているのかもしれない。

「そういえば萩下さんは、急に球場からいなくなった時、抗議を受けたからだと言っていたな。抗議したのは白木代表なのか」

「中央新聞に厳重に抗議すると言われました。逮捕されたのは事実ですからと突っぱねましたが、白木代表は、成人年齢が十八歳に引き下げられたとはいっても、よほどの凶悪事件じゃない限り新聞が二十歳《はたち》未満の実名報道をしないことまで知っていて……現に新聞協会加盟社で、実名報道したのはうちだけだったので」

白木が強気になったのは今回の事件だけでなく、二つの余罪も立件されなかったからだろう。

「しかし警察はなにをやってんだよ。いくら被害届を取り下げたといっても三件もやってるんだろ。一人くらいは説得して立件しろよな。あなただって自分の取材結果を信じて実名で書いたわけだし」

悔しさがこみあげてきたのか、萩下は唇を噛んでその問いには答えなかった。

不起訴ですでに事件は決着がついたのだ。これ以上の質問は、彼女の失態を非難するようなものだ。

「もう終わったことだもんな。悪い、今のは忘れてくれ」

行こうと言って伝票を取った。

頭がいっぱいなのか、いつもならドリンクバーでも自分の分は出そうとするのに、里志が支払いを終えるまで、彼女は財布を出すのを忘れていた。

31

夕食を終え、風呂から上がったタイミングで、スマホが鳴った。《聖奈》と出ている。ビデオ通話だった。画面に娘の顔が映る。

「おお、聖奈、どうした、こんな時間に」

夜の十一時を回っていた。

〈お父さん、こんな時間じゃないと出られないじゃない〉

「朝とかでもいいじゃないか」

〈そうだね、ごめんなさい、今帰宅しました〉

ペロリと舌を出した長女は、伸ばした髪を明るめのブラウンに染めていて、急に大人びたように見えた。

どちらかと言えば、夜遅くまで帰ってこないのは次女の柑奈の方で、沙紀が〈女一人で子育てしてるから心配が尽きないわよ〉と嘆いていた。だが二人とももう大人だ。

「就職決まったんだって。おめでとう」

〈ごめん〉

今度は本当に済まなそうだった。

「どうして謝るんだよ」

〈せっかく音大に入れてもらったのに、なにも活かせなかったから〉

「存分に活かせてるだろう。音楽事務所に入るわけだから」

〈楽器をセッティングしたりする裏方だよ〉

「裏方を馬鹿にしたらダメだよ。お父さんだって今は裏方だ」

〈お父さんは違うでしょう。投手コーチが大事だって、テレビでもよく言われているし、しょっちゅうテレビカメラに映るし〉

「いいや、裏方だ」

今はブルペンに回っているが、ベンチにいて投手起用を決めていた時も、その気持ちは変わらなかった。

「それに聖奈の就活に、お父さんの趣味が活かされているとは思わなかったよ」

〈今時レコード持ってる人ってなかなかいないから、知り合いに聴かせるとみんな感動するよ〉

部屋で聴くだけでなく持ち出しているようだ。やっぱり彼氏がいて、それがミュージシャンなのではないか。ただ、ここで質問することもない。親に話すべきだと思えば伝えてくる。それでも知るのは沙紀が先で、里志が耳にするのは、結婚を決めた時だろうが。

「お父さんに感謝しろと言いたいところだけど、お母さんからは、レコードを捨てなかったんだから、感謝されるのは私だと言われたよ」

〈それ、私も言われたよ。もう邪魔で邪魔でしょうがなかったといつも嘆いていたから〉

「お父さんだって家にいる時に数回聴く程度だしな」

〈あっ、柑奈からも言っといてって言われたんだった。大学に行ったのが無意味でごめんなさいだって〉

「えっ、柑奈は卒業後、海外で仕事をするんじゃないのか」

〈やっぱり、スポーツ関係の仕事をしたいみたい。マネージャーをやって、選手をサポートする

のが楽しいって。バイトしてスポーツトレーナーの学校に通いたいと言ってた〉

「まさか中退する気か」

〈どうかな、そこは柑奈に直接訊いて〉

聖奈は聞いていそうだ。入ったからには大学は卒業してほしいが、やめるとしても柑奈が決める人生だ。

「柑奈って大学でも野球部のマネージャーをやってるのか」

〈それも伝えてなかったんだ。体育会ではなく、同好会だけど〉

英語を勉強したいと夏にホームステイに行ったくらいだからESSとか英語に関するサークル活動をしていると思っていた。今はスポーツトレーナーも海外のデータに目を通したり、国際的なセミナーに参加したりと英語は必修なので、語学を勉強したことは無意味ではないはずだ。

「大学の学部なんて関係ないよ、お父さんだって経済学部だったけど、まったく活かしていないし」

野球部推薦で、経済と経営学部とどちらでもいいと言われた。先輩からは、経済学部は一、二年の教養課程に経済数学など数学的な必修授業があるからやめておけと言われたが、里志は数学が好きだったので経済学部を選択した。金銭感覚は鈍《にぶ》く、現役時代の年俸査定の説明もよく理解できなかったが、数字慣れしたおかげで、稲本が出してくるデータは苦もなく頭に入る。

〈違うでしょ。お父さんは野球部卒でしょ〉

「そうだった。俺は野球部卒だったよ」

野球部員では珍しく単位を一つも落とすことなく四年で卒業した。だからといって勉強していたと話すのは、学生がすべき当然のことを自慢しているようで気恥ずかしかったので、子供たちの前では野球部卒だと言ってきた。

「となるとお父さんは大学で学んだことを仕事に活かしていることになるな」

〈完璧に活かしてるでしょう。お父さんのチームが優勝できて私も鼻が高いよ〉

「まだ優勝できるかどうかは分かんないけどな」

〈私より柑奈の方が喜んでるけどね〉

「野球のマネージャーなら、聖奈より詳しいだろ。聖奈はセイバーズがあと何勝すれば優勝できるかも知らないだろうし」

〈ごめん、知らない、あといくつなの〉

「そんなの知らなくていいよ。それよりバンドがどんな環境なら最高のパフォーマンスを発揮できるか、そのことを頭が痛くなるくらい考えてあげてくれ。みんな聖奈を頼るだろうから」

〈任せといて。エフェクターの足の距離まで、私じゃないと完璧にセッティングできないと言われてるくらいだから。あっ、エフェクターっていうのは、ギターの音に変化を与える足で踏むペダルね〉

「知ってるよ。お父さんもギターリストだったんだぜ。話さなかったっけ?」

〈マジ? 嘘でしょ?〉

「ごめん、適当なことを言った。昔読んだロックバンドの漫画を覚えていただけだ」

〈もうびっくりさせないでよ。お父さんの娘だから、私、ギターが好きなのかと思ったじゃん〉

やっぱり聖奈の彼氏はギターリストではないのか。気になったがそこも意識して聞き流した。

聖奈は手を振って通話を切った。単身赴任になってから電話は何度かあったが、ビデオ通話は初めてだ。彼女なりにきちんと顔を見て報告しようと思ったのだろう。こうした律儀なところは、自分似かもしれない。

娘を持つ父親の感覚を味わえたことで被害少女について思う。

少女の家族は、騒ぎにならないことばかり考えて、結局示談を受け容《うい》れた。それだって娘を思ってのことだろう。だからといって白木の息子を許していいのか。

俺ならどうする？　聖奈や柑奈が訴えると決めたのなら、絶対に応援する。

翻って自分が加害者の親だったらと考えた。被害者に謝罪に回るのは当然だ。いくら息子がそう言い張っていようが、新聞記者の取材に対し、同意の上だったなどと言い張るだろうか。三人もの女性が悲しみに暮れ、警察に相談に行ったというのに。

一旦頭を冷やそうと、日記帳を開いて今回の事件を顧みた。

白木に前回会ったのは、九月三十日、山路と隆之介が揉み合いになった翌朝だ。

日記にはそのことも書いてあった。

《二見は山路だけを注意したと白木に伝えた。白木はそれを咎めることはなく、抑え投手だった二見だけに、隆之介の悔しい気持ちが分かるのだろうと一定の理解を示した》

その後は一転して山路批判となった。

《白木は、山路は自分さえ良ければいいという我儘な一面を持っている、毎年契約更改では練習施設の改善に難癖をつけ、他の選手の年俸が低いなどと引き合いに出して保留するが、自分のサラリーが上がれば納得する、チーム改革も他の選手のことも関係なく納得するから、査定担当のフロントは「また山路のいつもの作戦だ」と白けている、などと話した。二見は信じられなかったが、ここ数日の山路の隆之介への態度を思い返すと、承知せざるをえなかった》

《白木は去年も山路をトレードに出すことを考えていたと明かした。二見は今年山路がいなかったらと思うとゾッとした》

日記に書いてあるのはそこまでだった。だが白木の話はその後も続いた。その内容は今もはっきりと覚えている。

——檀野晋さん、亡くなったそうですね。

その朝にニュースでも報じられていたから白木が知っているのは当然だし、警察から里志の住所を教えてほしいと連絡を受けた白木は、その時点で檀野の訃報を聞いている。

その後、白木は驚くべきことを明かした。

坂崎という男が球団に電話をしてきて、里志が檀野と今も付き合いがあると言ったという。

おそらくその電話は川瀬の仕業《しわざ》だ。そう決めつける一方で、その話を白木から聞いた時、なにかを知らせるように、心に引っかかりを覚えた。

そうだった。あの朝、刑事がやってきたのだ。

ほぼ木原が質問してきたが、帰り際に栗田が意外なことを仄《ほの》めかした。その言葉もすぐに思い出せた。

　里志は日記を閉じた。

　しばらく目を瞑《つむ》って決心を固めると、スマホを握りしめて、通話ボタンを押した。

32

　あくる日はいつもより三十分早く、九時半には球場入りした。

　当然のことながら選手、コーチ用の駐車場には一台も車は駐まっていなかった。

　人気《ひとけ》のない廊下に自分の足音だけが反響する。しばらく歩を進めると前回も見た清掃員が台車を引いていた。

　荷物のない里志はコーチ室にも寄らず、ダッグアウト方向に向かう。ダッグアウトの隣、バックネット裏近くにあるのが球団代表室だ。ここでフロント幹部は観戦する。ノックし「二見です、入ります」と扉を開けると、白木仁が椅子に足を組んで座っていた。

「おはようございます」

「なんの用ですか、こんな朝早くから呼び出して」

　穏やかないつもの顔つきとは違い、ぶすっとしている。

「息子のことで話があるなんて。あなたがなにを知ったか知りませんが、うちの息子は不起訴になりましたよ。まったく事実と異なるのに、警察が誤った捜査をして、息子の一生をめちゃくちゃにしました」

グラウンドに顔を向けて吐き捨てる。里志の目を見ないのは、後ろ暗さがあるからだ。代表のお子さんの件で話がありますと、昨夜の電話で伝えた時もすぐに返事がなかった。いや、この男にはそうした常識は当て嵌まらない。

「不起訴でも、嫌疑なしや不十分でなく、起訴猶予だったそうですね」

里志も壁に立てかけてあったパイプ椅子を開いて、白木の前に腰かける。

「それは検察の言い訳です。罪として実証できなかったのは事実ですから」

強制ではない、合意の上での性交渉だった。その主張は父子揃《そろ》って最後まで曲げなかった。

「同じことを檀野晋さんにも言ったのでしょうね」

白木の目が反応した。それなのに無理やりにやけ顔を作り、里志を見遣《みや》る。

「おかしなことを言いますね。なぜここで檀野氏が出てくるのですか?」

「惚けなくて結構です。電話なのか会っていたのか、いずれにせよあなたは檀さんと話した。檀さんは知人である坂崎和雄という探偵と親しくしていました。そして白木代表の息子さんの強制性交事件について、ともに調べていたのです。しかし坂崎が勤めているコルクス探偵事務所の所長、川瀬輝敏には、宗谷会系暴力団員とともに逮捕された過去があります。代表はかつて球界と反社勢力との関係を断ち切るために動いていましたよね。その関係で川瀬とも知り合いだったのでしょう」

「おっしゃってることがさっぱり分かりませんね。それにずいぶん飛躍してませんか？　私がしたのは反社勢力と野球界とのズブズブの関係を断ち切ることです。二見コーチが言っていることとは正反対です」

「私と檀さんが今も付き合っているというタレコミの電話が球団にあったと言いましたよね。あれも代表の作り話でしょ」

「息子の名誉棄損《きそん》だけでなく、今度は作り話をした疑いですか。どこまで私を侮辱《ぶじょく》するのですか」

白木にはまだ余裕があった。白木と川瀬の関係を示す証拠はない。里志は昨夜、思い出した話をすることにした。

「檀さんが殺されたと報道のあった朝、自宅に押しかけてきた刑事から、ここ数日、チーム内で檀野さんのことを訊かれたりはしていませんか、と言われたんです。私はないと答えました。すると刑事はこう付け加えました。次にそういうことがあったら教えてくださいと」

「それが私とどう関係があるのですか」

「まさにその日、代表が私に会うために球場に来ていて、自分から檀さんについて訊いてきましたよね。今思えばあれは私と檀さんの関係を知りたかったのではない。檀さんから、『もう二見里志に話した』と言われ、それが事実かを確認したかったんだ」

「私は単にあなたを心配して訊いただけです。檀野氏と親しかったことを知っていましたから」

「どうぞ好きに惚けてください。刑事さんが言う通り、檀さんについて訊いてきた者がいました、それは白木仁球団代表でした、と言うつもりなので」

平然と構えているようで、白木の唇は蒼ざめていた。視線も定まっていない。

「球団職員に訊けば、坂崎という男から不審な電話などなかったことも分かるでしょう。警察のことだから、あなたと檀さんが会ったことも摑んでいるかもしれない」

白木はなにか発しようとしたが、声にはならなかった。

「あなたが川瀬に頼んで檀さんを殺したんですね。その疑いも警察に伝えさせてもらいます」

席を立った勢いでパイプ椅子が倒れ、金属音が耳で割れる。白木の顔全体に、動揺が広がっていく。

「待ってくれ、二見コーチ。私からも説明させてくれ」

振り絞るような声がした。

「私に説明するくらいなら警察に行ってすべてを明らかにすべきです。そして今をもってチームから去ってください。あなたがいると、チーム全員がセイバーズの一員として胸を張って戦うことはできません」

そう言い残して里志は球団代表室を出た。

33

コーチ室に入ると、奥でスマホを眺めていた斉田コーチが小走りで近づいてきた。

「どこにいたんですか、二見コーチ。車があるのに見当たらなかったから、あっちこっち探しましたよ」

球団代表室にいて、白木に対して殺人者呼ばわりしたとは言えず、「考え事をしたくて球場の周りをぶらぶらしてたんだ」とごまかす。

「それ、稲本ちゃんが出してきたデータか。なにか分からないことでもあったか」

斉田の手の中のスマホを指差して言った。稲本のデータはスマホにも転送できる。里志はスマホでは読みにくいので紙でもらっているが、里志よりひと回り若い斉田は書籍もデジタルで読むらしい。

だが、斉田の用件は違っていた。

「これを見てください。隆之介の日記です」

チーフ役が代わったことで日記の送信先も斉田に変えたのだった。

「おっ、やっと送ってきたか」

里志はスマホを受け取って眺めた。打たれた二試合について言及してほしかったが、書いてあったのは抑えた前回のゲームについてだった。相変わらず自分が主語なのに、最後は《～らしい》《～ようだ》と推定の助動詞だらけになっている。

「相変わらず国語力ゼロだな。あいつ、話は面白いけど、文章にしたら途端につまらなくなる典型だ。センスだけでやっていると野球もいつか行き詰まるぞ」

笑いを誘ったつもりだったが、斉田はニコリともせず続けた。

「では次にこれを読んでください。宇部《うべ》の日記なんですけど」

大量リードされているゲームで投げていた佐藤という若手が肘に違和感のある仕草を見せていたため、代わって二軍から昇格させたのが宇部だ。隆之介が打たれた後に投げたゲームが、プロ入り初の一軍登板だった。

「一回目の日記だな。どれどれ」

文字が里志には小さすぎたので、読みやすいサイズにしようとスマホを弄ったつもりが、誤った操作で一気に文末まで移動してしまった。

《結局自分のピッチングができずに、レベルの差を感じただけで、自信を失いました》

必ず最後は前向きに終われというのが日記のルールなのに、その一文で終わっていた。

「夢も希望もない文末だな。一回目なら仕方がないか。最後はポジティブで終われよ、そうしないと日記を書くことで余計に嫌な思い出が上書きされてしまうぞと言ったのが伝わらなかったんだな。あとで本人に伝えておくよ」

「違います、最初から読んでください」

斉田の真剣な顔に、今度は音読した。

《宇部が投げた球は高めに抜けたらしい。気持ちを落ち着かせるべきだったのに、宇部はそれができなかったようだ。今思えば宇部はキャッチャーからボールをもらってから投げるまでの時間が短くなっていたらしい》

声帯をもぎ取られたかのように声が出なくなった。斉田の顔を見る。彼は苦い顔で、首を左右に振った。

「宇部って歳、いくつだっけ」

「高卒二年目なので二十歳《はたち》のはずです」

「隆之介より三つ下か。あの野郎……」

隆之介は日記を後輩に書かせていた。だから、ストレートをスライダーと書くなど配球まで間違えていたのだ。

「僕らも大学の時、監督から宿題として出された作文を、下級生にやらせたことがありますから。隆之介も日記どころじゃなかったのかもしれないですし」

「隆之介がこのパターンで書いてきたのは一回や二回じゃない」

思い返せばシーズン当初は隆之介の日記に推定の助動詞がつくことはなかった。文体が変わったのはシーズン半ばを過ぎてからだ。

その頃の隆之介は連続セーブを挙げて、まさにイケイケだった。

だからといって日記を後輩に書かせるとはどういう神経をしているのか。頭を沸騰させていると、打撃コーチの堀米が血相を変えて駆け込んできた。普段は話しかけてもこない堀米が部屋に入るなり声をあげた。

「二見コーチ、大変だよ。白木代表が警察に連れていかれた」

「どういうことですか」

スマホをポケットにしまおうとしていた斉田がびっくりして声をあげる。

「それがよく分からないんだ。俺が車を駐めて外に出たら、急に車が走ってきて、スーツ姿の男三人が降りてきたんだ。男たちは関係者のパスも下げていなかったので、なにかご用ですかと訊いたら、警察だから騒がないようにと言われた。彼らは球団代表室に入って、白木代表を連れ出した」

「どうして?」

斉田の質問に里志が答えた。

「おそらく殺人教唆《きょうさ》だ。殺人容疑かもしれない」

「殺人ですって」

二人の声が重なった。

「二見コーチはどうしてそんなことを知ってるんだよ」

堀米から質問されたが、その時にはコーチ室を飛び出していた。すでに騒ぎを聞きつけた選手数人も廊下に出ていた。

警察も白木も見当たらなかったため、関係者出入口まで駆けると、出入口付近にスーツを着た男たちの後ろ姿が見えた。両脇を抱えられるように白木が歩いている。

「代表」

里志に伴走してきた斉田が声を出すと、白木が振り向いた。両手に手錠が嵌められているのが刑事との隙間から見えた。里志がいることが分かると白木は視線を逸らした。

スーツ姿の男たちの中に、丸刈りにした小柄な刑事を見つけた。

「木原刑事」

栗田とともに自宅に来た刑事を呼ぶ。

振り返った木原に、里志が歩み寄る。斉田や堀米、選手たちには背を向けた。

「なにも球場で逮捕しなくてもいいでしょう。うちのチームは今日から大事な三連戦なんですよ」

白木が事件に関わっていると予測はついていたが、逮捕は今でなくてもいい。ゲーム開始までに白木は球団事務所に戻る。夜は自宅に戻る。そのどちらかのタイミングで身柄を確保すれば、選手に直接の動揺を与えることはなかった。

「あなたが出過ぎた真似をするからですよ」

顔をしかめた木原が声を忍ばせた。言葉の意味が分からなかった。そこで白木を連行する刑事の中に、清掃員の服を着た男性が交じっているのが目に入った。前回、里志が白木と会った時にも見かけた。

「俺を張っていたんですか」

「あなたを張っていたわけではないです。だけどあなたは、昨日も白木の息子のマンション周辺で聞き込みをしていた」

「やっぱり見張ってたんじゃないか」

「あなたが勝手な行動をしたせいで、白木が逃亡したら大変なことになる」

白木は関係者出入口の前に停まる捜査車両に、頭を押さえられて乗せられた。

木原は鼻白《はなじろ》んだまま、白木を乗せたミニバンの助手席に乗った。

34

その日のチームは寄ると触ると球団代表が逮捕されたという話題でもちきりで、チーム全員、地に足がついていなかった。

試合前に球団社長がスタジアムにやってきて「皆さんはゲームに集中してほしい」と伝えたものの、選手に覇気はなく、テンションは上がっていかない。

その後は辻原が出てきて発破《はっぱ》をかけた。

「ここまで来て優勝逃したら、おまえたち一生後悔するぞ」

その姿に里志は一段と冷めた。

ここで選手に責任を押し付けてどうするんだ。選手だって優勝したい。だけどこのような不祥事を起こしたチームが優勝していいのか、ファンは許してくれるのか、そうした後ろめたさが負けた時の予防線を張るかのように意気込みを妨げているのだ。

こういう時、セイバーズにはチームを引っ張る野手のリーダーがいないことが大きい。キャプテンに任命されているのは五番で捕手の織田だ。彼はなにをするにしても自己中心で、チーム全体のことを考えられる器ではない。根がひょうきんなので、打撃の調子がいいとムードメーカーになってくれるが、今は再び成績が下降線を辿っているため望み薄だ。

他の野手陣も軒並《のきな》み調子を落としている。チーム打率はリーグ四位。本塁打数、得点、出塁率に盗塁数も、五、五、四、四位と低迷している。それでも投手陣のヤングブラッズ同様、野手からもぽつぽつではあるが若い選手が出てきて、彼らは与えられた場面で結果を残そうと、無我夢中で頑張っている。その多くはスカウトの実権を握っていた白木が中心となって指名した選手というのが、なんとも皮肉だった。

投手陣も山路が声を出して引っ張るタイプではないため、全員がショックから脱しきれず暗い表情をしていた。

大事なレッズとの三連戦の初戦、セイバーズはまったくいいところがなかった。

先発したオリベは毎回のように四球で走者を出し、野手の失策もあって、失点を重ねた。二対六のままゲーム終盤に向かう。

七回に一死満塁と一発が出れば同点のチャンスがあったため、里志は大浦に肩を作らせた。そのチャンスも難しい球をひっかけての遊ゴロ併殺で、一点すら返すことはできなかった。

八回裏の攻撃も先頭打者は三振に倒れた。

「コーチ、一応、準備しておきましょうか」

隆之介がベンチから立ち上がった。日記の手抜きを注意しようと思っていたが、白木の逮捕で気が動転し、その機を逸していた。

「四点差あるからまだいいよ。リラックスしててくれ」

言ってから、四点だって点を取る時はあっという間だということに気づく。

逆転すればもちろん、同点でも後攻はサヨナラ勝ちがあるため、いいピッチャー順に投げさせるのがセオリーで、隆之介―大浦―ハドソンの順番となる。里志までが冷静に物を考えられなくなっている。

「すまない、隆之介、やっぱり用意してくれ」

「はい」

彼は立ち上がってジャンプしながら手を振ったりして体を慣らした。次にブルペンの狭いスペースでダッシュをして体を温めていく。

隆之介のやる気に反して、打線はあっさり打ち取られ、無得点に終わる。

九回裏に追いついて延長戦に入る可能性もあるので、隆之介は引き続き肩慣らしを続けたが、三者凡退に終わり、セイバーズは敗れた。

ついに首位から陥落《かんらく》した。

レッズに隠れマジック「1」が点灯、セイバーズは残り二戦、最低でも一勝一分け。逆に一つでも負ければ、その時点でリーグ優勝は夢と散る。

お通夜《つや》のような暗い雰囲気になったが、翌日の二戦目は、塞ぎ込んでいた選手たちに明るさが戻った。

今季は初めて、四年振りの中四日での登板となった山路が、レッズ打線を百二球で散発四安打に抑え、相手の失策も絡んで打線が手にした虎の子の一点を守り切って、一対〇で完封したのだ。

この日、ブルペンには一度も電話がかかってこなかった。

ピンチを迎えると投手を代えたくて仕方がなかった辻原も、この日の山路には全幅の信頼を寄せていた。

それでも里志は八回の登板に備えて大浦を、九回に合わせて隆之介を準備させた。

九回の二死無走者になってからは、隆之介もウォーミングアップを終えていたため、三人でモニターを眺めた。最後の打者を遊ゴロに取ったのを確認して、里志は二人に言った。

「良かった。これでチームは立ち直ったかもしれないな」

「そうですね。さすが山路さんです」

山路を慕っている大浦が言う。

「隆之介も同じ高校の先輩で誇らしいだろ」

山路のことを煙たがっている隆之介だが「見事でしたね」と認めた。

二人の間に生じた溝までをも埋めたのではないか。そう感じるほど、この夜の山路はとにかく変化球が低く決まり、それでいて変化球に頼ることなく、ストレートを内外角に投げ分け、相手打者を翻弄《ほんろう》した。ピッチャーなら誰もがお手本にしたい完璧なピッチングだった。

ベンチに戻ると、ヒーローインタビューに呼ばれた山路にファンが声援を送っていた。

仲間たちはインタビューを受ける背番号「18」の背中を見ながら、ダッグアウトから引き揚げていく。これぞエースだ。選手全員が浮き足だっているピンチを見事に救った。

彼が立派なのは、この大事なゲームを完封しても大袈裟に喜んだりはしない点だ。

まだチームには一試合残されている。今日勝っても明日負けたらすべてを失う。油断は禁物だと、山路はチーム全員に向かって体現している。

二位でもクライマックスシリーズで勝てば日本シリーズに出場できるが、選手は心からは喜べない。

男というのは船、鉄道、旅など長く続くものに惹かれるというのを、昔、本で読んだのを思い出した。

ペナントレースとは、まさに長く続く航海である。その長い旅程には必ず回り道があることも男たちは知っていて、その難渋《なんじゅう》な回り道があってこそ、ゴールした時は感慨深い気持ちになるのだ。

明日勝つことができれば、昨日の敗戦で首位を明け渡したことも、いい回り道だったと懐かしめる。エースが再び、ロマンチックな旅へと、セイバーズを戻した。

「山路、今日のピッチングには鳥肌が立ったよ。チームにチャンスを残してくれてありがとう」

記者のインタビューを受けて戻ってきた山路を、里志はロッカールームの前で待ち構えた。山路と話したのはあの揉め事があった夜以来になる。

「ありがとうございます」

山路は礼こそ返したが、笑顔を見せたわけではなくよそよそしい。それならそれで構わない。去ろうとしたところで山路に呼び止められた。

「二見コーチ、明日の最終戦、俺もベンチ入りさせてください」

振り返ると射抜《いぬ》くほどの強い視線を向けてきた。

「ベンチ入りって、完封したばかりじゃないか」

「今日勝っても明日負けたら終わりですよ」

睨んでいた目許を今度は嫌らしく緩める。

九回を投げ切ったエースに明日も投げると言われたら、本来コーチは心を熱くして喜ぶべきだろう。だが言葉通りに受け取れなかった。この男は隆之介ではなく、自分を胴上げ投手にしろと言っている——。

「それはありがたい、斉田コーチに伝えておくよ」

足許に風がまとわりつくような冷たい空気を感じ、山路から離れた。

コーチ室へと繋がる廊下を歩きながらも普段以上に傲慢《ごうまん》で挑発的に見えた山路の顔が脳裏から消えず胃がむかつく。

腹が立ったのは自分に対してだ。里志がセイバーズに来て大きく誇れることは、山路を誰もが認められるエースとして一本立ちさせたこと、そして隆之介をリーグ屈指《くっし》のクローザーに育て上げたことくらいしかない。

確かに二人とも里志が驚くほどタフで強いハートを持っている。

隆之介は二試合連続リリーフに失敗した次のゲームで、公式戦で初めて投げるスローカーブでカウントを取り、自力で立ち直った。

山路は、負ければ優勝を逃す崖《がけ》っぷちまで追い込まれたゲームをシャットアウトして、チームを踏みとどまらせた。

だからといって、山路が里志の求めるチームの精神的支柱になったわけではない。チャンピオンチームのクローザーのみ味わうことができる胴上げ投手の権利まで後輩から奪い、自分に寄越せと訴えてきたのだから。

一方の若きクローザーは、一度は崩れたチームの輪の中心に戻ってはいるが、すっかり調子に乗って、コーチが命じた日記を年下選手に代筆させていた。いったい俺は三年間、このチームでなにを指導してきたのか。自分だけがやった気になり、名コーチ気取りでいたようだ……。

山路の志願は斉田には伝えるつもりだが、里志の腹は、明日は山路をベンチに入れない方向で決まっていた。

仮に隆之介が打たれて逆転負けを食らえば、悔いは残る。

しかし山路をリリーフ要員としてベンチに入れたら、その時点で俺たちは信用されていないとリリーフ陣、とりわけ隆之介が快《こころよ》くは思わないだろう。

隆之介がいつもの力を出せなかったら、それは初めての優勝に緊張したのではなく、首脳陣に対して不信感を覚えたからだ、ということになってしまう。

里志がそうだった。現役時代に唯一味わった胴上げゲーム、当時の監督は、のちのエースで、その時点から将来性を高く期待していたまだ二十代前半の手塚に三振記録がかかっていたこともあり、最後まで投げさせようとした。檀野が、ここまでうちのチームを引っ張ってきたのは里志だと、監督に進言してくれた。

檀野がその時に言った「胴上げ投手というのはこの一年間、チーム全員からリスペクトされているピッチャーが務めるべきですよ」——その条件に隆之介が当て嵌まるか、以前ほどの自信はない。それでも今シーズン、彼がゲームの最後を締めて、仲間に安心感を与えてきたのはまぎれもない事実だ。

一方の山路はどうだ？　今日のゲームで改めて存在感の大きさを示された。だが里志は認めていない。

——やっぱり胴上げ投手は、一年間チームを引っ張ってきた、リスペクトされるピッチャーが務めるべきだよな？

選手の目の保護のためにやや灯りを落としている廊下の天井を見て、問いかけた。

草葉の陰で今も里志のチームが優勝するのを見守ってくれている檀野のためにも、その信念だけは、曲げるわけにはいかない。

35

コーチ室に入ると、斉田の方から「明日の件、山路から聞きましたか?」と言われた。

「なんだ、俺に言う前に斉田コーチに伝えていたのか」

「僕が聞いたのは試合前です。今日のゲーム、必ず勝ちますから、明日もベンチに入れてくださいと言われました」

「登板前に言ったのか」

今日の試合に集中しなくてはいけないのに、山路は明日の試合を考えてマウンドに立った。もともと球数が多くないピッチャーだが、この日はたった百二球。球数を増やさないように注意して、このプレッシャーのかかる一戦を完封したのだ。

そこまでの芸当、何度も優勝を経験している強豪チームのエースであってもできることではない。

斉田にはひと晩考えようと言って、コーチ室を出た。

すぐさまマスコミに捕まった。おびただしいほどの数で、普段の三、四倍はいる。滅多に球場に来ない一般紙の社会部記者やテレビの報道番組、週刊誌の記者もいるのだろう。

「白木容疑者、今日殺人容疑で検察に送致されました。逮捕されたことを二見コーチはどう思われますか」

顔も見たことのないスーツ姿の記者に訊かれた。

「昨日も話したじゃないか。そのことについては球団社長と辻原監督が代表してコメントしたはずだ。俺からはなにもない」

「二見コーチは白木容疑者に誘われてセイバーズに来たんですよね。白木容疑者とはイグレッツの時からの付き合いだとか。今回の逮捕について知っていることを教えてください」

今度は女性だ、マイクを持っているからテレビだろう。

ニュースを見ると気が散ってゲームのことが考えられなくなるので、里志は昨夜、テレビを一切見なかった。

チームマネージャーによると、警察は同時刻に大久保のコルクス探偵事務所にも立ち入り、川瀬輝敏を殺人容疑で逮捕した。金銭で依頼を受けた川瀬が、檀野晋を彼のアパートで自殺に見せかけて殺害したと報道されているらしい。その場には白木もいたというから、目撃者が見たという二人のうちの一人は、白木だったのだ。

深夜に白木が一人で檀野のアパートを訪れた。想像するに、白木は息子に罪を認めさせる、少女に謝りたいなどと言って、檀野を油断させたのではないか。そうでなければ、いくら人がいい檀野であっても、薬を飲んで翌日の仕事に備えて眠ろうとしていた深夜に部屋に入れるわけがない。

白木が部屋に上がったところで、川瀬が侵入して檀野を殺害した。

「詳しいことは何も知らない。俺から話すことはない」

里志が去ろうとすると、東西スポーツの秋山の声がした。

「二見コーチは檀野さんが殺されたのだと、早い段階から知っていたそうですね」

辻原から聞いたのだろう。もしくはコバンザメのように辻原にくっついている子飼いのコーチからか。

優勝決定戦の前夜という大事な時に、川瀬との暴力沙汰を引き合いに出されては言い訳がつかないと身構えたが、秋山は別のことを指摘した。

「それに檀野さんとは因縁がありますよね」

「因縁とはどういう意味だよ、秋山さん」

やに下がった記者の顔を、里志は無意識に睨みつける。

「因縁と言えば因縁ですよ。檀野氏が球界から永久追放されたことに、二見コーチが関わっていると聞きましたけど」

「この前も同じことを言ってたな。聞いたのではなく、あなた、週刊誌で読んだんだろ」

「いいえ、聞きました」

辻原か、それとも他のコーチから聞いたのか。彼らにしたって同じだ。かつて檀野の先発情報漏洩を密告したのが自分だという事実を明かしたのは、萩下記者と栗田刑事、それと白木の三人だけだ。

「俺の前で言うのなら証拠を示してくれと言っただろ」

「でしたら因縁についてはいいです。檀野氏の元チームメイトとして答えてくれませんか」

「どういう答えをあなたは求めてるんだ」

「簡単ですよ、嬉しいとか悲しいとか」

「嬉しいだと」

聞き捨てならずに里志は語勢を強める。

「誤解しないでください。秋山さんが言ったのは、犯人が捕まって嬉しいという意味ですよ」

秋山にいつもくっついている女性記者が早口で補足する。

「そんなことは分かってる。人が死んだんだ。嬉しいなどという感情は微塵もない」

言うならばせめて捕まって良かった、安心したくらいだろう。いまだ薄ら笑いを浮かべている秋山の顔に、里志の怒りは収まらない。

「あなたたちが俺と檀野さんとの関係をどう見るかは自由だけど、俺にとって檀野さんは尊敬している先輩であり、かけがえのない友人だ。これまで公《おおやけ》にしていなかったが、アメリカに行ってからも、毎年オフに帰国すると檀野さんと会って、結果を報告していた。もちろん檀野さんに迷惑をかけたら悪いから、人目に付かないように気をつけていた」

「会っていたんですか、いつまでですか」

記者の一人が言う。余計なことを口走った。永久追放になった人間と現役のコーチが付き合っていたという事実だけでも、マスコミの格好の餌食《えじき》になる。だが言わずにはいられなかった。死んだのだ。もう名誉が回復されてもいいだろう。あれだけ野球を愛した男なのだから。

「それ以上は答えない」

「逃げるんですか」

また秋山だった。

「逃げも隠れもしない。明日も俺は答えない。檀野さんとの関係が知りたければ、シーズン終了後に訊いてくれ。その時はあなたたちが納得するまでいくらでも話す」

そう言って前に進む。

塞いでいた記者たちの壁が、真ん中で割れた。

36

駐車場はいつもと同じ静けさに包まれていた。ちょうど里志の後を歩いてきた徳吉という外野手が「まったく、あいつらしつこいですね」と愚痴りながら横を通り過ぎていく。

「選手にも訊いて回っているのか」

三番レフトで先発した徳吉は、敵失から摑んだ四回二死一、三塁の好機で、一、二塁間を抜くタイムリーヒットを放った。今もっとも頼りになる中軸打者にまで質問攻めするとは、明日の試合で影響が出たらどうしてくれるのか。

「なにを答えろって言うんですかね。まさかあの代表が、くらいしか言いようがありませんよ。人殺しなんて」

返事をしなかったからだろう、徳吉は里志の調子がいつもと違うことに気づいたようだ。

「コーチが一番ショックですよね。代表とはイグレッツから一緒だったし。すみません、軽率《けいそつ》なことを言って」

「別にいいよ。あの人が俺をセイバーズに呼んでくれたのは事実だし、俺だって逮捕と聞いて頭が真っ白になったから」

本人を問い詰めた時でさえ、白木自身が殺人現場にいたとは思わなかった。

檀野に、息子の性行為が合意の上ではなく、れっきとした強姦《ごうかん》であった証拠でも摑まれたのだろうか。それともいくら示談を促そうが、教え子の少女の被害届だけは撤回させないと言われたか。

たとえ息子を守るためだとしても、プロ野球チームの球団代表を務める人間が、殺人を犯すか。白木の名前が大々的に報じられてからも、殺害動機だけは納得していない。

「記者が騒ぐおかげで、明日が優勝を決める大事な一戦だという緊張からは解放されますけどね」

「みんなが徳吉くらい図太い神経をしてるといいんだけど」

「図太くないですよ。俺だってメチャ、びびりましたから」

「そうだよな。こんなことがあって動じない選手がいたら会ってみたいよな」

徳吉がたすき掛けしたショルダーバッグからリモコンキーを出して、愛車ゲレンデヴァーゲンのドアを開錠する。

「明日は勝ちたいですね」

「勝ちたいじゃなくて勝ちますだろ？　一勝一敗の三戦目で決着がつくゲームをラバーマッチと言うんだ。戦うもの同士が片手をゴムチューブで結んで戦うみたいで、逃げ道がないみたいだろ」

「えぐいですね。それもメジャー用語ですか？」

「ボクシングから来てるらしい。内堀トレーナーから聞いたんだ。今はスペルもゴムのラバーを使うけど、昔は恋人のラバー（Ｌｏｖｅｒ）だったという説もあるらしい。一勝一敗で三回も戦うんだから、どんだけ仲がいいんだって意味かな」

「あの人、元格闘家ですものね。でもコーチの言ったゴムチューブを握った殴り合いの方が、今の自分にはしっくりきますよ」

「なら言ってよかったよ」

「今日は一点しか取れずに山路さんに迷惑をかけましたが、明日は打ちまくって、投手陣を楽にさせますから」

「楽しみにしているよ」

徳吉の前向きさに、里志の灰色の心は少しだけ晴れた。

駐車場の奥まで歩くと、バンパーの下から女性の足許が見えた。

このシーンはすっかり見慣れた。

車の陰から萩下が出てくる。何度か見たグレーのパンツスーツ姿だった。後ろからもう一人、グレーのジャケットを着た肩幅のある女性が姿を見せた。

「お疲れ様です」

萩下が言い、横で八王子署の栗田文恵が頭を下げた。いつもなら取材には応じないと無下《むげ》にするが、今晩は違う。

「ようやく来てくれましたか」

「はい、二見さんのお望み通り、栗田さんをお連れしました」

萩下が言う。

「殺人事件の取り調べという忙しい中、申し訳なかったですね。でもあなたは殺人事件とは関係ないですよね」

里志は栗田に目を向けた。

「はい、私は生活安全課少年係の捜査員です。強制性交等の事件は刑事課の仕事ですが、被害者が十六歳の少女とあって、私が担当しました」

「よく二見さんは気づきましたね」と萩下。

「そうなのかなと思ったのは白木が逮捕された時、刑事の中に栗田さんの姿がなかったからだよ。だけど振り返ればそう思える事柄がいくつかあった」

最初に里志の自宅に来た時は、男性刑事を帰して栗田だけが車に同乗した。あれは主な目的が白木の息子の強制性交事件の捜査だったからだろう。二度目は木原というベテランが主導権を握って、栗田には口出しさせなかった。今度は殺人の捜査だったからだ。

初めて会った時、萩下は「一人の捜査員が、これは問題があると主張している」と話した。里志は、その一人だけが殺人事件だと言い張っているのだと誤解したが、自宅に来た木原刑事は「最初から警察は自殺だとは思っていなかった」と話した。

萩下が言った「問題がある」とは、あくまでも強制性交事件との関連性だ。すでに白木昴の事件を追って、檀野と連絡を取っていた栗田は、檀野がこの事件に関わったせいで殺されたとすぐさま感じたのだろう。

「被害届を出した少女が、恐怖で心を閉ざした時、檀さんが被害届を取り下げるべきではないと言って励ましたと萩下さんから聞きました。だけど檀さんはいったいなにを知ったのか。どうして白木に殺されなくてはいけなかったのか。その理由が知りたくて、お呼びした次第です」

背後から「二見コーチ、大丈夫ですか」と声がした。広報担当だった。関係者以外立ち入り禁止の駐車場に侵入してきた記者に捕まっていると思ったらしい。

「いいえ、問題ありません。知り合いですので」

近づいてきたら面倒になるので大声で返す。

「私は生活安全課で捜査本部にも入っていませんから、白木がどのような供述をしているのか知りません」

「殺人事件についてはすべてケリがついてからで結構です。私が聞きたいのは檀さんが調べていた十六歳少女への性暴力事件の経緯ですから」

「分かりました。話したところで大学生が不起訴になった事実は変わりませんが、そのことで檀野さんが殺されたわけですから、友人である二見コーチにも知る権利はありますね」

「ただの友人ではありません。最後の最後に電話を寄越して、私になにかを伝えようとしたのですから」

そう言うと、彼女は頷いた。

「家《うち》に行きましょう。乗ってください」

こんなところを秋山たちに見つかったらまた大騒ぎになる。古い車にリモコンキーはついていないので、運転席に乗って、他のドアを開錠する。

萩下は助手席に、栗田は後部座席に乗車した。二人がシートベルトを締めたのを確かめてから、里志はアクセルを踏んだ。

37

——今日はおまえに頼みがあってここに来た。

十三年前のあの日、やつれた顔で姿を現した檀野を大阪の自宅に招き入れた。

沙紀にはお茶も要らないと伝えた。挨拶しても笑みの一つも零さない檀野に察したのか、沙紀も「分かりました」と奥の部屋へ引き下がった。

里志の部屋に入る。ベッド以外は机に付属する椅子が一つあるだけなのでそこに座るように促したが、檀野が床に座ったため、里志も胡坐《あぐら》をかいた。檀野は正座していた。なにかを話そうとしたが言葉が出ないようだった。里志が先に切り出した。

——檀さんが大貫組に情報提供したことって、美津江さんの財テクが関係してんだろ。

前回、大阪ジャガーズに在籍していた頃、婦人会のリーダー的存在だった美津江が、移籍した福岡シーホークスから戻ってきた時には会に参加しなくなっていた。檀野の成績が下がり、契約更改で金銭闘争したり、先発転向を希望したりして、チームで浮いた存在になっていたことが、顔を出せなくしてしまっていると思っていたが、そうではなかった。

——知ってたのか。

――ああ、沙紀に調べてもらった。チーム内の奥さんに、美津江さんから株を勧められた人がいたそうだ。その人はやらなかったそうだけど、ある日を境に、美津江さんから一切連絡がなくなったから、きっとそうだろうと。

――その通りだよ。株で焼かれた。

――いくらだよ。

――数億とだけ言っておく。利子が高くて俺の今の年俸では何年経っても返せない額だ。

返せない額だとしたら一億、いや二億か。どちらにしても檀野は三年前から年俸のダウンを繰り返し、この年は四千万円だった年俸が八十パーセント減の八百万まで下がった。ルールで認められている減額幅は二十五パーセントまでだから、八十パーセントダウンはそれをはるかに上回る。そうした大幅減を提示されると、選手は球団から戦力外とみなされているのも同然だと受け取り、退団して移籍先を探す。檀野は屈辱を受け入れてチームに残った。

――美津江のことは責められない。亜美が死んで落ち込んでいるのに、俺は遠征ばかりで美津江を慰めてやれなかった。そんな時にふと始めた株で利益が出て、夢中になったんだ。俺も亜美を失った悲しみから逃避できるならと、『美津江には才能がある。どうせ俺はあと数年で引退だから、老後の分も稼いでくれよ』と調子がいいことを言って唆《そそのか》した。まさか信用取引をして、赤字を取り戻すためにまたでかい勝負をしたとは思いもしなかったけど。亜美を失った上に借金までしたら俺が愕然《がくぜん》とすると、美津江は言えなかったらしい。悲しいのは美津江も同じだというのにな。

淡々と話すが、妻の変化に気づかなかった悔しさからか、正座していた檀野の手がズボンの布を強く握ったのは確認できた。

――金がないから、大貫組に先発を漏洩したのか？

そのことが一番納得できなかった。借金があるからって暴力団に先発投手を漏洩するか。球団に相談するなり、なんらかの方法はあったはずだ。

――最初は些細なことだったんだよ。俺がいつも飲んだ後に寄る、バーテンが一人でやってるバーが梅田にある。俺のファンだという客がよく来ていて、飲んでるうちに意気投合した。俺が先発する試合を観たいっていうから、投げる日に合わせて家族チケットを渡した。

――それくらいなら許容範囲だろ。

厳密にはこれも漏洩に当たるが、自分が投げる日に家族や友人を呼ぶのと同じだ。

――俺も店には世話になってたし、これくらいはいいかと思った。それが拙かったんだ。投げた翌日、家に俺宛に小包が届いた。開けると中に二百万円が入っていた。

――その金はどうしたんだ。

――返すにも差出人も俺の住所になってた。だけど、ファンだと名乗ったあの男だと、すぐにピンと来たよ。俺は全額持ってバーに行き、バーテンに、あの男の名前と連絡先を教えろと問い詰めた。バーテンはなにも知らないと答えた。

――そのバーテンもグルだったんじゃないか。

そう言うと檀野は口を固く結んで頷いた。

——ああ、最初から仕組まれてたんだ。バーテンが言うには「これまでも檀野さんは、明日は手塚だから勝つとか、戸張だから苦戦するとか、話していたじゃないですか。俺は大貫組に言われて全部流してたんですよ。その数は十回じゃききません。二百万はそれらを含めた報酬です」と。俺はバーテンを締めあげたよ。ヤツは我が家の事情まで知ってて、「檀野さん、奥さんの借金で二進《にっち》も三進《さっち》もいかないんでしょ。別に八百長《やおちょう》をやれと言ってるわけではないんです。先発を教えるだけでいいんです。もう十回以上やってんですから、あと何回やっても同じでしょ」と言いやがった。

——そう言われて情報を流したのか。

なんて浅はかな……信じられない。

——それくらいうちには金がなかったってことだ。それ以降、バーテンに先発投手を伝えるたびに、数十万もらった。家に帰って美津江に、実はおまえに隠して貯金をしてた。しばらくこの金を生活費と借金返済に充《あ》ててくれ、そう言うと彼女の顔が少しだけ和らぐんだ。俺はその顔を見たさに、情報漏洩を続けた。

——違うだろ、檀さん。美津江さんを喜ばすのはそんなことで小銭を稼ぐことではなく、野球で活躍して年俸を上げることではないのかよ。

——そんなこと分かってるよ。ただでさえ体は衰えたのに、気負い過ぎて思うようなピッチングができない。俺はピッチャーは心の勝負だと思ってマウンドで戦ってきた。その肝腎《かんじん》の心が、体とかけ離れてしまったのだから、そりゃ打たれるわな。

最後は涙声になり、髭を失った鼻の下を啜った。涙だけでなく鼻水も出ていた。ティッシュのボックスを渡すが手を出そうともしなかった。

その時は檀野への非難より、悔しさの方が強くなっていた。

どうして借金のことを俺に話してくれなかったんだ。

檀野を責めるわけにはいかない。同じチームにいるのに、俺はなにも気付かなかった。

――どうして今になって俺に会いに来たんだよ。シーズン中に俺が問い質した時は、『里志が言いたきゃ言ってもいい。俺には覚悟はできてる』と開き直っていたのに。

おまえに頼みがあると話していた檀野は、一つ息を呑んでから別の話をした。

――今日、美津江と離婚した。近いうちに自己破産を申請する。美津江には暴力団との付き合いまで全部話した上でこう伝えたよ。俺の責任だから、おまえは心配することはない。一人になるけどこれからは普通に暮らせって。

なにも入っていない空腹の腹から絞り出したようなうら淋しい声だった。精いっぱいの告白にかける言葉は見当たらなかった。檀野はさらにズボンに皺を寄せ、目を瞑《つぶ》った。

――美津江さんはなんて。

――自分のせいなんだから一緒に責任を負うって聞かなかった。だけど借金して自己破産したことが問題じゃない。俺は野球界の禁を破って暴力団と交際して、たくさんの野球ファンを裏切ったんだ。美津江まで巻き添えにするわけにはいかない。

悔悟《かいご》を嚙み殺すように口角が窪む。瞑っていた目を見開き、檀野は言葉を継いだ。

——里志から球団に伝えてくれないか。週刊誌が書いたことは本当だ、檀野晋はヤクザに先発ピッチャーを漏洩していると。

——そんなの、俺が言うより、檀さんが自分で告白した方がいいだろ。

法律を犯したわけではない、野球界のルール違反だ。世間の風当たりは犯罪より厳しいかもしれないが、そうだとしてもチームメイトに告発されるより、自分で罪を認めた方が、猶予が与えられる可能性はいくらか残る。

実際、その時はこのまま黙っていればいい、告白すべきではないと思った。このオフ、檀野は間違いなく戦力外通告を受ける。今後は二度と野球に関わらなければいい。

里志はそう指摘したが、檀野は同意しなかった。

——ダメだ、そんな逃げるなんて。

——俺は別に逃げろと言ったわけじゃ……。

心の中で思ったのはその通りだが、否定をする。

——いつ週刊誌に書かれるか、俺はびくびくしながら第二の人生を送りたくないんだよ。週刊誌のことだ。娘を失って失意に暮れた妻が株に走ったのが原因とまで知るかもしれない。そんなことを書かれたら、天国の亜美までが責任を感じてしまう。

——そんな、亜美ちゃんまでなんて……。

——俺にとっておまえが正義だ。おまえに告発されたなら、俺は自分が犯した罪を一生背負っていける。

――俺は檀さんに正義の男になれると言われただけで、実際になれたとは思ってないよ。

――なったさ。元から里志は自分に厳しかったけど、その厳しさゆえに自分を許せず、周りに当たり散らしていた。だけど俺がきつく叱ったことで、本当の正義の男に成長したんだ。そんな男に告発されたなら、俺はこの先、どんな辛い人生にぶち当たっても正しく生きていこうと頑張れる。なぁ、里志、頼む、この通りだ。

涙と洟水《はなみず》で顔をくしゃくしゃにして、檀野はその場で土下座した。

38

里志の家のダイニングテーブルの椅子に腰を下ろした栗田と萩下に、里志はあの日の檀野とのやりとりを明かした。

「そういう事情があったんですね。いかにも檀野さんらしいお話ですね」

栗田が口を開く。彼女は、妻を巻き添えにするわけにはいかないと檀野が話したというあたりからハンカチを出した。萩下は口を結んで聞いている。あの日の檀野との会話を明かしたのは、沙紀を除けば二人が初めてだ。

「翌日に檀さんの不正行為を球団社長に告発すると『誰にも言うな』と言われたよ。顔を引きつらせた球団社長は、すぐに親会社の会長であるオーナーのところに行った。檀さんが使っていた若手選手の名前は出さなかったけど、俺が手塚たちに頼んで先発が誰だか記者たちに誤認させたことまで話したから、これは隠し通せないと思ったんだろう。翌日には東京でコミッショナーとジャガーズの球団社長が会見して、マスコミは上を下への大騒ぎとなった」

「嫌な役目を背負わせた二見コーチに、檀野さんは生涯、済まないことをしたと思っていたんでしょうね」

「私は、檀野さんが二見さんのことを俺の正義だと言ったところに、お二人の絆《きずな》のようなものを感じました」

萩下がこの部屋に入って初めて声を発した。

「そんな立派なものではないよ。確かにどんな事情があれど、俺は間違っていることは許せなくなる性格だ。だけど檀さんが俺に告発しろと言った理由はそれだけではないと思うんだ」

「他にどういう理由があったんですか」

「俺がブルペンで偽装工作をして檀さんの罪を確信したことを、檀さんは大貫組に話してしまったと思うんだよ。警察の捜査が入れば、大貫組はその報復として、公《おおやけ》になるずっと前から同じチームの二見里志は真相を知っていたと暴露するかもしれない。まだメジャー球団とも契約は決まっていなかったけど、檀さんはやっと夢が叶った俺に迷惑をかけたくなかったんだよ。俺が球団に訴え出れば、あとで俺が隠していたことが明かされても、俺への風当たりは小さくて済むだろ」

檀野の優しさに心を打たれたのか、萩下の睫毛《まつげ》も揺れていた。そうなのだ。むしろ里志が助けられたのだ。逆に里志が安っぽい正義感をふりかざさなければ、檀野は後ろ指を差されることなく、静かに球界を去れた。

「それより今度は栗田さんが話してくださいよ。あなたが檀さんから聞いていたことを」

「そうですね。私が話す番ですね」

彼女はしばらく頭を整理してから話し始めた。

「性暴行の被害者の少女が警察に来たまでは良かったのですが、捜査員が聴取を始めると、泣くばかりでまともに話せなかったんです。翌日からは自宅での聴取になりましたが、彼女は母親が好きでないようで、母親と同年代の私にも心を開いてくれませんでした」

「電話をかけた檀さんには、話したんですね」

「はい。檀野さんから署に連絡がありました。少女は俺にはなんでも話してくれるって。刑事課にもメンツがありますから、余計なことをしないでくれと失礼なことは言ったようですが、私はこのままでは捜査に着手できないと刑事課長に訴え、檀野さんに協力をお願いしたんです。私が調べたところ、他にも類似したケースが二件ありましたから」

「警察に相談に行ったけど、女性らが自分の意思で白木昴のマンションに行っていることから、警察が被害届を受理しなかった件ですね」

「はい、その時の署員の対応に納得していなかった私は、この犯人を野放しにしていたら、さらに被害者が増えると危険を感じました」

「檀さんを交えた聴取で少女は、白木昴とどのように出会い、そしてどうやってレイプされたと証言したんですか」

「居酒屋に行き、お酒を飲んだのは事実だけど、途中でトイレから戻ったあと急に意識がなくなったと言ってました。たぶん飲み物に薬が入っていたと。檀野さんはアルコールに薬を入れたことに憤《いきどお》っていました」

檀野自身も心療内科に通院し、精神安定剤を服用していた。慎重な性格だけに薬とアルコールを併用する怖さは分かっていたはずだ。

「檀さんが少女から引き出した証言をもとに容疑が固まった。その間に栗田さんは白木昴の余罪を捜査した。そして逮捕に踏み切ったということですか」

「はい。それらを含めて取り調べに入りました。大学生はすべて合意の上だったと言い張りましたが、それも想定内でした」

栗田は名前を言わず、あくまでも大学生という呼称に徹する。不起訴が決定したことで、個人名は口にしないと決めているのだろう。

「そこまで捜査が進んでいたのにどうして不起訴になったんですか。父親の白木仁が火消ししようと示談に持ち込んだからですか？　少なくとも少女に限っては、檀さんが被害届を取り下げないよう説得したんですよね」

檀野が殺されたからだと分かっていて尋ねた。檀野を慕っていた少女はショックを受け、戦う意欲がなくなったのだろう。だが栗田は意外なことを言う。

「少女の言っていることに、齟齬《そご》が生じ始めたからです」

「齟齬ってなんですか」

「起訴するには十分ではない、むしろ裁判で不利になる内容です」

「白木昴は合意の上だと言ってるんでしょうが、被害者側が無理やりだったと訴えれば、犯罪として立件されるのではないのですか。もしかして白木昴はやっていないと主張しているのですか」

「大学生が少女を自宅に連れこんだのは間違いありません。ですが密室でなにが起きたかまでは、証明するのは難しいのです」

「薬で眠らせた少女にやることなんて、一つしかないじゃないですか」

当たり前のことを訊いたつもりだが、栗田の返答はなかった。

「少女はなんて言っているんですか」

「すみません、檀野さんのことについては話せますが、それ以上は不起訴になった事案なので話すことはできません」

栗田から強い拒絶感が伝わってくる。「それなら」と次の疑問を口にする。

「檀さんはどうして探偵の坂崎に協力を求めたんですか。白木の息子には警察がすぐに行きついたんでしょ。息子に罪を認めさせるように父親を説得するだけなら、坂崎は必要ないんじゃないですか」

「それもさきほどと同じ理由で話せません。そのことは白木仁の捜査にも関わってきますので……」

栗田は回答を拒否したが里志は諦めなかった。

「白木仁がどうしても知られたくなかった秘密を摑んだんじゃないですか。それこそ白木の息子を有罪にできるほどの大きな秘密です。そうでなきゃ白木は檀さんを殺さないでしょう」

「檀野さんがなにを調べていたかは、実は私もすべて把握しているわけではないんです。少女は檀野さんにしか話していないので」

「でも報告は受けていたんでしょ」

「おおよそは」

「檀さんに関わる件だけでいいので話してください」

栗田は丸い顎に皺を寄せて考えていた。

「白木仁が示談に回り始めて、他の被害女性が被害届を取り下げようとしていると知ると、檀野さんは許せないと言って、そこから坂崎を使って本格的な調査に入りました」

「最後に連絡があったのはいつですか」

「亡くなる前日の朝です」

「俺に電話をかけてきた日ですか」

「はい、檀野さんの電話履歴によると、私と話した後に、二見コーチにかけています」

「その時、檀さんは栗田さんになんて言ったんですか」

「すべて辻褄《つじつま》が合ったぞ。本人は否定しているから、あとは二見里志に任せようと思っている。

里志ならすべてを解決してくれる、と」

「俺が解決する？　俺がいったいなにを？」

「本当に分かりません。二見さんと話してから伝えると言っていたので」

「それで萩下さんは何回も、俺に連絡がなかったか訊いてきたのか？」

　栗田に向けていた視線を隣の萩下に動かした。萩下は黙したまま頷いた。

「檀さんは、本人は否定しているから、と言ったんですね？　本人って、白木の息子ではないですよね。白木仁が否定したのですか」

「私もその時はそう思いました。でも白木仁は最初から、息子は合意の上だと言っていると主張していたので、それをわざわざ、本人は否定しているとは言わないと思うんです」

「だったら誰が否定したんですか？」

　栗田は首を左右に振った。里志に悔いが走る。亡くなる前日の電話に出ていたら、檀野が摑んでいた、白木昴を有罪にできる証拠を公にできたのだ。俺はなぜ非通知の番号に出ないなどというルールを決めてしまったのだ。

　とはいえ里志に任せると言った檀野の真意が理解できたわけではない。俺がなにを解決できる。ただのプロ野球のコーチだぞ。どう考えても平仄《ひょうそく》が合わない。

「もしかして俺に任せようとした問題が、さきほど栗田さんが言った齟齬に関係するんじゃないですか」

　言った瞬間に栗田の目が反応した。

「それを教えてくださいよ。そうすればもしかしたらなにか分かるかもしれないじゃないですか」

「それはもう不起訴になった事案なので」

「少女の事件は決着がついたかもしれませんが、檀さん殺害事件は終わっていません。俺に話してくれたら解決できるかもしれません」

言ったところで栗田に話す気はないだろう、そう諦めかけたところで栗田が呟いた。

「少女は檀野さんに、虫がいたと言ったそうです」

「虫って、白木昴の部屋にですか」

「………」

「幻覚の症状があったということですか。幻覚症状があったから、証言は曖昧で有罪には持ち込めないと」

しばらく部屋が沈黙で包まれた。萩下を見た。目を伏せたから深い事情を聞いているのだろう。彼女にも答える意志はないようだった。

もう一度栗田を見て、教えてくれと訴える。

無駄だった。彼女は石のような硬い表情で沈黙を決めていた。

39

今シーズンの百四十三試合目、この最終戦で勝った方が優勝するとあって、里志もいつもと違った緊張感で球場入りした。

早速ジムに向かう。

今日に限ってはいつまで経っても選手は来なかった。こういう時こそうまくいったシーズンのルーティンを崩さない方がいいとは思ったが、筋トレどころじゃないという選手の気持ちも分かる。里志にしたって昨夜はいろんなことを考えすぎて眠れなかった。

こんな心が整っていない状態でベンチプレスをしたらケガをすると、マシンを軽めに設定してインナーマッスルを鍛《きた》える。

その後、腹筋台に角度をつけ、両手を胸の前で交差させて腹直筋に負荷をかけていると、斉田コーチが入ってきた。

「やっぱりここでしたか。おはようございます」

「おはよう。斉田コーチ、ぐっすり眠れた良い顔をしてるじゃないか」

ちょうど二十回目だったので、中断して台から降りる。

「眠れるわけがないじゃないですか。三時くらいまで起きてて、その後もうとうとしていました」

「それなら俺の方が元気だな。もう少しは眠れたから」

見栄を張った。昨夜はまったく眠気が訪れることなく、斉田がうとうとしたと言った三時頃には眠るのを諦め、ベッドに横たわって天井を見つめていた。

そのまま、脳裏でこの数日間のことを日記を書くように振り返った。最初は「里志は～」と自分を主語にして客観的に振り返りながら辿っていったが、独りよがりになるだけで他人の心は見えないと、視点を変えた。

まずは「檀野は～」と視点を変えた。「すべて辻褄が合ったぞ。本人は否定しているから、あとは二見里志に任せようと思っている」と檀野は栗田に言った。俺になにを託そうとしたのだ。白木本人以外に当たれる人間がいたのか。謎は深まるばかりだった。

次に「白木は～」と白木の行動を追った。だがどう考えても檀野の言う否定した本人が、白木仁とは思えなかった。

一度事件から離れ、「隆之介は～」に主語を変える。浮かんだのは彼が日記を後輩に書かせたことだ。これだけは優勝決定後に本人に注意しなくてはいけない。

後輩に書かせたものを出して平気な顔をしていることから、あいつはそんなタマじゃないと山路が言ったのも頷ける。人としては問題のある行動だ。しかしプロで生き残るには里志のように規律正しく生活するだけでなく、どんな場面でも大胆になれる豪快さも必要だ。隆之介はその素質を持っている。

最後に視点を「山路は〜」にしてここ数日の彼の行動を振り返った。浮かぶのは身勝手ともとれる彼の行動ばかりだった。

山路は自分が登板する日には隆之介を投げさせないでくれと言った。それだけではない。隆之介の持ち場まで奪おうとしている。きつい場面を一年間投げてきたクローザーにもっともスポットライトが当たる優勝決定の瞬間を自分に寄越せと。

山路には隆之介を嫌う理由を尋ねたが、プロで活躍できる器ではない、人間性に問題があると非難しただけで、なにが不適格なのか具体的な理由は言わなかった。そもそも山路が隆之介を嫌ったのはいつからか。独立リーグ二年目にドラフトにかからなかった隆之介が、先輩の山路にプロ入りを頼んだ時か。いやおまえには無理だと一蹴《いっしゅう》しているわけだからその時点ではない。もっと前だ。

高校の時か。隆之介は西東京大会の決勝まで進出し、山路も「プロ向きのピッチングをしていた」と評していた。ということは最後の夏の大会以降に二人の間になにかあったのか。

山路から嫌う理由を明かされることはなく、最後はどうでもいい話ではぐらかされた。あれはなんだったのか……すっかり記憶が霞《かす》んでいる。ふと、甦った。隆之介が必ずバスタオルで下半身を隠してシャワールームに行くという話だった。全裸は恥ずかしいからだろと里志が言うと、隆之介はいつもあの格好で行くと山路は答えた。バスタオル？

考えているうちにカーテンを通して外が明るくなってきて、鳥の鳴き声が聞こえた。

「優勝が決まるこんな大事なゲームでも、コーチのことだからいつもと同じことをやっているとは思っていましたよ。もう稲本くんは来てます。いつでもデータを出すって」

斉田の声に我に返る。怖い顔をしたのか、彼は驚いた。

「ごめん、ごめん。レッズ打線のことを考えていたんだ。稲本ちゃんも張り切ってるから使えるデータを用意してくれるんじゃないか。張り切ってるなんて言ったら彼に悪いか。いつも通りの仕事をしてくれるはずだ」

「二見コーチがシーズン中、ベストなプレーはいらない、毎回、同じレベルのプレーをしなさいと選手に口が酸っぱくなるほど言っていたことを、今になって身に沁みて感じます。こういうゲームになった時に、普段通りのプレーができるかが重要になってくるわけですから」

「その俺が普段とは違う野球をしようとしてるんだからな」

「本当にいいんですか。監督に言ったら喜ぶと思いますけど」

白みがかった空の下、ベランダでシャドーピッチングをしながら頭の中を整理した。カウントしていないが、おそらく二十回以上は腕を振ったと思う。少し汗をかいて部屋に戻ると、スマホを握り斉田にメッセージを入れた。今日のゲーム、山路をベンチに入れてほしいと。

「朝早くメッセージを送って悪かったな。あれで目が覚めてしまったんじゃないか」

「六時でしたからもう起きてましたよ。びっくりしましたけどね。というか意外でした」

「意外なことはないだろう。勝つために万全を尽くすわけだから」

「二見コーチは今日の勝利より、選手の将来を考え、いつも監督と戦ってきたじゃないですか」

「俺だって通常のゲームなら、完封したピッチャーを翌日にベンチに入れたりはしないよ。今日は意味合いが違う。それに山路が望んでいるわけだし」

「延長戦で起用して負けるようなことがあれば、それこそクライマックスシリーズも苦しくなりますよ」

クライマックスシリーズのファーストステージは三日後に開幕する。今日、投げさせて、さらにクライマックスの第一戦に登板させることは不可能に近い。

「その時はその時だ。今日敗れたら、ファーストステージから勝ち上がったところで、価値は半減するからな」

「リーグ優勝の方が全然価値が大きいですからね。だいたい何なんですかね。クライマックスシリーズなんて要らないですよ」

「うちが優勝争いしてるからそう思うんだよ」

「そうですね。去年までは三位に入ってクライマックスシリーズで短期決戦に持ち込もうと思っていましたからね。調子がいいですね」

斉田は頭を掻いた。


二時にはグラウンドに出て、斉田コーチによる投手陣全員を集めたミーティングを行った。以前はヤングブラッズだけでやっていたがこの三連戦は全員だ。

今日は初球の入り方も大切だけど、相手打者も慎重になっているから、カウントを悪くすることなく攻めの気持ちでストライクを取りにいくように……注意事項を諸々《もろもろ》話していた斉田が、里志の顔を見た。

「二見コーチからもお願いします」

「そうだな」

数歩、前へ出た。浮かんだのは昨夜、徳吉に話したラバーマッチの話だが、頭の中を巡らせていくと一つ思いついた。

「昔は百三十試合、今は百四十三試合もやって、最後の最後で優勝が決まった試合がプロ野球の長い歴史で何試合かある。それらはすべて伝説の一戦と呼ばれているんだ。まずきみたちはその伝説を作った。この舞台に立てた選手を、他球団の多くの選手は羨《うらや》ましがっていると思う」

選手たちは真剣に聞いていた。だが心には響いていないように思えた。追いついたのではない。リードしていて自力優勝できたのに、最終戦までもつれさせてしまったのだから。

「ここまで来たら俺だって勝ちたい。だから昨日投げた山路にもベンチに入ってもらうことにした」

選手に初めて伝えた。何人かが驚いた顔をした。山路は涼しい顔で聞いている。隆之介を探した。彼は少し不満げだった。当然だ。胴上げ投手の座を奪われてしまう可能性があるのだから。

「でもそれは延長戦になった時のためだ。昨日完封したエースを投げさせないようみんなで力を合わせて継投してくれ」

本当にベンチに入れるだけで、延長になるまで投げさせないのかと自問自答する。昨夜からずっと胃を摑まれたような気分でいる。それでもまだ今は、いつも通りの形で終わらせようという気持ちの方がまさっている。最後はこう締めることにした。

「うちの勝ちパターンで締めよう。それができれば、うちの監督の体は必ず宙に舞っているぞ」

強張っていた隆之介の表情がいくらか和《やわ》らいだ。山路は？　今度は彼がいささか不機嫌になっていた。そこでミーティングが終了した。選手たちは散って、トレーニングコーチが組んだメニューに入った。

投球練習をする選手はいないので彼らの練習風景を見ていた。

練習を終えると、選手たちは食事に入った。食堂の端で、食事をする稲本と斉田と鼎談《ていだん》した。

気になることを挙げて二人に意見を求める。福井を苦手にしていたレッズの四番・浜家《はまいえ》は、それまで手を出してこなかった福井のカーブに反応し、前回の対戦で二球振ってきていた。

「二見コーチはなぜ急に浜家が福井さんのカーブを打ちにきたのか気になっているんですね。織田が一度の打席でカーブを二球要求したのが理由だと僕は見ています」

斉田が答えた。斉田の分析は間違いではない。カーブというのは緩い球だけに、プロレベルの打者なら、真っ直ぐを待っていてもタイミングを取り直して打つことができる。

しかし単打では満足できず、できれば本塁打を打ちたい強打者は、初球やファーストストライクなど早いカウントでは手を出してこない。待っている球種と違うのに打ちにいって凡退したら、後悔が生じるからだ。

ところが同じカウントで二度続けると打者は手を出す。大きく曲がる軌道《きどう》が脳裏に残り、芯で捉えられる確率が上がるからである。斉田が言っていたように、浜家が打ってきたのはその打席で二球目のカーブで、いずれも同じ高さだった。

「それならオダケンの配球の問題で済むけど、癖を盗まれている可能性はないよな？」

「僕はないとは思いますけど」と斉田。

「その場合、チームで狙われるんじゃないですか。他の打者にカーブを打ってきている傾向は見られません」

稲本も同意見だった。

「他の打者が打ってこないからって、癖がバレてないことにはならないよ。癖のことを仲間に伝えれば、当然、俺たちは警戒して、次の対戦までに癖を修正するじゃないか。浜家はせっかく攻略法を見つけたのに、また福井が苦手になる」

「仲間にも教えないってことですか？　四番バッターなのにずいぶん自己中《じこちゅう》ですね」

稲本は鼻根に皺を寄せた。

「プロなんて自己中人間の集まりだよ。そうしたエゴが、今日のような大一番になると一つにまとまるから、俺は感動するんだけどな」

一体感を味わえる最高の瞬間が、優勝が決まった直後だ。あの快感を選手たちにも味わわせてあげたい。

「ゲーム中でも、僕は福井がカーブを投げる時に癖が出ていないかよくチェックしときます」

斉田が言った。

「ああ、俺もブルペンから見ておくよ」

彼らが引き揚げたので、里志も席を立った。食堂を見渡すが、探している選手はいなかった。ロッカールームを覗いてから、アナリストルームに移動する。三人いるアナリストは野手ミーティングに出席するため退室していた。

奥の席で、山路がスマホの動画を眺めながらリラックスしていた。彼が登板の前に必ずしているルーティンだ。

里志が入ってきたことに気づいた山路は、スマホを止めた。

「つけっぱなしでいいのに、音楽を聴いてるんだろ。コールドプレイのライブか」

山路が好きなロックグループの名を出し、隣に腰を下ろした。

「コールドプレイは昨日です、今日はレッチリです。古いですね」

「古くないだろ。俺が登板前に洋楽を聴く時はナックとかだったからな。ナックこそ古すぎて山路は知らないだろ」

「知ってますよ。メジャー中継を見てると、イニングの合間や投手交代のシーンで、『マイ・シャローナ』が流れるじゃないですか」

山路もメジャー志望だ。今年の成績なら充分獲得球団もあるだろうが、実力よりも年齢や健康状態を考慮するのがメジャーだ。三十三歳の里志でもきつかった。三十五歳の山路が挑戦するにはたくさんの大事なものを失う覚悟をしなくてはならない。

「俺はナックのレコードを持ってるんだぜ。ＣＤじゃなくてアナログレコードだ。その俺のコレクションを長女が聴いて、今度、ロックバンドが所属する事務所に就職することになったんだ」

「理想の父娘《おやこ》関係じゃないですか。音楽事務所に入るってことは、東京に来るんですか？　そうしたら来年は一緒に住めますね」

勤務地も聞いていなかった。音楽事務所ということはやはり東京なのだろう。

「よしてくれよ、娘に気持ち悪がられるよ」

十三年、オフシーズンしか同じ家で暮らしていないのだ。十三年前といえば聖奈は九歳だった。

「それに来年、俺がこのチームにいる可能性は極めて低い」

「そんなことないでしょう。優勝の立役者なのに」一度はそう言ったが「まぁ、いないでしょうね」と認めた。里志は苦笑いするしかなかった。

「しかしコーチが僕をベンチ入りさせてくれるとは思いませんでしたよ」

「自分から言い出しといて、やっぱりやめますと言うんじゃないだろうな」

「投げますよ。そのつもりで今も準備をしているわけですから」

「ブルペンに来るのは七回表の相手の攻撃くらいでいいよ。山路にとってリリーフは三年振りだろうから、気懸かりならいつ来ても構わないけど」

「延長戦要員なんでしょ？　なにもみんなの前で、俺のやる気を削ぐようなことを言わなくてもいいと思いましたけどね。隆之介が打たれるかもしれないじゃないですか」

「隆之介は打たれないよ」

それまで我慢していたのだろう。山路の顔に隠していた不信感が現れる。

「ガッカリさせて悪かったな」

里志が先に口にする。

「いいえ、コーチらしいなと思っただけです」

大人の対応だったが、気分を害してしまった。せっかくルーティンで気持ちを高めていたところで申し訳ないことをした。

「そろそろロッカールームに戻ります」

息苦しさを感じたのだろう。山路は腰を上げる。

立ち上がったところで、里志は身を乗り出して山路のユニホームの裾を掴んだ。

「山路は俺に失望したって言ってたよな？　俺が選手を依怙贔屓《えこひいき》するコーチだと」

「依怙贔屓するとは思っていませんよ。ただ単に分かっていないなと思っていただけです」

「同じことだよ。分かろうとしなかったんだから」

非は認めた。自分でもコーチとしての未熟さが嫌になる。

「山路は前に、俺が隆之介を過大評価していると言った時、あいつはバスタオルを巻かなきゃシャワーを浴びれないと言っていたよな」

「別にバスタオルと過大評価は関係ありませんけどね」

座ったままの姿勢の里志がユニホームの裾を掴んでいるというのに山路はこの場を去ろうとする。里志は掴んだ手に力を入れた。

「いいや、あるんだろ。山路は人間性に問題があると言ったじゃないか。今ここでその理由を話してくれないか」

山路は立ち去ろうとする足を止め、マウンド上で強打者と勝負する時のような鋭い視線で里志をえぐる。

里志も目頭に力を入れて、視線をぶつけた。

40

試合は開始早々から両軍にミスが出る重苦しい展開となった。

セイバーズは一回、二回と相手内野手の失策で走者を出すが無得点に終わる。とくに二回裏は無死二塁から送りバントを失敗した。走者を三塁まで送れていれば次の外野フライで先取点を取れていた。

一方、一、二回を三者凡退に抑えたセイバーズ先発の福井は、三回表に二点を奪われ、なお二死一、三塁のピンチで四番の浜家を迎える。斉田がマウンドに行った。

おそらくカーブを狙ってくることを伝えにいったのだろう。ゲーム前には前回の映像を穴が開くほど確認したが癖は見抜けなかった。それでも浜家はなにか掴んでいると思っている。投手と打者の一八・四四メートルには、そこで向き合う二人にしか分からない感性がある。

里志がマウンドに行くなら、カーブを投げるなとは言わない。

狙われているカーブをボールゾーンに投げて、手を出させろと指示する。打たれる球と凡打に打ち取る誘い球は隣り合わせだ。

斉田もそう伝えたようだ。捕手の織田は初球とカウント1―2と追い込んだ四球目にカーブを、外角の低めに要求した。高いとボールゾーンでも力で持っていかれる。狙っていたのか浜家は低めのカーブに手を出し、ピッチャーゴロに倒れた。

ブルペンにはまだロングリリーフ要員のヤングブラッズが一人いただけだが、彼とブルペン捕手の二人が「いいぞ、福井さん」と声をあげた。

三回裏には打線が反撃に出て、三番徳吉、四番ビュフォード、五番織田と三連続タイムリーが出て、三対二と逆転した。

福井は四回表、先頭打者を出したが無得点に抑えた。だが中四日のせいか、球にキレがない。コーナー一杯を狙ったカットボールやスライダーをことごとく「ボール」とコールされる。織田のキャッチングにも問題はあるが、球に勢いがないから、アンパイアの印象も悪い。

五回表にも福井は先頭打者を四球で出した。そろそろ限界だろうと、五年目二十三歳の正津と三年目二十五歳の篠原、右と左のヤングブラッズに投球練習を始めさせた。

次打者には真っ芯で捉えられたが、セカンドライナーで走者が飛び出していたため併殺になった。辻原は肝を冷やしたのだろう。すぐさま斉田コーチから電話があった。

〈監督が心配してんだろ？　正津と篠原を準備させてるから、どこからでも行けるよ〉

先に里志が言うと、斉田は電話を繋げたまま辻原に伝える。

〈ハドソンでいいじゃないか〉

辻原の声が里志にまで届いた。

「ハドソンは七回からの方がいいと監督に伝えておいてくれ。こういう試合で回跨ぎはあまりよくない」

電話の向こうでは斉田が説明している。

〈分かりました。正津から行って、打者が左の時は篠原へのスイッチでお願いします〉

了承はしたが、辻原にしてみたら山路をベンチに入れているのだから、普段七回を投げるハドソンをこの回から跨がせて六回まで、八回を投げる大浦を七回、隆之介を八回でもいいと思っている。

だが里志の野球観を理解している斉田コーチは、山路の投入は延長戦になってからだと考えている。

ヤングブラッズの二人を呼んだ。

「六回は二人に任せる。優勝決定戦で投げられるなんて一生にあるかないかだ。俺だって一度も経験がない」

「はい」

二人同時に返事をした。だが完全に不安が払拭《ふっしょく》されたわけではない。

「大丈夫だよ。今年四点差以上のゲームを、二人が抑えてきたじゃないか。セーブはつかなかったけど、俺が調べたところ二人とも大浦や隆之介と成績は変わらなかった。つまり三点差以内だったとしても二人で抑えられたってことだ」

数字上は大浦や隆之介ほど安定感はないが、そう励ましたことで二人の顔から不安が薄れ、ヤングブラッズらしい若き血がたぎった。

まずは右の正津が投げ、ツーアウトを取ったところで、相手ベンチが左を代打に送った。一発で同点になる場面だけに斉田が出て、辻原が交代を告げた。ペットボトルの水を渡すリリーフの儀式は、肩慣らしを始めていたハドソンがした。マウンドに上がった篠原は、外へのスライダーで空振り三振に取った。

こうした緊迫したゲームは若手が活躍すると勢いが出る。モニターに映った一塁側ベンチでは野手が立ち上がって、戻ってきた篠原と、役目を終えてベンチに戻ってからもまだ硬い表情で安堵の息を漏《も》らしている正津を称えていた。

二人がマウンドに上がった時には、ブルペンではハドソンが捕手を座らせ、大浦も捕手を立たせたままキャッチボールを始めていた。パイプ椅子で待機していた隆之介が体を動かそうとウインドブレーカーを脱いだ。そこに山路が現れた。隆之介が凄《すご》んだ目で見る。山路は気づかぬ顔で目も合わせない。

山路が来たせいか、隆之介にいつもの明るさは見られない。

来たばかりの山路もバッグを置いてブルペンの端で短いダッシュを繰り返す。昨日の疲れが残っているのか、幾分体は重そうに見えた。本当に有能なコーチなら今日は山路を使わない。

七回ハドソンは無死から走者を二人出した。斉田コーチから電話が入る。

〈監督がブルペンに訊けと言うので〉

「ちゃんと大浦を用意させてると伝えといてくれ」

まだ肩慣らしを始めたばかりだが、大浦は早く肩ができるので、時間をくれれば次打者からでも間に合う。

だが斉田は小声で続けた。

〈少なくともこの回はハドソンで引っ張るようにしますので〉

「できればそうしてくれ。こんな緊張するシーンで回跨ぎとなると、さすがの大浦もしんどいだろうから」

この回を抑えても、次の回までいいテンションが続くかは分からない。自分が試合を壊せば一年間戦ってきたチームの栄誉まで奪ってしまう。コールされたピッチャーはすべての責任を背負ってマウンドへ向かうのだ。いくら強気ぶっても平常心ではいられない。

無死一、二塁としたハドソンだが、相手打線がスリーバントを失敗したことで、風向きが変わった。中飛、二ゴロで無得点に抑えた。

「大浦、次の回、頼むな」

「はい」

大浦は投球練習をやめて休憩した。パイプ椅子に座り、リラックスする。もう肩はできた。リリーフ投手というのは、いつどんな打者が相手になるのか心配が尽きないためいつまでも投げたがるが、ベテランの大浦は体のコンディションを整えたら、あとは気持ちのコンディション作りだと分かっている。

七回裏のセイバーズの攻撃は簡単に終わり、大浦の出番になった。

ペットボトルは次に投げる隆之介が渡すのが儀式だが、山路が立ち上がったことで隆之介が目を光らせた。だが山路は手にしたペットボトルを自分で飲んだ。

「隆之介」

誰も言わないので里志が促した。隆之介は慌ててペットボトルを取って、大浦に渡す。

「ありがとう、隆之介」

受け取った大浦は口に含んで喉を鳴らした。

大浦がグラウンドに出たことでブルペンの二つのマウンドが空いた。

隆之介は当たり前のように上がった。

「もう一つは山路が使っていいぞ」

里志が言うと、足を開いて柔軟《じゅうなん》体操をしていた山路がグラブを取りに行く。隆之介は露骨に嫌な顔をした。

ブルペン捕手を立たせて、立ち投げをしていた二人のうち、先に隆之介が捕手に座ってもらうよう手で合図をした。

すぐに山路も捕手を座らせる。まるでどちらが先に準備できるか競い合っているようだ。

隆之介の投げたボールがワンバウンドした。捕手はミットから弾《はじ》いた。

「力まなくていいぞ。別に俺は調子のいい方を使うつもりはないから」

以前、辻原が調子のいい方を使えと言ったことは、リリーフ陣全員に知れ渡っているが、言ったところで隆之介の表情がなごむことはなかった。

他方、山路はゆったりしたフォームから伸びのあるボールを投げている。もし本当に競争させるならブルペンでは山路の方が上だ。

だが先発とリリーフとでは、心構えも打者に対する入り方も異なる。いくら山路が立ち上がりのいいタイプとはいえ、ゲーム終盤の荒れたマウンドで、それまでの数打席でボールに目が慣れた打者相手に投げるというのは、先発とは別物と言っていい。

肩が温まってきたのか、それともワンバウンドしたタイミングで力むなとアドバイスしたことが良かったのか、隆之介の球もよくなった。

グラウンド整備のイニングインターバルが終わり、八回の先頭打者が打席に入る。大浦は指先に息を吹きかけながら、キャッチャーとのサイン交換に入る。

「悪いけど、山路、トイレにでも行ってきてくれないか。隆之介と話をしたいんだ。俺が呼ぶまで二人だけにしておいてくれ」

「分かりました」

山路はグラブを持ったまま、ブルペンのドアを開けて、外へと歩いていく。隆之介はやっと自分を信頼してくれたと、表情を変えた。

「キャッチャーの二人も頼むよ」

「えっ」

ブルペン捕手の二人は顔を見合わせたが、里志が目で促すと、山路の後に続いてブルペンを出た。

「隆之介、こっちに来てくれ」

ブルペンの端に隆之介を手招きする。ちょうどモニターがあるところだ。同時にここならダッグアウトに通じるブルペンカメラに映らない。隆之介はボールをグラブに挟んだまま、モニターを眺めていた里志の間近に寄った。

隆之介がモニターを見ようと顔を上げたところで、里志は体を摑んで足払いをかける。体重の軽い隆之介は宙に浮いて地面に倒れた。

なにが起きたのか分からないのか、彼は目を瞬《しばたた》かせていた。

隆之介の体の上に左膝を乗せて、身動きが取れない状態にした。

「な、なにするんすか」

抵抗するが、その時には里志の右手は彼のベルトを外し、ユニホームのズボン、さらにその下に穿くサポーターパンツを下げた。臍の下、ペニスとの間あたりに五百円硬貨ほどのタトゥーがあった。蜘蛛《くも》のものだ。これが虫か――。

栗田から、被害少女が「虫がいた」と証言したと聞いた時は、少女に幻覚が出たのだと思い込んだ。

昨夜、山路視点で回顧していた時、隆之介がシャワールームに行く時の話が頭から離れなくなった。里志は、なぜ山路がそこまで隆之介の人間性を疑うのか、その理由を訊いたのに、山路が言ったのは、隆之介がシャワーを浴びに行く時に必ずバスタオルで下半身を隠すこと……。

その二つが繫がる答えを一つだけ思いついた。ファッションの一つだと思っている選手ならまったく気にしない。だが余計なことに見向きもせずに野球に全神経を注ぎ込んでいる山路は、浮ついている象徴だと嫌う。

朝、栗田に電話して「虫って、タトゥーではないですか」と尋ねた。しばらく言葉を失っていた栗田だが、少女が見たのが虫のタトゥーだったことを認めた上で、前回は頑《かたく》なに明かさなかった不起訴理由を話した。白木昴にタトゥーがなかったことで、加害者の特徴と一致せず、彼女の証言に信憑性が薄れたという。

強姦犯は一人ではなかったのだ。

警察もその可能性を疑い、再捜査を始めた。だが少女から先だって虫の目撃談を聞いていた檀野の方が、早くもう一人に辿り着いた——。

「おまえの仕業だったんだな。そういや、おまえは後輩から『スパイダー隆之介さん』と言われていたな。このタトゥーが由来だったんだな」

逃げられないように腕を固めてから言う。

「意味不明なことを言ってないで、そこをのいてくださいよ。こんなところでコーチとじゃれ合ってたらウォーミングアップができずに、監督が交代を告げても間に合わなくなりますよ」

脂汗が出るほど焦っているのに、動揺する心に蓋をして何食わぬ顔で言う。まだ、努力で階段を駆け上がってきた苦労人の仮面を被っている。

「高校でもレイプで逮捕されたそうだな。高三の夏の大会後だって？　事件が発覚したせいで、監督がスカウトに連絡して指名を遠慮させた」

「その件は無実でしたよ」

逮捕されたことは認めたが、その先は否定した。

「無実じゃないだろ。今回の白木の息子と同じで、起訴猶予だ。未成年だったこと、あとは親が示談金を払って、被害届を取り下げてもらったことで甘く見てもらえただけだ」

十八歳になっていたが、当時は成人ではなかったため、この男の名前が報じられることはなかったと山路から聞いた。

その後、独立リーグに進む。活躍するがそこでも指名はなかった。彼は高校の先輩、山路を頼るが、監督から犯罪歴を聞いていた山路は、おまえはプロで野球をする資格はないと拒絶した。

スカウトのほとんどは知っていた。だが低身長から、もとよりドラフト下位指名候補だった男の素行不良の報告は、東北イグレッツでGMだった白木にまで上がってこなかったのだろう。独立リーグで活躍してもドラフトにかからなかった理由をスカウトに訊くことなく、セイバーズの代表に就任した白木は独断で指名に踏み切った。

指名したことは問題ない。白木にとって最悪だったのは、自分が獲った選手が息子と共犯で強姦事件を起こしたことだ。

示談と被害届の取り下げに奔走していた最中、坂崎とともに事件を調べていた檀野から、息子の交友の関係に隆之介がいること、その隆之介が過去に同様の容疑で逮捕されていたことを告げられた。驚いた白木は慌てて息子を問い詰めた。檀野の話が真実だと知った時には、頭が真っ白になったはずだ。

息子の事件は隠せても、隆之介となるとそうはいかない。白木昴が薬物で朦朧《もうろう》とさせた少女を暴行した隆之介の行為は極悪非道で、不起訴では済まない。マスコミも大きく報じ、当然、白木の責任は免《まぬが》れない。

「おまえ、檀さんからこう訊かれたんじゃないのか。きみの臍の下に虫のタトゥーはあるか、と」

「知りませんよ、そんな人」

「言われたはずだ。そしておまえはタトゥーなどないと嘘をついた」

本人は否定しているから、あとは二見里志に任せようと思っている——檀野は栗田だけでなく、同じことを白木にも仄めかした。チームのコーチならタトゥーの有無を調べるのは可能だ。あの日、里志に会いにきた白木の目的は、タトゥーについて檀野から聞いているかを、知るためだったのだ。

仰向けの隆之介は、里志の膝を退《ど》かそうと左手で押してくる。その左手首を里志は摑む。瞬時に左手を隆之介の左の腋の下から通して、隆之介の手首を摑む自分の右手首を握った。腕をホールドしたまま上に引き上げていくと、隆之介の左半身が宙に浮くように半身になった。そのまま体重をかけてホールドした腕を背中方向に曲げていく。内堀から教わった関節技、アームロックだ。

「痛いっすよ。やめてください」

腕を捻られた隆之介が悲鳴をあげた。

「正直に話せばすぐに放してやるよ。檀さんがおまえに会いに来た。そのことを白木代表に伝えたんだろ？」

「だから知りませんって。痛いから放してくださいよ」

「おまえは檀さんが高校時代の事件まで調べていたことにやばいと思った。しばらくは夜も眠れなかったんじゃないか」

「知りませんって」

必死に腕を解こうとするが、完全に決まっているため、もがけばもがくほど左腕は締まる。格闘技では左足で隆之介の頭を跨いで支点を作るが、体格差があるのでこの体勢で充分だ。

「いいから全部認めろ、でないと脱臼するぞ。おまえと俺とでは身長で二十センチ以上、体重も二十キロ違うんだ。脱臼は癖になるから厄介《やっかい》だ。俺は素人だから靱帯まで骨から剝がれる。そうなりゃ大手術だ。力を入れ過ぎて複雑骨折させてしまうかもしれない」

「放せって、てめえ」

ついに野蛮な声をあげる。

「少女をレイプしたんだろ。ちょうどその日はオールスターで練習は休みだった。おまえには自由になる時間があった」

オールスター級の成績は残していたが、活躍して一年目だと監督推薦でも選ばれなかった。

「その事件だけじゃない。おまえは去年の十二月と今年の一月にもやっている。野球が休みになると、歪んだ性欲が疼《うず》くのか」

「訳わかんねえこと、言ってんじゃねえよ」

「しらばっくれてるうちに、もうすぐ関節が外れるぞ、野球どころか一生左手は使えなくなる」

さらに捻り上げた。このまま力を加えたら嫌な音とともに関節がズレそうだ。悲鳴が大きくなる。

「俺だよ」

吐いた。

「何だって、聞こえないぞ」

「昴から呼ばれたんだよ。この子、隆之介さんのファンで、やりたがってるって」

「いい加減なことを言うな。おまえが白木の息子に命じたんだろ。意識を失わせて連れてこいと。抵抗できなくなった女性を無理矢理犯すのがおまえの趣味なんだろ」

そうでなければうつらうつらしていた少女の目の前に突然、虫が現れることはない。

「そうだよ、俺が頼んだんだよ」

とうとう認めた。ホールドした手を解く。左腕を抱えて反対側に転がっていった隆之介が、顔を歪めた。痛みはあるが、投げられる範囲内だ。腕を押さえながら里志をねめつけてくる。

「せっかく昴が不起訴になったのに蒸し返しやがって。もう終わった話じゃねえか。いまさらどうにもなんねえんだよ」

悪魔の顔をしていた。この男、両親の勧めで少女が被害届を取り下げたことも聞いている。

「俺が打たれたら、あんたのせいだからな」

歓声で声が途切れたのでモニターに目を移す。大浦は得意のシンカーでショートゴロに打ち取った。いつしかツーアウトになっていた。

「だいたいあのおっさんもなんなんだよ。こんな大事な時期によ」

起き上がり、ユニホームについたブルペンの土を払いながら吐き捨てる。里志が睨みつけるが、気づきもしない。

「ファンのために必死に戦って、優勝が間近に迫ってるんだぜ。あのおっさんだって、元選手なら、それくらいの常識分かってんだろうに」

「俺たちは人の模範にならなきゃならないんだ。でなきゃ俺たちのプレーにファンは感動してくれない」

「なに偉そうなことを言ってるんだよ。たかが勝った負けたのゲームじゃねえか」

「ああ、確かにおまえの言う通りだ。俺たちはこう思われているんだものな。野球をやってりゃいい、目の前のゲームに勝てばいいんだって。社会の模範になれなんて俺は己惚《うぬぼ》れ過ぎだった」

「やっと分かったかよ。当然だよな、いくら生真面目《きまじめ》に生きてようが、あんただって今日負けたらクビになるんだ。余計なことに気を回さねえで野球に集中しろよ」

鼻を鳴らして、地面に唾を吐く。

大浦は2―2から二球粘られたが、最後は三ゴロに打ち取った。衒《てら》いもなくマウンドを降りてくる姿に檀野が重なった。

里志は再び隆之介に近づいた。隆之介は気づいたが、その時にはもう一度足をかけて、仰向けに倒した。

同じ要領で、左膝で腹を押さえる。

「なんだよ、俺の言う通りじゃなかったのかよ」

「俺の考えは最初から同じだ。胴上げ投手はチーム全員からリスペクトされるピッチャーが務めるべきだ。自分の良心に従って、おまえをマウンドに送り出すわけにはいかない」

その時には腋の下に通した左手で、隆之介の左手を摑んだ自分の右手首を握っていた。さらに固めた左腕を頭の方向へ反らせていく。ここから先はかけたこともなければ、かけられたこともない。

鈍い音が鳴り、悲鳴が届いた。

脳裏で描いていた骨格の構造通り、関節の骨の位置がズレた。

手を離すと、隆之介は外れた左肩を抱き込むようにして、悶絶《もんぜつ》していた。

「大丈夫だ。骨がズレただけだ。少女の心の傷よりずっと軽傷だ」

手術は必要になるが、来年には投げられるだろう。これが償いにふさわしいとは思わないが、自分ができるのはここまでだった。

「大変だ、みんな来てくれ!」

叫び声をあげると、ブルペンから離れた場所に待機していたのか、しばらくの時間を要してドアが開いた。山路を先頭に、ブルペン捕手の二人が入ってくる。

「隆之介が脱臼した」

「脱臼ってどうして？」

ブルペン捕手は怪訝《けげん》な顔をしている。

「大丈夫か、隆之介？　だけどなにをして脱臼したんだ」

もう一人のブルペン捕手が尋ねるが、隆之介は顔を歪めたまま答えない。

山路だけは隆之介に近寄らず、ブルペンの電話器を取る。

「内堀トレーナー、隆之介が脱臼しました。すぐに来てください」

ドクターバッグを持って内堀が走ってきた。地面に蹲《うずくま》って呻《うめ》いている隆之介に近寄り、左肩に触る。

「ひどい状態だから動かさない方がいい」

自分の力では整復できないと診断したようだ。隆之介の体から手を離した内堀が、里志を見た。教えた方法で里志が外したことに気づいたのだろう。

自分がやったと認めるつもりで、首肯《しゆこう》した。球団に話して構わないぞ、そこまで伝えたつもりだったが、内堀は顔を戻し、ついてきた部下のトレーナーに「救急車を呼んで」と命じた。

ブルペンは異様な空気に包まれていた。右往左往しているブルペン捕手に、山路が命じる。

「キャッチャー、座ってくれないか。もう一度投げたいんだ」

「えっ、はい」

ブルペン捕手の一人が定位置に移動する。

「救急車が来るまでブルペンの外に移動させよう。新田くん、歩けるだろ。左肩を動かさないようにな」

山路の練習の邪魔になると思ったのか、内堀が隆之介を連れて、ブルペンの外へと移動していく。

キレのいいボールにミットが鳴った。山路の体から疲労は消えていた。里志はなにも言うことなく彼がコンディションを整えるのを見続ける。

八回裏のセイバーズの攻撃はあっさりと三者凡退に終わった。三対二でゲームは九回表に入る。

「まったくうちの打線は薄味ですね。監督や打撃コーチが浮ついているから、今なにをすべきかが打者に伝わらないんですよ」

投球練習を終えた山路はそう呟き、屈んでスパイクの紐を締め直した。

次の投手はまだ来ていないため、ペットボトルを渡す役目は里志が担った。

「頼んだぞ。だけどリラックスして投げてくれな。今日はなにがあっても責任は俺が取るから」

慣れないリリーフに戸惑うことのないようにそう伝えて手を伸ばした。立ち上がってペットボトルを受け取った山路は、一口だけ飲んで、里志に返した。

「コーチがやらなければ、俺がしてたかもしれませんよ」

「なんの話だよ」

「白木の息子の事件にあいつが関わっていたんでしょ？　だから俺に訊いてきたんでしょ？」

山路にはタトゥーのことや、なぜ隆之介の人間性を認めないのかを尋ねた。高三夏にレイプで逮捕されたことは聞いたが、今回の事件については話さなかった。改めて訊いてこなかったから分かっていたのだろう。

「高校の時もあいつがやったのは一回ではなかったようです。ただ運よく被害届が出なかっただけです。あいつの代の監督は俺の同期なんで、詳しく聞いてるんですよ」

「だから、山路はなにを言ってんだよ」

「そうですね、今はゲームに集中すべきですね」

苦笑いを浮かべた。

「そうだよ。あと三つアウトを取れば優勝なんだ。そっちを優先してくれ」

「こんな時でもブレないコーチを尊敬しますよ」

「俺もピッチャーだったからな。朝起きてシャワーを浴びて、球場に来てから準備して、ゲームで最高のピッチングをする。どんな時でも心が乱れないよう、常日頃から自分を律して生活をしてきた」

「自分を律するなら俺も負けてませんよ。酒くらいは飲みますけど」

「だから最後を山路に託すんだよ」

「ありがとうございます」

「じゃあ、頼む」

小さく頷き、背番号「18」の背中がブルペンから消えていく。

「お疲れ様です」

万が一延長に入った時に備え、二人の投手がブルペンに入ってきた。先発を務めている中堅の宝田と、ヤングブラッズの一員でリリーフの小野寺。二人はウォーミングアップを始めるが、気もそぞろでなかなか集中できない。

山路は先頭打者を三球三振、次打者も初球のシュートを詰まらせて捕手へのファウルフライに打ち取った。

「二人とも、出ていく用意をしていいぞ」

いつもならゲームセットの瞬間まで何が起きるか分からないと気を抜かせないが、今日くらいはいいだろう。彼らも一年間、ともに戦ってきた仲間だ。優勝決定の瞬間を味わう資格はある。

二人の投手だけでなく、ブルペン捕手の二人もいつ飛び出してもいいようブルペンの出口まで移動した。

里志だけがモニターを眺めている。

あと一人コールが聞こえた。野手には緊張が窺《うかが》えるが、山路は落ち着き払っていた。

三人目の打者、初球のフォークは低めに外れた。

二球目は右打者の外のボールゾーンから入ってくるツーシームでストライクを取った。三球目は一四三キロのストレートだったが、打者は差し込まれてバックネットへのファウル、ワンボールツーストライクと追い込んだ。

あと一人コールが「あと一球」に変わり、スタジアムが揺れる。

エースがゆっくりと振り被って、左足をあげる。右腕がしなり、背番号「18」が躍動する。

ストレートだった。

一四五キロだからスピードが出ていたわけではない。だがスピンの利いた球が地を這《は》うように低めを伸び、外角に構えた織田のミットに吸い込まれた。打者は手が出なかった。

ミットが鳴り、アンパイアは派手なジェスチャーで三振のコールをした。

山路が飛び上がって万歳した。

「やった！　優勝だ」

ブルペンのドアに迫っていた四人がグラウンドに出ていく。

ベンチではコーチ陣が辻原に近寄って握手し、辻原もグラウンドにあがった。マウンドで抱き合っていた選手たちが辻原に近づいていく。

辻原が選手の波に飲み込まれ、一度姿を消してから宙に舞う。胴上げが始まった。

そのシーンをモニターで眺めていた里志はブルペンから一歩も動かなかった。これからクライマックスシリーズ、日本シリーズと戦うのに、大事な戦力を壊してしまったのだ。しかも暴力行為で。自分がしたことは、けっして許されることではない。

——ピッチャーを壊さないのが俺の哲学だったのに、俺がしたことはその逆だ。これでも俺は正義の男だと言えるのか。

無機質なブルペンの天井を見つめながら問いかけた。

おまえが正義だ――懐かしい声が耳奥で反響する。

――違うよ、檀さん、これは正義ではない。

両手を睨む。たとえそれが許せない人間に対してでも、人を傷つけた不快感は拭えなかった。

辻原の胴上げはまだ続いていた。次に織田や徳吉がきょろきょろと顔を動かし、後方にいた山路を見つけた。彼らに捕まり、エースが輪の中に引き込まれていく。

体を仲間たちに預け、山路は手を広げて高く舞う。

カクテル光線の下で、選手たちが歓《よろこ》びに沸くシーンは眩《まぶ》しすぎた。

この後、優勝のセレモニーが行われ、ペナント旗を持って、選手、コーチはグラウンドを一周する。

里志はユニホームを脱ぐため、コーチ室へと歩いた。

本書は『小説NON』（小社刊）二〇二二年九月号から二〇二三年六月号まで連載した同名の作品に、著者が刊行に際し加筆修正したものです。

執筆に当たって千葉ロッテマリーンズの監督、吉井理人氏に協力いただきました。

本作はフィクションです。実在の人物、組織、事件等とは一切関係ありません。

——著者

切りとり線

あなたにお願い

この本をお読みになって、どんな感想をお持ちでしょうか。次ページの「100字書評」を編集部までいただけたらありがたく存じます。個人名を識別できない形で処理したうえで、今後の企画の参考にさせていただくほか、作者に提供することがあります。

あなたの「100字書評」は新聞・雑誌などを通じて紹介させていただくことがあります。採用の場合は、特製図書カードを差し上げます。

次ページの原稿用紙（コピーしたものでもかまいません）に書評をお書きのうえ、このページを切り取り、左記へお送りください。祥伝社ホームページからも、書き込めます。

〒一〇一—八七〇一　東京都千代田区神田神保町三—三
祥伝社　文芸出版部　文芸編集　編集長　坂口芳和
電話〇三(三二六五)二〇八〇　www.shodensha.co.jp/bookreview

◎本書の購買動機（新聞、雑誌名を記入するか、○をつけてください）

＿＿＿新聞・誌の広告を見て	＿＿＿新聞・誌の書評を見て	好きな作家だから	カバーに惹かれて	タイトルに惹かれて	知人のすすめで

◎最近、印象に残った作品や作家をお書きください

◎その他この本についてご意見がありましたらお書きください

100字書評

二律背反

住所

なまえ

年齢

職業

本城雅人（ほんじょうまさと）
1965年、神奈川県生まれ。明治学院大学卒業。産経新聞社入社後、サンケイスポーツで記者として活躍。2009年『ノーバディノウズ』が第16回松本清張賞候補となりデビュー。『トリダシ』で第18回大藪春彦賞候補、第37回吉川英治文学新人賞候補、『傍流の記者』で第159回直木三十五賞候補。2017年『ミッドナイト・ジャーナル』で第38回吉川英治文学新人賞受賞。著書に『あかり野牧場』『四十過ぎたら出世が仕事』（祥伝社刊）などがある。

二律背反《にりつはいはん》

令和５年９月20日　　初版第１刷発行

著者―――本城雅人《ほんじょうまさと》
発行者――辻　浩明
発行所――祥伝社《しょうでんしゃ》
〒101-8701　東京都千代田区神田神保町3-3
電話　03-3265-2081（販売）　03-3265-2080（編集）
03-3265-3622（業務）
印刷―――堀内印刷
製本―――ナショナル製本

ISBN978-4-396-63648-7　C0093
祥伝社のホームページ・www.shodensha.co.jp